D1919233

WEIKE WANG
DIE FERIEN

Roman

Aus dem Amerikanischen von
Andrea O'Brien

TEIL 1

Keru hatte ihre Recherche im Winter begonnen. Sie hatte sich im Internet durch Seiten mit Ferienhäusern geklickt, empfohlen von Freunden, die ihre Sommer schon zigmal woanders verbracht hatten. Die Freunde kannten die Städtchen mit den saubersten Stränden am Cape, die kinderfreundlichsten Orte auf Nantucket und den Lieblingseisstand der Obamas auf Martha's Vineyard. Keru notierte sich die Tipps auf einem Block. Martha's Vineyard = Obamas = Eis. Die kinderfreundlichen Orte markierte sie vor allem, um sie zu meiden. In den fünf Jahren ihrer Ehe hatten sie und Nate immer wieder in Erwägung gezogen, ans Cape zu fahren, es aber in fünf Jahren nie getan. Man beschloss, dass es diesen Sommer endlich so weit sein sollte. Sie würden Manhattan den Rücken kehren und einen Monat in Fußnähe zum Atlantik verbringen, in einem klassischen New-England-Cottage mit Giebeln, Fensterläden und zwei Schlafzimmern. Zwei Schlafzimmer, damit ihre und seine Eltern sie besuchen konnten, nacheinander.

Man müsse realistisch bleiben, hatte Nate bis zur Abreise mehrmals angemerkt. Nur ein Jahr zuvor war noch Pandemie gewesen. Sie hatten kaum das Haus verlassen, geschweige denn die Eltern besucht. Und obgleich Nate das Leben in ihrer kleinen Blase bevorzugte, wusste er, dass man es sich darin nicht zu gemütlich machen durfte. Wenig später fuhren sie in einem Mietwagen gen Norden. Der Kofferraum war vollgepackt mit Proviant, Kleidung und Reinigungsmitteln, auf der Rückbank hockte kerzengerade ihr riesiger vierjähriger Hirtenhund Mantou. Während die idealistische Vorstellung von einem gemeinsamen Urlaub mit den Eltern von Keru stammte, kam die Idee, einen Hirtenhund in einer Wohnung in der Stadt zu halten, von Nate. Mit Mantou erfüllte sich Nate einen Kindheitstraum. Ein ungefähr gleich großer Freund, in dessen dichtem Fell man sich mit den Händen festkrallen kann. Nate war in einem kleinen einstöckigen Haus mit dunklem Teppichboden aufgewachsen. Seine Mutter hatte zwei Ratten erlaubt, eine Menge Fische, eine Schlange, aber keine Hunde. »Diese reinrassigen Viecher sind teuer und spießig«, hatte sie gesagt. »Wozu Geld verschwenden, wenn's da draußen so viele Streuner gibt, die ein Zuhause brauchen?« So viele Streuner, von denen seine Mutter nie einen aufnahm.

Über Mantous Namen hatten sich Keru und Nate ordentlich in die Haare gekriegt.

»Mantou bedeutet auf Chinesisch Hefebrötchen«, hatte Keru erklärt, die als Kind mit ihren Eltern nach Amerika eingewandert war.

»Ich weiß, was es bedeutet«, erwiderte Nate. Weil er in Gesellschaft von Keru und ihren Eltern immer nur Bahnhof verstand, hatte er angefangen, Chinesischunterricht zu nehmen.

»Und was hast du dann gegen Mantou?«, fragte Keru.

Nate wies darauf hin, dass vor allem Yuppies ihre teuren Hunde nach stärkehaltigen Grundnahrungsmitteln benannten. Mantou stammte ebenfalls von einem angesehenen Züchter. Zwei Jahre hatten sie auf der Warteliste gestanden und für dieses Privileg eine nicht unwesentliche Anzahlung geleistet.

Es gab keine Obst- oder Gemüsesorte, die Keru gut genug schmeckte, um ihren Hund danach zu benennen. Und ganz sicher würde sie ihm keinen Menschennamen wie Stacey geben. Huajuan war noch im Gespräch, wie die extravagant gezwirbelten Dampfbrötchen. Nate kaute ein wenig auf dem Wort herum, und als Keru entgegen seiner eigenen Einschätzung meinte, er spreche es keinesfalls richtig aus, auch wenn sie ihm nicht erklären konnte, was genau der Unterschied zwischen ihrer und seiner Aussprache sein sollte, stimmte er schließlich zu: »Ja, in Ordnung, Mantou ist okay.«

Die erste Woche im Cottage blieben Keru und Nate unter sich. Zweimal am Tag gingen sie mit Mantou in der kleinen eingezäunten Ferienhaussiedlung Gassi, ansonsten bingten sie auf dem Sofa Serien über die Luxusvillen der Superreichen. Sie sprachen darüber, wie verrückt es wäre, sich in der Stadt ein Haus zu kaufen, eine Stadt, die sie beide liebten, aber auch mit vielen Problemen, wie zu hohe Lebenshaltungskosten, Wohnungsnot, ein ständiges, nie enden wollendes Chaos im öffentlichen Nahverkehr und eine hohe Anzahl an reichen Einwohnern, die aus dem Schwärmen gar nicht mehr rauskamen und die Stadt dafür feierten, wie günstig sie doch sei. Irgendwann rissen sich Nate und Keru aus ihrer Lethargie, kochten einfache Gerichte mit Hackbraten-Fix und tranken in rauen Mengen Gin. Wenn Mantou ein Spielzeug anschleppte, spielten sie mit ihr Tauziehen, bis die riesige Hündin müde war. Sie hatten zu willkürlichen Tageszeiten Sex, in verschiedenen Stellungen, unter gelegentlicher Zuhilfenahme von Kerus Reisevibrator, den sie, bevor die Eltern kamen, in einer Socke in den Tiefen ihres Koffers versteckte.

In Chatham gab es keinen Straßenlärm. Kein durch wimmelnde Menschenmassen verursachtes Chaos. Und so wurde die Stille zum Gesprächsthema zwischen ihnen – war das fehlende Sirenengeheul ein Grund zur Besorgnis, ja waren denn alle hier mausetot, oder wie ließen die Anwohner hier Dampf ab, wenn nicht durch Hupen oder Brüllen?

Andere Gespräche drehten sich um die Frage, welche Eltern schwieriger seien. Jeder von ihnen plädierte nachdrücklich für die eigenen, sie machten ein Spiel daraus, das aber nur ihrer Anspannung geschuldet war, denn natürlich ging es keineswegs darum, jemanden zu verurteilen.

Sie hatten die Reihenfolge der Besuche strategisch festgelegt. Kerus Eltern waren geradezu obsessiv auf Sauberkeit und Sicherheit bedacht und hatten ihr Haus seit der Pandemie nie ohne doppelte Maske, Handschuhe und Pfefferspray verlassen. Waren sie zuvor vielleicht höchstens zweimal im Jahr in ein Restaurant gegangen, auf Kerus Drängen hin, denn so gehörte es sich ihrer Meinung nach für eine amerikanische Familie, würden sie dies, wie sie sagten, nun ganz sicher nie wieder tun. Essen bestellen würden sie auch nicht mehr, genauso wenig wie ein Flugzeug besteigen, es sei denn, sie müssten im Sterben liegende Verwandte besuchen oder die Gräber ihrer Eltern, und auch das würden sie nur tun, wenn China seine Grenzen wieder vollständig öffnete. Kerus Eltern lebten mitten im Bundesstaat Minnesota, den Keru nie als ihre Heimat betrachtet hatte, wenngleich sie dort auf die Highschool gegangen war. Um eine Übernachtung in einem Hotel zu vermeiden, wechselten sich ihre Eltern auf der Fahrt nach Chatham ab, Pausen legten sie ausschließlich an offiziellen Rastplätzen ein und aßen im Auto zubereitete Ramen-Nudeln. Sie würden als Erste zu Besuch kommen oder gar nicht. Nie im Leben würden sie in einem Bett übernachten, das bereits von einem anderen Paar benutzt worden war, selbst wenn sie dieses Paar kannten.

An ihrem letzten Abend zu zweit war Nate zum Weinladen um die Ecke gelaufen und hatte eine Flasche Roten zum Abendessen gekauft. Er wollte Keru die Möglichkeit geben, sich komplett zu besaufen, denn sobald ihre Eltern eintrafen, könnte sie keinen Tropfen anrühren, ohne von ihnen als Alkoholikerin bezeichnet zu werden. Als er zurückkam, stank es im ganzen Haus, wie erwartet, nach Chlorbleiche. Keru kratzte auf allen Vieren im Bad die Fugen aus und zupfte einzelne schwarze Fitzel vom Boden. Danach nahm sie sich die Küche vor und wischte Wasserflecken von den Geräten. Das Geschirr und Besteck, bereits am Abend zuvor gespült, lud sie ein zweites Mal in die Maschine und ließ sie auf höchster Stufe laufen.

»Erzähl ihnen bloß nicht, dass wir den Geschirrspüler benutzen«, sagte sie.

Diesen Fehler hatte Nate schon einmal begangen, im ersten Jahr ihrer Ehe, damals hatte er seinem Schwiegervater gegenüber scherzhaft erwähnt, dass er und Keru jeden Abend die Maschine laufen ließen, manchmal einfach nur so zum Spaß.

»Du kannst sie gern benutzen, Nate«, hatte sein Schwiegervater gesagt, im Ton eines Anklägers vor Gericht. »Aber Keru soll die Finger davonlassen. Wer eine Spülmaschine benutzt, hat vor dem Leben kapituliert. Niemand ist so beschäftigt, dass er keine zehn Minuten erübrigen kann, um seinen eigenen Dreck wegzumachen. Du bist vielleicht nicht fleißig genug, um Schwamm und Putzmittel zu benutzen, aber Keru schon. Deine Aufgabe ist es, sie zu ermutigen, das auch weiterhin zu tun.«

Nate wusste nicht, wie er reagieren soll. Sein Schwiegervater hatte ihn unverblümt zum Taugenichts erklärt und ihn im selben Atemzug dazu angehalten, Keru wie eine Putzfrau zu behandeln. Unter dem wachsamen Blick seines Schwiegervaters stieß er schließlich ein nervöses Lachen hervor. An jenem Tag hatte er begriffen, dass sein Schwiegervater im Gegensatz zu den Vätern all seiner Exfreundinnen nie sein Freund sein würde. Niemals würde er mit Nate draußen Bier trinken, weder beim Steaksgrillen noch beim Fliegenfischen oder nach einem verlorenen Cornhole-Spiel. Sie würden nicht miteinander Backgammon spielen oder einander mit trivialen Quizfragen aufziehen. Abgesehen von ihrer Sorge um Kerus Wohl würden sie keinerlei gemeinsame Interessen haben.

Während Keru schrubbte, erkundigte sich Nate, was sie essen wolle, bevor ihre Eltern mit Kühltaschen voller selbst gekochter Speisen anrückten und sich die Frage für die kommenden Tage erledigt hatte.

Sie habe keinen Hunger, erwiderte Keru, es sei noch so viel zu tun. Der Müll sei noch nicht ausgeleert, sie müsse die Bettwäsche noch mal waschen, alle Decken, alle Duschtücher, Handtücher, Geschirrtücher, die Fenster putzen, die Böden wischen, die Auffahrt fegen, sich mit der Fusselrolle entfusseln und danach einen letzten Kontrollgang machen.

Während seine Frau einige dieser Dinge erledigte, aß Nate einen Müsliriegel, mit der Hand unterm Kinn. Dann entkorkte er den Wein und stellte die Flasche auf eine Serviette auf dem Esstisch neben einen einzelnen Pappbecher. Er ging noch mal mit Mantou raus, über die ungefegte Auffahrt und den Kiesweg zur Sandpiste hinunter an einen kleinen Strand. Überall standen Schilder, HUNDE IMMER AN DIE LEINE, das »immer« war unterstrichen und fett gedruckt, aber da der Strand leer war, ließ Nate Mantou fünf Minuten lang von der Leine und sah ihr zu, wie sie Wellen jagte.

Direkt nach ihrem Eintreffen absolvierten Kerus Eltern einen zügigen Rundgang ums Grundstück. Sie machten Bemerkungen über kleinere Makel wie die schmale Auffahrt und das Fehlen eines Gartenschlauchs zum Feuerlöschen, sollte das Haus in Flammen aufgehen. »Wieso sollte das Haus in Flammen aufgehen?«, fragte Keru, worauf ihre Mutter diverse Gründe auflistete. Blitzeinschlag, ein Waldbrand, der sich rasant ausbreitete, feindlich gesinnte Nachbarn, ein Leck in der Gasleitung, das sie entweder im Schlaf ersticken ließ oder eine Explosion verursachte. Keru kannte diese Art von Listen, sie führte selbst welche. Da ihre Miene aber anscheinend nicht entsetzt genug ausfiel, bohrte ihre Mutter ihr den Zeigefinger in die Stirn und stieß sie damit ein Stück zurück. Nates Anwesenheit blieb weitgehend unbeachtet. Kerus Eltern winkten ihm aus sicherer Entfernung zu und seine Stirn blieb unberührt. Das passte Nate ganz gut. Mantou sauste hinter Nates Rücken hervor auf die Eltern zu. Als sie an Kerus Vater hochspringen wollte, wich er zur Seite und sagte auf Chinesisch: »Erst waschen wir dir die Pfoten.« Nachdem Kerus Eltern die Gegend als keimfrei eingestuft hatten, entluden sie die Kühltaschen, betraten das Cottage und entledigten sich der Masken und Handschuhe. Während Kerus Mutter im Haus das Mittagessen vorbereitete, ging Kerus Vater mit einer Schüssel lauwarmem Wasser vor die Tür, um Mantou die Pfoten zu waschen, jede Zehe zwanzig Sekunden. Danach präsentierte er Keru und Nate, die versichert hatten, ein feuchtes Tuch wäre ausreichend und eine Waschschüssel unnötig, die braune Brühe. Erst danach durfte Mantou wieder ins Haus. Nach dem Mittagessen, Gurkensalat und Schweinespießchen, nötigte Kerus Mutter ihre Tochter zum gemeinsamen Abwasch, und Kerus Vater nötigte Nate zu einem Gespräch über Brennstoffzellen.

Kerus Vater arbeitete als Chemiker in der Energieindustrie, Nate war Juniorprofessor auf dem Gebiet der Fruchtfliegenforschung. Ausgehend von der Vermutung, dass es bei den Männern, beide Wissenschaftler, eine gewisse Themenüberschneidung geben würde, eröffnete Kerus Vater die Unterhaltung stets mit der Frage, ob es in der Biologie oder angewandten Biologie neue Studien gebe, die uns bei der gegenwärtigen Energiekrise helfen könnten, beim bevorstehenden Ende der fossilen Kraftstoffe und bei den irreversiblen Umweltschäden, die Milliarden von Verbrennungsmotoren anrichteten. Brennstoffzellen seien die Zukunft, sagte sein Schwiegervater dann gern, wobei er sanft mit der Faust auf irgendwas einschlug, wie beispielsweise seine andere Faust. Weder Nukleartechnik noch Elektrofahrzeuge, auch nicht Elon Musk, sondern Wasserstoff-Brennstoffzellen, die emissionsfrei elektrische Energie produzierten. Nate brummte und murmelte gelegentlich ein bisschen vor sich hin und sagte dann, wie schon etliche Male zuvor, dass ihm, so schlimm er das selbst auch finde, keine neuen Vorstöße zur Rettung der Zukunft bekannt seien, er untersuche Fliegen.

Zu Beginn ihrer Beziehung hatte Nate geglaubt, Kerus Vater spreche über Brennstoffzellen, um sich aufzuspielen, bis ihm schließlich der Verdacht gekommen war, dass Brennstoffzellen möglicherweise das einzige Thema waren, über das sein Schwiegervater in einigermaßen sicherem Englisch einen intellektuellen Monolog führen konnte. Sein Schwiegervater besaß einen Haufen Unternehmenspatente, Papierstapel mit Berechnungen voller griechischer Symbole, die Nate nicht verstand. Beim Thema Brennstoffzellen hatte Kerus Vater die Kontrolle, über die Unterhaltung und über das Bild, das er von sich vermittelte. Sollte Nates Verdacht zutreffen, läge es in seinem Interesse, ihm wie ein braver Schwiegersohn zuzuhören und weiterhin zu gestehen, dass er nichts über saubere Energiegewinnung wisse und deshalb umso dankbarer sei, dass sein Schwiegervater sich um dieses Problem kümmere.

Als Nate diese Brennstoffzellenfixierung seiner Mutter gegenüber erwähnt hatte, sozusagen als kleinen Scherz, war sie nicht sonderlich amüsiert gewesen und hatte ihre Meinung anhand von Fragen geäußert: »Was willst du damit sagen, er redet nur darüber? Er kann über nichts anderes mit dir reden? Nicht mal übers Wetter oder über deine Arbeit? Warum erwartet er, dass du *ihn* besser kennenlernst, er *dich* aber nicht?«

Normalerweise rief Nates Mutter ihn übers Festnetz an, auf einem unbequemen Hocker in ihrer engen Küche, eine fleckige Schürze um die Hüfte gebunden, obwohl sie nicht kochte. Auch als Nate und Keru einander gerade kennengelernt hatten, war seine Mutter ihm mit Fragen gekommen: Was für Einwanderer sind sie denn, welche Art von Chinesen? Christen? Glauben sie an Gott? Sind sie auf legale Weise ins Land gekommen? Haben ihre Eltern die amerikanische Staatsbürgerschaft? Keru auch? Fühlen sie sich eher als Amerikaner oder als Chinesen? Sprechen sie in deiner Anwesenheit nur Chinesisch? Wissen sie, dass du kein Chinesisch verstehst? Hast du sie gefragt? Was soll daran beleidigend sein? Erkläre ihnen einfach ganz höflich, dass wir mit Keru nur Englisch sprechen werden und erwarten, dass sie auch mit uns nur Englisch spricht.

Die Fragen enttäuschten Nate, und er überlegte ernsthaft, das seiner Mutter zu sagen, aber er hatte keine Lust auf ihre Schwurbeleien, warum Fremdenfeindlichkeit keine Fremdenfeindlichkeit sei. So was wie, sie sei eben eine Löwenmutter und stelle diese Fragen doch nur zu seinem Wohl und um ihn (und sich) vor einer ausländischen Ehefrau zu schützen, die ihn womöglich nur ausnutzen wolle. Die Frage nach der Staatsbürgerschaft schien seine Mutter besonders umzutreiben, und um ihr zu helfen, ihn weniger zu enttäuschen, beantwortete er diese eine Frage besonders ausführlich. Er erklärte ihr den Prozess in allen Einzelheiten. Um die US-Staatsbürgerschaft zu erhalten, hatten Keru und ihre Eltern ihre roten chinesischen Pässe abgegeben, und zwar bevor Keru das Teenageralter erreicht hatte. Sie hatten sich einer schriftlichen und mündlichen Prüfung unterzogen, den Treueschwur auf die Fahne geleistet, sich fest die Hände schütteln und gratulieren lassen, Sie befinden sich nun im Land der Freiheit, also das, was Ihre frühere Heimat nicht ist. Aber selbst wenn Keru keine Staatsbürgerschaft hätte, selbst wenn sie sich mit der Green Card oder mit einem Visum im Land aufhalten und ihre Ehe eine Einbürgerung beschleunigen würde, wäre ihm das egal, er würde Keru heiraten. Seine Mutter beteuerte, ihr sei das auch egal, solange Nate damit glücklich sei. Drei Monate später erkundigte sie sich erneut nach Kerus Staatsbürgerschaft, offenbar hatte sie Nates Schilderungen wieder vergessen. Sie versprach, sie sich diesmal aufzuschreiben, in allen Details, die ihr so egal waren.

Nates Eltern hatten direkt nach der Highschool geheiratet, in derselben Kirche wie ihre Eltern, in derselben Stadt, in der sie und ihre Eltern geboren worden waren, am Fuße der Blue Ridge Mountains. Seine Mutter hatte bis zu ihrer Schwangerschaft als Kellnerin gearbeitet, sein Vater einen kleinen Discounter geleitet. Als der pleiteging, zogen seine Eltern in eine andere Stadt mit einem etwas billigeren Discounter, der ebenfalls eine Leitung brauchte. Im Sommer und an den Wochenenden bestückte Nate die Regale, klebte Preisschilder auf Konservendosen mit Baked Beans und Gläser mit Mixed Pickles und orangefarbene Sonderangebotsschilder auf fast abgelaufenes Obstgebäck. Um Ladendiebstahl zu erschweren, hatten die Schilder einen besonders hartnäckigen Klebstoff. Ein

Dieb müsste zehn Minuten oder länger daran herumknibbeln, um die Ware vom Sticker zu befreien und damit den Laden verlassen zu können, ohne den Alarm auszulösen. Das Erfolgsgeheimnis des Einzelhandels, hatte sein Vater ihm erklärt, während sie die Angebotssticker um die alten Schilder herumklebten und diese dann einfach mit einem Filzstift durchkreuzten. Sein Vater arbeitete werktags von sechs bis achtzehn Uhr, an Thanksgiving und an Weihnachten, seine jährliche Personalfluktuation lag bei 100 Prozent. Die jüngeren Generationen regten ihn auf, was er vor allem denjenigen lautstark klarmachte, die unnötig viel Zeit im Pausenraum verbrachten, statt die verdammten Ärmel hochzukrempeln und mit anzupacken. Als Nate auf der Highschool war, nahm ihn sein Vater beiseite und erklärte ihm, dass der Beruf des Filialleiters keine Zukunft habe und Nate einen anderen Beruf anstreben solle. Dabei erwähnte er den Sohn seiner Schwester, Nates Cousin, der im Nachbarstaat in einer Reifenfabrik arbeitete und auf bestem Weg war, zum Teamleiter Lagerlogistik aufzusteigen. Den Sohn seiner anderen Schwester erwähnte er ebenfalls, der war auf der Berufsschule und lernte Schweißer.

»Hast du Interesse an diesen Berufen?«, fragte er dann.

Nate antwortete, er sei offen für alles.

»Es ist wichtig, dass man was kann«, sagte sein Vater, und wenn Nate auch nickte, wusste er doch, dass sein Vater damit vor allem körperliche Fähigkeiten meinte. Kisten ausladen, schleppen, einladen. Handwerksarbeiten. Sport. Als Nate verkündete, er werde nicht länger für die Aufnahme ins Basketball-, Football- und Baseballteam seiner Schule trainieren, legte sich eine große, unausgesprochene Trauer über die restliche Familie. Sein großer Bruder Ethan hatte es wenigstens ins Wrestlingteam geschafft, aber Nate war zu einem schlaksigen, mageren Jungen herangewachsen. Beim Anblick seines

Spiegelbilds fühlte selbst er sich an einen Zahnstocher erinnert.

Als er einen Studienplatz plus Stipendium an der Yale University ergatterte – eine Überraschung für alle, denn niemand wusste, dass er sich überhaupt beworben hatte –, spendierte ihm seine Mutter im besten Laden der Stadt, bei Sears, seinen ersten echten Wintermantel, mit Kunstdaune. Er war eine Nummer zu groß, aber seine Mutter sagte, er wachse da schon noch rein, was jedoch nicht passierte. Im Senior Year in Yale lernte Nate auf einer Halloweenparty Keru kennen. Sie war in einem Rollkragenpulli mit Leopardenmuster, Karojacke und Goldglanzhose aufgetaucht. Er mit einer Haifischflosse auf dem Rücken.

»Als was gehst du?«, hatte er sie gefragt.

»Als Unentschlossenheit«, sagte sie. »Oder Bad Dress Day. Wieso? Als was gehst du denn?«

Er deutete auf die alberne Weichschaumflosse und scharwenzelte dümmlich damit herum. »Errätst du's nicht? Weißer Hai.«

Sie musterte ihn scharf. Dann lachte sie, so richtig herzhaft. Weil sie glaubte, sein Kostüm sei eine besonders geistreiche Anspielung auf die vielen reichen Weißen an dieser Ivy-League-Uni. So geistreich habe er gar nicht sein wollen, gab er zu. Er war ein bisschen verlegen. Sie lachte weiter.

Da es sich immer noch um eine Party handelte, war es ihm irgendwann egal, welche Vermutungen das lachende Mädchen über ihn anstellte. Er erzählte ihr nicht sofort, dass er ein armer weißer Junge aus irgendeinem Kaff war und der Erste in seiner Familie, der eine Uni von innen sah. Für Leute wie ihn gab es Akronyme, Selbsthilfegruppen und Mentoren. Die Bezeichnung *First Gen* hatte er zum ersten Mal als frisch ernannter Assistant Professor gehört, in einem frisch ernannten Ausschuss, der an der Universität bessere Bedingungen für Studierende dieser Art schaffen sollte. Welche Bedürfnisse hatten sie? Welche Übergangsschwierigkeiten? Bis dahin hatte Nate nie näher über seine Bedürfnisse oder Übergangsschwierigkeiten nachgedacht, und wäre sein Bruder Ethan auch schon auf die Uni gegangen, hätte Nate dies auch jetzt nicht tun müssen. Aber Ethan hatte nun einmal die falschen Freunde gewählt, ein paar Autos geklaut und ein Semester im Jugendgefängnis verbracht. Nach seiner Freilassung hatte er die Highschool geschmissen und war erst gen Westen gefahren, dann gen Süden, dann zurück nach Westen, und hatte gearbeitet, wo es Arbeit gab. Wo genau Ethan sich gerade aufhielt, erfuhr Nate nur, wenn einer seiner sporadischen Briefe eintrudelte, in denen er von seiner neu entdeckten Liebe zu Jesus schwadronierte und Nate deshalb bat, ihm Geld zu schicken, damit er sich ganz seinem neuen, frommen Leben widmen könne, »am besten wickelst du ein paar Hundert-Dollar-Scheine in Seidenpapier und schickst sie an diese Adresse.« Als Nate seine Mutter mit diesen Briefen konfrontierte (er wusste, dass sie Ethan Geld schickte und ihm außerdem Nates Adresse in New Haven verraten hatte), entgegnete sie, er solle sich seine elitären Flausen ja nicht zu Kopf steigen lassen, schließlich seien er und Ethan aus demselben Holz, hätten dieselbe Liebe erfahren, dieselben Neigungen, und nur durch Gottes Willen sei Nate nun auf eine andere Bahn geraten, es hätte leicht anders kommen können.

Während seine Mutter nie sonderlich religiös gewesen und es ihr regelrecht verhasst war, an Ostern in die Kirche zu gehen, was sie deswegen auch unterließ, scheute sie nicht davor zurück, »Gottes Wille« einzusetzen, wenn ihr die Unterhaltung entglitt und sie nach einer Möglichkeit suchte, sie zu beenden. Seine Mutter wusste genau, dass er nicht mehr an Gott glaubte. Eine Zeit lang hatte sie sich nach seinen Gründen erkundigt. Nichts Besonderes, hatte er aufrichtig geantwortet, es sei ihm nur zunehmend sinnlos erschienen. Seine Mutter sagte, sie verstehe nicht ganz, woraufhin Nate erklärte: »Mom, wenn man bedenkt, dass der Glaube als Rechtfertigung für so vieles missbraucht wurde und immer noch wird, erscheint er mir in erster Linie als Mittel zum Selbstzweck«, obwohl Nate im Glauben durchaus den Vorteil erkannte, dass er dem Leben Trost und Struktur geben konnte. Seine Mutter verstand es immer noch nicht, worauf Nate ihr erklärte, dass man mit dem Glauben irgendwann in einer Sackgasse landen würde, und auch wenn es Menschen gebe, die beispielsweise über die Pascal'sche Wette zum Glauben gefunden hätten, wolle er doch lieber ohne weitermachen und einfach versuchen, ein guter Mensch zu sein.

Das Gesicht seiner Mutter schien zu schrumpfen und in sich zusammenzufallen. »Sackgasse?«, murmelte sie. »Pascal? Wette?«

»Vergiss nicht, wo du herkommst«, sagte sie schließlich, und Nate erwiderte, das habe er nie und werde er nie, worauf sein Vater einwarf: »Oh doch, das hast du, und jetzt schau dir an, was du bei deiner Mutter angerichtet hast.« Die war, nachdem sie erkannt hatte, dass Nate keinen plausiblen Grund hatte, nicht an Gott zu glauben, in Tränen ausgebrochen.

Nate zog es daher vor, gar nicht erst über seinen Bruder oder diese Familiendynamik zu sprechen. Manchmal ließ er die anderen einfach in der Annahme, dass er aus einem wohlhabenden weißen Elternhaus stammte und Einzelkind war.

Keru hingegen war tatsächlich Einzelkind und allein auf die Halloweenparty gekommen, ganz spontan, um ihr Senior Year etwas runterzufahren.

»Manche sagen, sie hätten Angst vor mir«, sagte sie. »Buh!«, sagte sie, und er zuckte zusammen.

Er hatte Angst, aber da war auch eine gewisse Faszination. So mussten sich die ersten Wissenschaftler gefühlt haben, als sie zufällig die Elektrizität entdeckten.

Schon bald hatten sie sich ein freies Sofa ergattert, und als Nate Keru erzählte, dass er im nächsten Jahr auf der Graduiertenschule an niederen Organismen forschen werde, fischte Keru einen Bierdeckel vom zugemüllten Couchtisch und warf ihn in die Menge, ohne den Blick von Nate abzuwenden oder die Aktion zu kommentieren.

Er deutete mit dem Finger die Flugbahn des Wurfobjekts an. »Hast du gerade …?«

»Was?«

Als sie einen weiteren Bierdeckel aus dem Haufen pflückte und ihn auf ihrem Knie hin und her rollte, zog er seinen Finger wieder ein und fragte sie, was sie nach ihrem Abschluss machen werde.

»Nicht Medizin«, sagte sie, während sie den Bierdeckel auf dem Knie rollte.

»Nicht Jura«, sagte sie, während sie den Bierdeckel wie ein Frisbee durch den Raum schleuderte.

»Nicht Wirtschaft«, sagte sie, während sie nach einem leeren Plastikbecher griff (es gab keine Bierdeckel mehr).

»Bleibt nur noch eine Möglichkeit«, sagte sie.

»Hm«, sagte er etwas abwesend, wie in Trance.

»Ich werde Beraterin«, sagte sie, und, nachdem er keine Reaktion zeigte, »schon mal gehört?«, und als da immer noch nichts zurückkam, »irgendwas mit achtzig Stunden pro Woche, Essen am Schreibtisch, super dringend und völlig sinnfrei, Beraterin eben.«

Ungefähr siebzig Prozent ihres Jahrgangs machten irgendwas mit Beratung. Schon in der Orientierungswoche zu Semesterbeginn wurde man dazu animiert, sich bei einer der großen Firmen zu bewerben.

Als Nate sich endlich wieder berappelt hatte, nickte er und sagte: »Jawoll, Ma'am.« Seine Hand flog an seine errötete Wange. »Sorry. Du machst mich irgendwie nervös.«

Ihr Lächeln war aufrichtig, warm und verschmitzt, was sie als Nächstes tun würde, war vollkommen offen, Ohrfeige oder Umarmung.

Sie tat nichts davon, sondern beugte sich vor und gestand ihm, sie habe ein Geheimnis, das ihn noch nervöser machen werde. Er beugte sich ebenfalls vor und bat, sie möge es ihm verraten. Das Geheimnis lautete, dass sie rücksichtslos reich werden wolle. »Meine Familie hat keine Geschäftsbeziehungen oder Geld zu vererben. Deshalb bin ich fest entschlossen, mir selbst ein Leben aufzubauen, das die von meinen Eltern und mir erlittenen Strapazen der Einwanderung in dieses Land wieder wettmacht. Bist du bei mir, Weißer Hai?«

Er fragte sich, was sie mit »bist du bei mir« meinte. Wollte sie wissen, ob er verstand, was sie gesagt hatte, oder fragte sie ihn, ob er bereit sei, sich ihrer Mission anzuschließen? Kerus Zwinkerrate lag weit unter dem Durchschnitt normaler Menschen und noch weiter unter seinem. Nach dem Plastikbecher warf sie einen Druckbleistift. Nach dem Druckbleistift warf sie einen Spiralblock. Jemand rief: »Hey, was soll der Scheiß?«, aber die Party ging weiter, die Musik lief bis zum Ende des Abends, als Nate Keru fragte, ob er sie wiedersehen könne, worauf ihr Blick von ihm zum mittlerweile leeren Couchtisch wanderte und sie »Vielleicht« sagte.

Nate verstand genug Chinesisch, um einer Unterhaltung zu folgen, aber nicht genug, um dazu beizutragen. In seinem Hirn, das vollauf mit Zuhören und Übersetzen beschäftigt war, gab es keine Kapazitäten mehr für die Formulierung eigenständiger Gedanken. Seine Chinesischlehrerin hatte gemeint, er befinde sich gegenwärtig auf einer Stufe des Fremdsprachenerwerbs, die sie Monotasking nannte. »Viele bleiben auf dieser Stufe stehen«, mahnte sie und ermutigte ihn zum Sprung in die aktive Konversation. »Einfach reinspringen?« »Ja, los, spring!« Seine Äußerungen entbehrten jeglicher Logik, die Satzfragmente ergaben keinen Sinn. Während er radebrechte, bildeten sich in seinen Mundwinkeln weiße Speichelfetzen. Bald darauf hatte ihn seine Lehrerin angewiesen, mit dem Springen aufzuhören, er sei doch kein Frosch.

Diese wöchentlichen Stunden waren unlustig und erinnerten ihn daran, dass seine früheren Versuche, eine Fremdsprache zu lernen, ein echter Witz gewesen waren. Ganze acht Jahre hatte er sich an Spanisch abgearbeitet, jedes Semester mit Glanznoten bestanden, aber die Sprache kam ihm immer noch spanisch vor. Mittlerweile konnte er besser Chinesisch, aber nur aus der Not heraus. Nates Lehrerin stammte aus Beijing und hatte eine stolze, hochpräzise Aussprache, die regelrecht militant wirkte. In der ersten Stunde hatte sie ihn sogar angebrüllt. Erst nach einer Weile hatte er verstanden, dass dies ihre natürliche Art zu reden war. Sie brüllte: »Eins Komma vier Milliarden Menschen sprechen Mandarin, die meistgesprochene Sprache der Welt.« Sie brüllte: »Nur sechshundert Millionen Menschen sprechen Englisch, aber spricht man sowohl Englisch als auch Mandarin, kann man mit zwei Milliarden Menschen auf der Welt kommunizieren, ist das nicht wunderbar?« Worauf Nate anmerkte, mit so vielen müsse er gar nicht kommunizieren, es gehe ihm nur um die angeheiratete Verwandtschaft. Als die Lehrerin erfuhr, dass Keru und ihre Familie aus Südwestchina stammten, vom

Land, erklärte sie ihm, dass sie einen Dialekt des Mandarin sprächen, flacher, weicher und letztendlich weniger präzise. Derartige Dialekte der Landbevölkerung könne man unter der Bezeichnung *tu hua* zusammenfassen, also »Sprache des Schmutzes«. »Die Sprache des Schmutzes kann ich dir nicht beibringen«, gestand sie, fügte aber gleich hinzu, dass es unmöglich sei, jemanden zu finden, der dies vermochte. Beijing Mandarin sei die offizielle Hochsprache, den Dialekt hingegen sprach man zu Hause. Nate blieb keine Wahl, denn Keru brachte ihm ihre Sprache nur unwillig bei, folglich lernte er staatlich sanktioniertes Mandarin von einer professionellen Sprachlehrerin und versuchte dann, das Gehörte im täglichen Umgang mit seiner Frau anzubringen, was einer Quadratur des Kreises gleichkam, doch mit genug Kraftaufwand und höchster Konzentration seines Denkapparats gelang es ihm manchmal tatsächlich, das Runde eckig zu machen.

Von außen betrachtet machte diese Meisterleistung des Hörverstehens allerdings wenig her. Er hockte da und lauschte. Er setzte eine dümmliche Miene auf und blieb stumm.

Die gesamte Woche verbrachte man im Haus, alles drehte sich ums Essen. Jeden Morgen beim Frühstück konfrontierten Kerus Eltern sie mit einer Abfolge von Fleisch- und Spinatklößen, Pfannkuchen mit Lauchzwiebeln, Waffeln und einer ganzen Auswahl an Getränken. Jeden Morgen wurden sie genötigt, alles zu verspeisen, denn sonst, so lautete die elterliche Warnung, fehle ihnen die Energie für den Tag und sie würden einen Schwächeanfall erleiden. Während sie also gegen den Schwächeanfall anfraßen, fragte Keru ihre Eltern, ob sie vielleicht mal einen Ausflug machen wollten. An den Strand beispielsweise. Oder an der berühmten Küste entlangfahren. Ganz viele Leuchttürme. Dabei müssten sie nicht mal aussteigen, sie könnten die Gebäude von Weitem bewundern, bei geschlossenen Fenstern, durch getönte Scheiben.

Ihre Eltern schüttelten synchron den Kopf.

»Zu viele Menschen«, sagte ihr Vater. Außerdem hätten sie auf der Fahrt nach Chatham die Sanddünen gesehen und er gehe davon aus, dass Sand überall gleich aussehe.

Ob sie sie dann wenigstens bei einem kleinen Spaziergang begleiten würden, fragte Keru. Das Wetter sei wunderschön, genau wie am Tag zuvor und auch am Tag davor, nicht zu feucht, Schäfchenwolken am Himmel. Beim Wort »Spaziergang« kam Mantou aus dem Wohnzimmer geschossen und ließ sich neben dem Frühstückstisch fallen, direkt zu ihres Vaters Füßen. Ihr Vater machte Anstalten, Mantou zu streicheln, fand aber keine passende Stelle, daher ließ er die Hand über dem schwarz-weißen Fell schweben, woraufhin die Hündin ob ihrer Vernachlässigung verzweifelt um sich schlug. Kerus Eltern waren keine Hundefreunde, obwohl ihr Vater als Junge selbst Hunde gezüchtet hatte, zur Bewachung von Grundstück und Getreidefeldern. Doch die waren weder gestreichelt noch ins Haus gelassen worden. Kerus Mutter hatte Angst vor Hunden, besonders vor den großen, die einen ansprangen und die Pfoten auf die Schultern legten. Als Mantou genau dies einmal bei Kerus Mutter versucht hatte, war die mit einem Schrei zurückgewichen. Und hatte Keru gleich darauf lautstark des versuchten Muttermords bezichtigt. Das Anspringen hatten sie Mantou ziemlich schnell abtrainiert, aber Kerus Mutter hatte sich erst ein Jahr nach dem Vorfall dazu überreden lassen, mit Mantou im selben Zimmer zu sein. Damals hatte sie ihren Mann in Kerus Hörweite gefragt, ob Keru sich wohl einen Hund angeschafft habe, um ihre eigene Mutter zu vergraulen. Keru sei sich der Hundephobie ihrer Mutter doch bewusst gewesen und trotzdem habe sie jetzt einen riesigen Hirtenhund. An diesem Punkt hatte Nate die besondere Herausforderung im Umgang mit seinen Schwiegereltern erkannt. Sie sprachen über Keru, als wäre sie gar nicht da und stellten allerlei Hypothesen über ihr rücksichtsloses Verhalten an. Als Nate erklärte, der Hirtenhund sei seine Idee gewesen, er habe sich damit einen Kindheitstraum erfüllt, bedankten sich seine Schwiegereltern dafür, dass er ihnen von diesem wunderbaren Traum erzählt habe, und äußerten gleich darauf die Vermutung, dass Keru ihn zu dieser Behauptung genötigt habe, um von ihrer Schuld abzulenken.

Aller Widrigkeiten zum Trotz war mittlerweile eine gewisse Zuneigung zwischen Hund und Eltern entstanden, Kerus Vater bezeichnete Mantou sogar mitunter als großen dicken Pandahund.

Doch immer, wenn er den großen dicken Pandahund gestreichelt hatte, eilte er sofort ins Bad, um sich die Hände zu waschen.

Nach zwei Jahren Pandemie beachteten nur noch wenige Menschen die Hygieneregeln so penibel wie Kerus Eltern. Nates Eltern befanden sich gleich am anderen Ende des Spektrums, erst hatten sie die Impfung verweigert, und als sie sich mit dem Virus infizierten, wollten sie ihre Coviderkrankung nicht wahrhaben und sich nicht in Quarantäne begeben. Sechs Monate lang konnte Nates Vater nichts mehr riechen, aber schuld waren angeblich irgendwelche Allergien. Seine Mutter hatte starke Muskelschmerzen, wollte sich aber weder testen lassen noch Schmerztabletten nehmen. Am Telefon hatte Nate seine Mutter gefragt, wie sie denn reisen wollten, zum Beispiel nach New York, um ihn und Keru zu besuchen, wenn sie sich nicht zumindest an die Grundregeln halten würden. »Wir reisen einfach nicht, sondern warten ab, schließlich sind sich nicht einmal die Wissenschaftler einig, der eine sagt hü, der andere hott«, erwiderte seine Mutter. Nate erinnerte sie daran, dass auch er Wissenschaftler sei. »Worauf wir sehr stolz sind«, sagte sie, aber an welche Wissenschaft er auch immer glaube, er solle darauf achten, wann er diese für sich behalten sollte. Schließlich dränge sie ihm auch nicht ihre Wissenschaft auf, sie sage ihm nicht, was er zu tun und zu lassen hatte. Nate erklärte ihr, es existiere weder seine noch ihre Wissenschaft, niemand könne das Wort für sich beanspruchen, und überhaupt, sie und sein Vater seien keine Wissenschaftler, sie hätten nicht studiert, keine Prüfungen absolviert und Qualifikationen erlangt, keine Dissertation verfasst und verteidigt, an der sie zuvor sechs Jahre geschrieben hätten, sie hätten auch keine drei Jahre als Postdoc gearbeitet und müssten jetzt weitere sieben Jahre auf die Festanstellung warten, wegen der Bürokratie, Bewilligung von Fördergeldern, und weil die Forschung an Fliegen so verdammt beschissen langwierig sei, schließlich müsse man die Fliegen erst mal züchten und fangen, und um die sozialen Muster in den Kolonien zu erkennen, müsse man sie stundenlang beobachten, über Monate hinweg. Seine abschließende Bemerkung lautete: »Unsere Meinungen sind nicht gleichwertig«, woraufhin in der Leitung Schweigen herrschte. Nate wusste nicht, ob seine Mutter den Hörer weg- oder aufgelegt hatte. Dann hörte er: »Du vergisst, mit wem du sprichst, Nathan. Ich bin deine Mutter, und über dieses Thema wird jetzt nicht mehr geredet.«

Dass Nates Eltern ihren Sohn nie zu einer Karriere als Wissenschaftler ermutigt hatten, war Keru völlig unverständlich. »Wer würde nicht wollen, dass das eigene Kind in die Wissenschaft geht?«, fragte sie. »Oder in die Medizin? Ärzte finden immer einen Job. Wissenschaftler werden immer gebraucht.«

Leider verdienten solche wie Nate nur einen Bruchteil dessen, was Mediziner verdienten, und arbeiteten auf einem Fachgebiet, das Laien nicht verstanden. »Warum nicht Jura?«, hatten seine Eltern vorgeschlagen, immer, wenn in Yale ein neues Semester begann, und immer, wenn er im Sommer heimkehrte. »Gibt es in Yale keine Studiengänge für Jura, wär doch nett, einen Anwalt in der Familie zu haben.« Als Jurist könne er in die Politik gehen, in den Senat, Präsident werden oder vielleicht sogar Richter am Obersten Gerichtshof.

Keru blinzelte, als würde sie aus dem Koma erwachen. Jemandem wie ihr standen solche Möglichkeiten nicht offen.

»Aber mir schon«, sagte Nate ironisch. Ja, sie stünden ihm nicht nur offen, sondern weit, weit offen, werd Präsidentschaftskandidat, Nathan, erheb deine Stimme für dein Volk, und wenn er auch nur das leiseste Interesse daran hege, dieses, sein Volk, zu vertreten, werde er schon noch erkennen, wie attraktiv er als Kandidat sei. Aus Appalachia an die Ivy-League-Universität. Vom White Trash ins Weiße Haus. »Aber du bist doch kein White Trash«, merkte Keru an. Auf seine Frage, was sie denn sonst unter White Trash verstehe, fiel ihr dann aber nichts ein, außer »das bist du nicht.«

Nate hatte gerade seine Frühstücksportion verdrückt, als Kerus Mutter ein weiteres Tablett Dampfbrötchen aus der Küche auftrug. Automatisch griff er danach, zerrupfte die elastische weiße Haut, um an das dunkle Innenleben aus roten Bohnen zu gelangen. Zwischen Keru und ihren Eltern ging es mittlerweile ums Eingemachte, und da er der Dynamik nicht richtig folgen konnte, beobachtete Nate stattdessen das Mienenspiel seiner Frau. Das hatte sich von beherztem Optimismus zu ausdrucksloser Leere gewandelt. Es gab eine ganze Reihe an Themen, die ihre Eltern immer wieder ansprachen. Erstens, Karriere: An welchem Punkt in der nahen Zukunft werde Nate eigentlich endlich verbeamtet und Keru Partner?

»VERBEAMTET« und »PARTNER« grölte ihr Vater regelrecht und nickte so lange auf seinen Schwiegersohn ein, bis Nate zurücknickte. Zweitens, Geld und die besten Spartricks ihres Vaters. Unterm Strich: Du kannst nicht für immer in einer Mietwohnung leben, Keru. Du solltest lernen, eine Hypothek abzuzahlen wie echte Erwachsene. Drittens, Kinder! Wann kommen die eigentlich mal? Deine Mutter plant, Großmutter zu werden, und Kinderkriegen ist unsere soziale Pflicht, auch wenn es einen an den Rand der Erschöpfung treibt. Beim Thema Kinder schaltete sich Kerus Mutter ein, händeringend wies sie darauf hin, dass vor allem Kerus Vater Enkel wolle, sie hingegen keineswegs. Sie unterstütze jegliche Entscheidung ihrer Tochter, solange Keru sie selbst treffe, nicht bereue und von ihr keine Babysitterdienste erwarte.

»Ich werde nicht umziehen, damit ich mich besser um dein Kind kümmern kann.«

Kerus Vater mahnte seine Tochter, nicht wegen der Kosten auf Kinder zu verzichten. »Ja, Nachwuchs kostet Geld, du hast uns bestimmt Hunderttausende Dollar gekostet, aber lass dich deswegen nicht davon abhalten, denk nicht zu viel darüber nach. Solltest du Geld brauchen, wende dich an uns.«

Woraufhin Kerus Mutter ihm in den Arm boxte. »Wozu haben wir unserer Tochter beigebracht, mit ihrem Geld zu haushalten, wenn du ihr jetzt einfach so unseres anbietest? Nur chinesische Kinder erwarten, dass ihre Eltern sie finanzieren, amerikanische nicht. Nimm dir Nate als Beispiel.« Und damit zeigte sie auf Nate, als wollte sie sagen, danke, Nate, dass du wie eine Statue dasitzt und folgsam deinen Teller leer isst, bitte bleib noch kurz so, damit ich vor meiner Tochter deine westlichen Tugenden loben kann. Nate drückte den Rücken durch und stopfte sich den Rest des Dampfbrötchens in den Mund, während er mit höchster Konzentration versuchte zu enträtseln, was da gerade auf Chinesisch Positives über ihn gesagt wurde.

»Braver amerikanischer Sohn, der auf eigenen Beinen steht und seinen Eltern nicht auf der Tasche liegt. Von dem kann unsere Tochter noch was lernen. Nate hat während der Highschool immer nebenbei gejobbt. Das musste Keru nie.«

Natürlich ging es hier nicht um Osten gegen Westen. Hätte man Keru die Möglichkeit gegeben, hätte sie während der Highschool vielleicht auch gejobbt, statt für null Dollar die Stunde zu büffeln. Oder andersrum: Hätten Nates Eltern Geld gehabt, hätte er ihnen auch auf der Tasche gelegen.

Keru schwieg. Die meisten Leute hatten Angst vor ihr, sie wiederum hatte Angst vor ihren Eltern.

»Nate will in Wahrheit gar nicht in New York wohnen, stimmt's?«, fragte ihre Mutter. »Er wohnt nur deshalb dort, weil Keru ihn dazu zwingt. Weil sie ihn rumkommandiert. Was ist so toll an einer Stadt mit einer maroden U-Bahn und einem Obdachlosenproblem, und dann diese brutalen Verbrechen, die jeden Abend in den Nachrichten gezeigt werden?«

Es gab viele gute Nachrichten über die Stadt, kulturelle, für die sich ihre Eltern nicht interessierten, gastronomische, die ihren Eltern egal waren, aber sogar Nate musste zugeben, dass auf Channel 1 die unfassbarsten Verbrechen liefen. Sinnlose Schießereien oder Messerstechereien, Kollateralschäden in Form von toten Kindern, Verbrechen mit abgetrennten Körperteilen in Koffern oder Opfer, die in Müllschächte gestopft wurden, Irre in der U-Bahn, die von den Nicht-Irren irre Sachen verlangten, einmal ging es gar um eine Frau, der man das Gesicht mit Fäkalien beschmiert hatte, als sie auf ihre Bahn nach Hause wartete. Nate machte die Bevölkerungsdichte für diese Taten verantwortlich. Je mehr Menschen man auf engstem Raum zusammenpferchte, desto unberechenbarer wurde ihr Verhalten. Doch er wusste, dass Kerus Mutter dieses Argument nicht gelten ließ, sie war in Changsha aufgewachsen, acht Millionen Einwohner, und nie mit solchen Verbrechen konfrontiert worden. Am Tag, als eine Asiatin von einem Fremden in der U-Bahn vor einen fahrenden Zug gestoßen wurde und starb, hatte Kerus Mutter ihre Tochter so lange angerufen, bis die endlich rangegangen war. Keru solle die U-Bahn fortan boykottieren, worauf Keru einwandte, dass ihr dies unmöglich sei, ihr Büro liege zu weit von ihrem Apartment entfernt.

»Dann sorg dafür, dass du Nate immer dabeihast«, erwiderte ihre Mutter.

»Wie? In meiner Tasche?«

»Nein, er soll hinter dir stehen, oder vor dir.«

»Nate muss arbeiten.«

»Aber er wird nicht vor einen Zug gestoßen«, erklärte ihre Mutter. »Du hast ihn doch aus gutem Grund geheiratet. Nutze ihn als Schutzschild.«

Nate hätte nichts dagegen gehabt, aber jetzt musste er erst mal den schwierigen Spagat vollziehen, im Gespräch mit seinen Schwiegereltern Partei für seine Frau zu ergreifen und sie gleichzeitig für sich selbst einstehen zu lassen. Er bliebe wohl besser neutral. Schließlich handelte es sich um ihre Eltern und damit, das glaubte Keru jedenfalls, um die einzigen Menschen auf Erden, die so mit ihr reden durften. Diese drei hatten einiges miteinander durchgemacht, und Kerus Eltern waren über Jahre hinweg ihre einzige Heimat gewesen, auch wenn sie einander in den Wahnsinn trieben. Keru hatte keine anderen Verwandten in den USA. Keine Großeltern, Tanten, Onkel, Cousins oder Cousinen auf demselben Kontinent. Nate erschien das immer noch unbegreiflich. Niemals Sätze sagen zu können wie: *Hab mich mal wieder mit Mom in die Haare gekriegt, übernachte heute bei meiner Tante* oder *Mein Cousin ist zwar ein Wichser, aber er ist in der Stadt und will mit mir abhängen* oder *Opa ist wieder im Krankenhaus und es sieht nicht gut aus, deswegen fahren wir alle los, um ihn zu besuchen.* Drei von vier Großelternteilen waren verstorben, bevor Keru sie ein letztes Mal besucht hatte. Mit den verbliebenen Familienmitgliedern hatte sie kaum Kontakt, nur mit ihren Cousinen tauschte sie sich gelegentlich aus, aber die machten sich über Keru lustig, weil sie Chinesisch aus den Neunzigerjahren sprach, was natürlich stimmte, denn sie imitierte die Sprache ihrer Eltern, die China in den Neunzigerjahren verlassen hatten. Nate wusste all das über Kerus Vergangenheit, konnte sich aber trotzdem nicht vorstellen, wie es war, so was selbst zu erleben. In den USA schwadronierten die Menschen gern darüber, dass ihr Land von Einwanderern geschaffen und ein Schmelztiegel ihrer Nachkommen sei, doch die meisten von ihnen, inklusive seiner Eltern, waren nicht selbst eingewandert, das lag mindestens vier Generationen zurück, welche Bedeutung hatte das noch für ihn? In seiner Stadt hatte es kein Einwandererviertel gegeben. Er hatte das erste Mal Sushi gegessen, als er schon auf der Universität war.

Während das Frühstück voranschritt, kam es Nate zunehmend vor, als hätte man ihn und Keru an einen Pfahl gebunden, Rücken an Rücken, in einem mit dichtem Rauch erfüllten Keller. »Dürfen wir bitte aufstehen?«, funktionierte nicht bei Kerus Eltern. In dieser Familie gab es keine Grenzen, die nicht überschritten werden durften, und wenn ein Elternteil schon eine Meinung hatte, dann musste sie auch lautstark vertreten werden. Ein Mord in Chinatown wurde aufs Tapet gebracht. Entsetzlich. Sinnlos. Nate hatte sich dazu gezwungen, das gesamte Überwachungsvideo anzusehen, auf dem eine ahnungslose junge Asiatin über mehrere Etagen hinweg verfolgt wurde, über enge Flure, von einem Mann mit Kapuze, der nur wenige Meter hinter ihr lief.

»Man hat sie oben ohne in der eigenen Badewanne gefunden«, sagte Kerus Mutter. »Bis in ihre Wohnung verfolgt, von einem Schwarzen, vierzig Messerstiche. Die letzten Minuten ihres Lebens hat sie in Angst verbracht. Das hättest du sein können, Keru, und denk mal an ihre Mutter, die den ganzen Weg nach Amerika gekommen ist, um ihrem Kind hier ein besseres Leben zu ermöglichen, und jetzt ist dieses Kind tot.«

Weil Keru auf ihrer Oberlippe herumgekaut hatte, blutete ihr nun der Mundwinkel. Sie betupfte die Stelle mit dem Finger und wischte ihn danach an einer Serviette ab. Kerus Mutter drückte durch die gezielte Betonung des Wortes für »schwarz«, *hei,* eine Ansicht aus, die Nate langsam nicht mehr ignorieren konnte. Im Chinesischen existiert keine andere Beschreibung für dunkle Haut, und wenn Keru im Sommer gebräunt war, bemerkte ihre Mutter spitz, wie *hei* ihre Haut sei, wie achtlos von ihr, sich von der Sonne derart schwarz machen zu lassen, *shai hei*.

Kerus Eltern waren weit über sechzig. Sie würden sich nicht mehr ändern. Obwohl China als Spielball der Machtinteressen anderer Länder während der Opiumkriege großes Leid erfahren hatte, den Verlust und die Rückgabe Hongkongs und hartnäckige antichinesische Ressentiments im Westen, waren sie so konditioniert, dass sie helle Haut für moralisch besser hielten und deshalb glaubten, die meisten Weißen seien gut. »Ich kann das nicht ignorieren«, hatte Nate bei anderer Gelegenheit einmal gesagt, worauf Keru den Arm ausgestreckt und ihn dazu eingeladen hatte, ihren Eltern den Weg zur Wokeness zu weisen, diese Rolle sei noch unbesetzt, er, mit seiner angeborenen Tugendhaftigkeit, dürfe sie gern übernehmen, ihre Tochter zu sein sei schwer genug. »Es gibt nur mich«, hatte sie gesagt, »und ich kann nicht alles allein stemmen.«

Als Nate also beim Frühstück mit erhobener Hand ums Wort bat, hatte er sofort die volle Aufmerksamkeit. In holprigem Chinesisch behauptete er vom Chinatown Killer, dass er ohne Gehirn gehandelt habe. Er bezeichnete ihn nicht als »Schwarzen«, sondern lediglich als »Mann«. Dann zeigte Nate auf seine Schläfe, war sich aber nicht sicher, ob er die wichtigsten Wörter korrekt betont hatte. Vielleicht hatte er Gehirn gesagt. Vielleicht auch Badehandtuch.

»Was?«, fragte Kerus Mutter.

»Er war psychisch instabil«, sagte Nate auf Englisch. Und verabscheute sich dafür. Sprachkompetenz ist eine Waffe.

Kerus Mutter zog den Kopf wieder ein, was ihr ein leichtes Doppelkinn verlieh. Sie funkelte ihre Tochter an, mit Nate sprach sie nicht mehr. Kerus Vater seufzte. Niemand rührte sich. Als das Schweigen unerträglich wurde, stieß Keru hervor: »Wenn nicht in New York, wo sollen wir denn sonst wohnen?«

»Wo?«, fragte ihre Mutter etwas lauter.

»Egal wo«, sagte ihr Vater noch lauter.

»Minnesota«, brüllte ihre Mutter.

In Minnesota blieben ihre Eltern unter sich und hatten wenige Freunde. Sie wohnten am Rand von St. Cloud in einer Siedlung, die sich meilenweit über flaches Ackerland erstreckte. Bei ihrem ersten Besuch fuhr Kerus Vater mit ihnen beiden durch die Gegend, obwohl Keru nicht hatte mitkommen wollen, hatte ihr Vater darauf bestanden, sie könne dolmetschen. Nate sah Keru resigniert aus dem Fenster starren, während ihr Vater stolz über Minnesota sprach und Nate erklärte, dass dieser Staat, an den Nate kaum je einen Gedanken verschwendet hatte, im Corn Belt, im Dairy Belt und im Frost

Belt liege, eine Region, so vielfältig wie Amerika selbst. Dann erzählte Kerus Vater davon, wie sehr ihn nicht nur diese Gegend an seine Heimatstadt erinnere – ländlich und landwirtschaftlich –, sondern auch deren Bevölkerung. Auf Chinesisch wies er Keru an: »Erzähl Nate, wie es in unserer Heimat war.«

Keru wandte sich Nate zu und sagte, die Heimatstadt ihres Vaters liege mitten in China und dort sei es, ähnlich wie hier, sehr flach, man könne meilenweit laufen und dem platten Land nicht entkommen, als wäre die Erde an dieser Stelle tatsächlich eine Scheibe, es fehle komplett an Dimensionalität, Struktur oder Fülle, es gebe keinerlei Veränderung. Kerus Vater nickte zustimmend, auch wenn ihm nicht ganz klar war, was seine Tochter gerade gesagt hatte.

Der nächste Nachbar in Minnesota hatte einen Milchviehbetrieb. Er hatte vier Töchter, obwohl er vier Söhne gebraucht hätte, wie er Kerus Vater einmal erzählt hatte. »Fürs Melken brauchst du Söhne«, worauf Kerus Vater verständnisvoll genickt hatte. Kerus Vater war in Hunan mit zwei Brüdern und drei Schwestern aufgewachsen, bei der Ernte hatte ihr Vater sich auf die Jungen verlassen und bei der Aussaat auf die Mädchen (mit ihren zarten Händen). Kerus Vater und sein Nachbar führten fortan angeregte Gespräche über Heuballen, und am Tag der Heueinfuhr kam Kerus Vater sogar, um zu helfen. Als Gegenleistung erhielt er eine Gallone Frischmilch, die er höflich entgegennahm, ohne den Nachbarn darauf hinzuweisen, dass er und seine Frau laktoseintolerant waren.

Außer von besagtem Nachbarn erzählten ihre Eltern von wenigen anderen Bekannten. Weder besuchten sie die in der Gegend veranstalteten Country Fairs, noch interessierten sie sich für Eishockey, sie probierten weder Eisklettern, Schneemobilfahren oder Schneeschuhwandern, noch machten sie sich »auf in den Norden« oder gingen Tuben, Angeln, Bootfahren, sie sprachen weder minnesotisch, noch aßen sie Jell-O-Salat oder Hot Dish, hörten nicht Prince und verstanden Paul Bunyan (ein Hüne mit Axt, die sich aus unerfindlichen Gründen nicht in seinem Bart verheddert) ebenso wenig, wie sie *Fargo* schätzten (oder verstanden). Als Keru zur Schule ging, hatten sie sich von sämtlichen elterlichen Verpflichtungen und Aktivitäten ferngehalten. Aber allgemeine Fakten über den Staat, ja, damit konnten sie was anfangen. Die Lebenshaltungskosten waren niedrig, es gab viel Platz, viel Himmel, viele Einkaufszentren, viele Parkplätze und das freundliche Kanada gleich im Norden, sollten die Beziehungen zwischen den USA und China implodieren oder der Klimawandel den Mittleren Westen zerstören. In Minnesota konnte man Lebensmittel und Toilettenpapier in Großpackungen kaufen. Man konnte seine Milch vom Nachbarn beziehen, dessen Haut im Sommer zwar wettergegerbt und sonnenverbrannt war, aber im Winter die Farbe von gestampfter Butter hatte, und man konnte monatelang vor sich hin leben, ohne irgendwelchen Schwarzen zu begegnen oder anderen Asiaten. Ihre Eltern waren aus einer Gegend mit vielen Asiaten weggezogen, um dort zu leben, wo es nur wenige gab. Ihrem Weltverständnis nach waren Gegenden mit zu vielen Asiaten nicht ideal, das würde unter den Einheimischen nur Widerstand und Hass auslösen, so in der Art wie *Schau, hier kommt noch so ein überqualifizierter Asiate, um uns einen hochspezialisierten Job wegzunehmen, den eigentlich niemand will.*

Nach dem Frühstück verbrachte Keru lange im Bad, hinter verschlossener Tür. Als sie wieder rauskam, erinnerte sie Nate daran, dass sie mit dem Hund rausmüssten. Kerus Vater räumte und wischte den Tisch ab. Kerus Mutter stand an der Spüle und wusch das Geschirr, danach putzte sie die Spüle.

Als sie Mantou die Leine anlegten, sagte Kerus Vater zärtlich: »Bis später, Pandahund«, und winkte.

»Sei schön brav, Mantou«, sagte Kerus Mutter, als Keru und Nate zur Tür hinaustraten.

An dem Teil des Strands, wo sonst niemand war, ließ Nate den Hund von der Leine, während Keru sich in den Sand setzte, um sich kurz darauf wie ein Seestern rücklings hinzulegen, Arme und Beine weit ausgestreckt. Dabei hatte sie die Augen geschlossen. Sie atmete tief ein und aus. So ging das eine Weile, Nate zwischen traurigem Seestern und glücklichem Hund, als ihnen eine Frau vom anderen Ende des Strands, etwa hundert Meter weit entfernt, etwas zurief. Sie war älter, blond, in beigefarbener Leinenhose und in einen bedruckten weißen Schal gehüllt kam sie barfuß am Ufer entlang auf sie beide zu. Nate tat, als würde er sie nicht bemerken und nicht hören, was sie sagte. Die Frau näherte sich unbeirrt weiter, bis man ihr Flöten nicht länger ignorieren konnte. »Hi, Verzeihung! Hallo? Ja, Sie beide. Ihr Hund. Hier stehen überall Schilder. Wir sollten uns an die Regeln halten, jeder kann seinen Teil beitragen.« Mantou war bereits im Wasser und durchbrach die Wellen. Die Frau zeigte auf Mantou und stieß übertrieben besorgte Laute aus. Nate machte eine entschuldigende Geste und wollte Mantou gerade zurückpfeifen, als Keru die Augen öffnete und sich aufrichtete. Sie griff den nächstbesten Stein und schleuderte ihn in die ungefähre Richtung der Frau. Der Stein flatschte ein paar Meter vor ihr in den Sand. Die Frau starrte wie vom Donner gerührt auf den kleinen Krater, dann kreischte sie drauflos. Schrill und nervtötend. Mantou unterbrach das Durchpflügen des Ozeans und richtete ihre volle Aufmerksamkeit auf die kreischende Frau, als wäre sie ein quietschender Ball, der unbedingt apportiert werden musste.

Nate rief Mantou zu sich. Während er den Hund anleinte, entdeckte Keru den nächstgrößeren Stein und las ihn auf. Ruhig musterte sie die Frau, bis sie das Kreischen einstellte und Keru entsetzt ansah. Dann wich sie einige Schritte zurück, wandte sich um und lief davon.

Statt wie üblich früh ins Bett zu gehen, saßen Kerus Eltern an ihrem letzten Abend in Chatham mit ihr, Nate und Mantou im Wohnzimmer, um sich mit ihnen eine jener Serien über die Luxusvillen der Superreichen anzusehen. Ein paar Episoden lang war es um Frankreich gegangen, man begleitete einige Expat-Pärchen, die sich in Paris niederlassen wollten. Wieso eigentlich Expats und nicht Immigranten?, hatte Keru Nate schon vor einiger Zeit einmal gefragt, als er die Bezeichnung für Freunde aus dem College verwendet hatte, die mithilfe eines Stipendiums nach Asien ausgewandert waren, um dort Kindern Englisch beizubringen, während sie selbst kein Wort der Landessprache verstanden. Nate beharrte darauf, seine Freunde seien keine Immigranten, sondern Expats, was zu einer hitzigen Diskussion zwischen ihnen geführt hatte, wie sie für die Anfangsjahre ihrer Beziehung typisch gewesen war – der aggressive Abgleich ihrer Weltanschauungen, der ihnen dazu diente, sich über die Bedeutung einiger Vokabeln des englischen Grundwortschatzes klar zu werden. Expats verließen reiche Länder, um sich in Demut vor dem Altar der Welt zu verbeugen, Immigranten flohen aus ärmeren Ländern, um sich für die Reichen zu verdingen. Für Nate klang *Immigranten* zu sehr nach Migranten oder Geflüchteten, und obwohl auch Expats, genau wie Immigranten, der Arbeit wegen auswanderten, wecke das Wort doch auch Assoziationen wie Urlaub und Abenteuer, die ein Mensch wie er dabei erleben könne.

Auf dem Bildschirm schlenderte ein französischer Immobilienmakler mit einem Expat-Pärchen von Haus zu Haus und fragte die beiden in jedem Zimmer, wie sich die Energie bei ihnen anfühle. Danach setzte man sich in ein nahe gelegenes Café, um diese Gefühle bei Kaffee und frischen Croissants zu konkretisieren. Dass dabei niemand über den Preis oder die Größe der Immobilie sprach, löste bei Kerus Vater zunehmend Fassungslosigkeit aus. Die entsprechenden Summen wurden zwar eingeblendet, aber nicht weiter erörtert. Die Expat-Gattin wünschte sich viel Tageslicht. Der Expat-Gatte wollte eine zentrale Lage und viel Licht. »Aber was kostet die Wohnung pro Quadratfuß?«, fragte Kerus Vater das Publikum im Zimmer. »Was ist sie wert? Tageslicht gibt's überall.« In seinem Sessel rechnete er die Quadratmeter jedes Objekts in Quadratfuß um und verkündete das Ergebnis. Dann berechnete er den Preis pro Quadratfuß und verkündete auch diesen. Kerus Mutter gefielen einige Penthouse-Terrassen, doch im Endeffekt gab es ihr überall zu viele Menschen, zu viele Autos, außerdem sei eine Freundin von ihr mal in Paris gewesen und habe erzählt, Franzosen mochten keine Asiaten. Dass diese Asiaten ihre überteuerten Taschen, Schuhe und Parfüms kauften, mochten sie hingegen schon. Auch dass diese Asiaten ihre Kultur als Inbegriff der europäischen Eleganz erachteten. Umgekehrt empfanden sie allerdings keinerlei Achtung für Asiaten, am allerwenigsten für chinesische Touristen, die sie als laut und ungehobelt verpönten, während sie ihr Geld mit offenen Händen entgegennahmen.

»Ich glaube, das stimmt so nicht«, sagte Keru.

»Ach nein?«, entgegnete Kerus Mutter. »Warum schaust du dir dann diese Sendung an?«

»*Wir* schauen uns diese Sendung an«, sagte Keru. Das chinesische Wort für »wir« lautet *wo men*, und wenn man es schnell genug aussprach, klang es wie *women*, also Frauen.

»Tausendneunhundertzweiundsechzig Quadratfuß«, sagte Kerus Vater. Dann: »Tausendzweihundertsiebenundsiebzig Euro oder tausenddreihundertsechsundachtzig Dollar pro Quadratfuß, Maklergebühren nicht eingerechnet.«

Nate überprüfte die Berechnungen mit seinem Handy. Sie stimmten. Keru hatte ihren scharfen Verstand von ihrem Vater, nicht selten traten die beiden im Kopfrechnen gegeneinander an – wer addierte die Posten einer Rechnung am schnellsten, wer konnte große Entfernungen umrechnen, wer gab die genaueste Schätzung ab. »Früher fand ich das peinlich«, hatte Keru ihm mal gestanden, »aber jetzt gefällt es mir. Ich verstehe, worauf er mich gedrillt hat.« Einmal hatte Nate eine halbe Stunde vor einem Supermarkt gewartet, während Vater und Tochter sich an einem Kaugummiautomaten über die geschätzte Anzahl der darin enthaltenen Kaugummis stritten. Volumen der Glaskugel mal Volumen des Kaugummiballs, aber was war mit dem Leerraum? Jeder hatte eine andere Theorie.

Im Verlauf des Abends debattierten Keru und ihre Mutter weiterhin über Stadt versus Land, die verschiedensten Inneneinrichtungsstile, das Missverhältnis von asiatischem Reichtum zu gesellschaftlicher Anerkennung und die dubiose Arbeitsmoral französischer Immobilienmakler.

Kerus Mutter: »Die tun, als wäre ihr Geschäft ein Kinderspiel. Sie sind viel zu gut angezogen. Sie essen mindestens drei Mahlzeiten am Tag. Wo bleibt das Leid? Zeig mir das Leid.«

Keru: »Warum muss immer alles mit Leid einhergehen? Ich weiß, wir sind Immigranten, also leiden wir, aber warum müssen wir das ständig allen unter die Nase reiben?«

»Weil Leid unverzichtbar ist«, erwiderte Kerus Mutter. »Leiden bedeutet nach Besserem zu streben und die Messlatte so hoch zu legen, dass es nie bequem wird. Bequemlichkeit führt zu Faulheit und Verlust des Kampfgeists, den Kampfgeist zu verlieren, bedeutet zu sterben. Daraus folgt, zu leiden heißt zu leben.«

Kerus Mutter sprach Chinesisch ohne verbale Schnörkel oder Pausen.

Keru versuchte zu argumentieren, dass manche Kulturen lieber Leichtigkeit vermittelten.

»Leichtigkeit ist eine Illusion«, sagte ihre Mutter. »Keine erstrebenswerte Leistung sollte leicht zu erreichen sein, und wenn du deine Ziele danach aussuchst, wie leicht sie zu erreichen sind, machst du's dir bequem.

»Machen wir es uns bequem?«, fragte Kerus Mutter, nachdem von ihrer Tochter keine Widerrede kam.

Keru schüttelte den Kopf.

»Hab ich recht?«, fragte ihre Mutter.

Keru seufzte.

»Hab ich recht?«

»Du hast recht«, sagte Keru, worauf ihre Mutter nickte.

Als Nate erkannte, dass Kerus Mutter auf dieselbe Weise mit ihrer Tochter sprach wie seine Lehrerin mit ihm, verstand er endlich.

Als ihm bewusst wurde, dass Kerus Vater mit seiner Tochter sprach wie Trainer mit Athleten, ging ihm ein Licht auf.

Anfangs hatte er Schwierigkeiten gehabt, die Einstellung zu begreifen, mit der Kerus Eltern und zu einem gewissen Grad auch Keru selbst dem Leid gegenüberstanden, doch eines Tages hatte er Parallelen zum religiösen Schuldbegriff entdeckt, den er sehr gut verstand – der fundamentale Glaube daran, dass der Mensch nach Gutem streben, es aber nie erreichen könne oder Besseres verdient habe. Der Glaube, dass Leben Mühsal bedeutete, dass Mühsal eine Gegebenheit war und man nicht wissen musste, warum.

Weder für Keru noch für Nate war es mühselig, für Nahrung, Kleidung oder Obdach zu sorgen. Sie sparten den größten Teil ihres gemeinsamen Einkommens und passten ihre Ausgaben entsprechend an. Was Keru jedoch nie ganz hatte ablegen können: Coupons und reduzierte Lebensmittel zogen sie magisch an. Als sie noch bei ihren Eltern im Mittleren Westen wohnte, hatten die nie etwas zum normalen Preis gekauft, sie hatten die Fähigkeit perfektioniert, unter reduzierten Lebensmitteln schnell die mit dem längsten Haltbarkeitsdatum zu ermitteln. Dass Keru dies nun nicht mehr nötig hatte, erfüllte sie mit tiefem Unbehagen. Nate hatte selbst miterlebt, wie hart Keru mit sich ins Gericht ging. In der Schlange an der Kasse im Whole Foods inspizierte sie gern mit kritischem Blick die in ihrem Einkaufswagen angehäuften Waren, um dann ihr Urteil zu verkünden: »Wir haben in einer Woche mehr ausgegeben, als mein Vater in einem Monat verdient hat. Ich kaufe nicht mal mehr reduzierte Artikel. Ich habe vergessen, wie schwierig das Leben ist.«

»Nichts davon habe ich vergessen«, widersprach sie sich dann selbst. »Aber warum sollte ich mehr leiden als nötig? Warum frage ich mich ständig, ob ich genug gelitten habe?«

»Mit wem redest du?«, fragte Nate dann.

»Mit meiner Mutter, mit wem denn sonst?«

Auf das Ende einer Episode der Immobilienserie folgte gleich die nächste. Ein neues Expat-Pärchen wurde vorgestellt, die beiden suchten nach dem Märchenschloss ihrer Träume, und trotz der unverhohlenen Zurschaustellung der Maßlosigkeit – Immigration ist die reinste Wonne, wenn man über grenzenlose Mittel verfügt – schlug niemand vor, umzuschalten oder ins Bett zu gehen. Mantou schnarchte in ihrem Hundebett, die Glieder auf eine Weise verknotet, die Nate als *anbetungswürdig* bezeichnete. Keru und ihre Mutter waren auf dem Sofa näher aneinandergerückt. Beim Lächeln sahen sie sich ähnlich, aber ohne Lächeln sah Keru mit ihrem kantigen Kinn aus wie ihr Vater, der weiterhin auf dem Sessel thronte, Arme auf der Lehne, als warte er darauf, gleich selbst fürs Fernsehen interviewt zu werden.

»Der Spritzschutz gefällt mir«, sagte Keru.

»Hässlich ist er nicht«, sagte Kerus Mutter.

»Dreitausendzweihundertvierzig Quadratfuß«, sagte ihr Vater. »Aufgerundet tausendfünfhundertzwanzig Euro oder tausendsechshundertneunundsechzig Dollar pro Quadratfuß.«

Nate fand, der Besuch sei überdurchschnittlich gut verlaufen. Wenn er mit seinen Schwiegereltern zusammen war, erlebte er live mit, wie seine Frau sich in einen anderen Menschen verwandelte. Vom Verstand her wusste er, warum dies geschah und warum es so kommen musste. Die Rolle der Tochter konnte nicht unbesetzt bleiben, und seine Schwiegereltern betrachteten ihn nicht als echten Sohn. In seiner Gesellschaft benahmen sie sich korrekt und höflich. Für sie war Nate wie der Mitarbeiter bei T.J. Maxx, eine Person, die sie kannten und der sie zulächelten, ansonsten aber keine Beachtung schenken mussten. Vor Keru mussten sie sich nicht verstellen und konnten ihre unzähligen Befindlichkeiten und Vorurteile ungefiltert zum Besten geben. Sie war Sprachrohr und Aufnahmegerät zugleich, ihre Meinung zählte nicht. Sie übernahm ihre Ängste und Klagen, imitierte ihre verbalen Ticks und entwickelte sich zurück in einen kindlichen Urzustand, was ihre Eltern nur dazu ermutigte, ihren Feldzug fortzusetzen.

»Wenigstens hast du nicht geweint«, sagte er, als er mit Keru in der Auffahrt stand und sie dem Wagen ihrer Eltern nachwinkten, der kleiner und kleiner wurde, bis er schließlich um die Ecke verschwand.

»Ich weine auch sonst nicht«, sagte sie.

»Das letzte Mal schon.«

»Aber nicht vor ihnen.«

Das letzte Mal war vor der Pandemie gewesen. Sie hatten ein Haus gemietet, ungefähr auf halber Strecke, irgendwo in Ohio. Auf der Straßenkarte hatte Kerus Vater die Route gemessen, die Fahrzeit geteilt und die Benzinkosten auch, zumindest ungefähr. Damals hatte Nate noch weniger Chinesisch verstanden, aber er erinnerte sich an ein Abendessen, bei dem sie sich unterhalten, vielleicht sogar positive Gespräche geführt hatten, doch dann war Keru plötzlich verstummt und nur noch ihre Eltern hatten gesprochen, ja regelrecht auf sie eingeredet, bis das Essen kalt war. Noch zwei weitere Tage hatte Keru alles für sich behalten, doch kaum hatten Nate und sie das Haus verlassen und waren im Wagen die Auffahrt hinabgefahren, hatte sie das Seitenfenster heruntergelassen und geweint. Was genau war damals eigentlich vorgefallen? Mittlerweile konnte sie sich nicht mehr genau erinnern. Außer dass der Besuch eine Vollkatastrophe gewesen war und ihre Eltern sich vermutlich besonders schwierig benommen hatten. Nicht vergessen aber hatte sie, was sie damals empfunden hatte, einen Schmerz, als hätte man ihr mit zwei Metallklauen das Innerste aus dem Leib gerissen. Erst allmählich füllte sich das riesige, klaffende Loch in ihrer Brust. Sie führte ihr eigenes Leben und traf ihre eigenen Entscheidungen. Dann kam der nächste Besuch und ihr Innerstes wurde erneut rausgerissen. Nicht dass ihre Eltern gefühllose Maschinen waren, nein, allein der Gedanke, dass sie ihre Fürsorge mit Klauen gleichgesetzt hatte, löste bei ihr gleich wieder Schuldgefühle aus. Fast zwanzig Jahre lang waren sie ihre einzigen Betreuer und Beschützer gewesen. Sie hatten das Beste gemacht aus dem Wenigen, das ihnen zur Verfügung gestanden hatte, doch das war so schmerzlich wenig gewesen, dass Keru eigentlich keine Kindheit gehabt hatte, aber ihre Eltern vermutlich auch nicht. Die Zeit, die ihr mit ihren Eltern blieb, war endlich, und diese bis zum Ende ihrer Tage noch verbleibende Zeit war zerteilt, auf kurze Schübe konzentriert. Sie wünschte sich sehr, dass diese Schübe mit glücklichen Erinnerungen erfüllt sein mochten, doch es wollte ihnen einfach nicht gelingen. Vermutlich, weil keiner von ihnen ernsthaft ans Glück glaubte. Sie glaubten ans Unglück, denn das hatten sie gemeinsam durchlebt. Miteinander unglücklich zu sein, war ihnen einen Trost.

Die meisten Menschen waren neugierig, was ihr Name bedeute. »So ein hübscher Name«, hatte Nates Mutter bei ihrem ersten Treffen auf der Jahrgangsabschlussveranstaltung in Yale gesagt, ein Picknick im Grünen, zu dem die meisten Mütter in geblümten Kleidern und Sonnenhüten erschienen waren.

»Wie kannst du sie von den andern unterscheiden?«, hatte Keru Nate gefragt, als sie durch die altertümlichen, schmiedeeisernen Tore getreten waren, Nate ein paar Schritte vor ihr, die Hände in den Taschen seiner Khakihose, das weiße Oxfordhemd leicht zerknittert und halb über dem Bund hängend. Er wies mit dem Kinn auf eine große, leicht übergewichtige, in gelbe Chrysanthemen gewickelte Frau, die bereits einen Schattenplatz am Ende der Tafel besetzt und drei Gläser pinkfarbene Limonade ergattert hatte. Allein saß sie mit gebeugten Schultern da, als wollte sie sich kleiner machen. Als sie jedoch ihren Sohn entdeckte, schwoll ihr die Brust und sie patschte mit beiden Händen auf die Tischplatte.

Wie immer stellte Keru sich vor als Keru, wie Peru.

»So ein hübscher Name, der hat sicher eine Bedeutung.«

»Hat er nicht«, erwiderte Keru und trank einen Schluck Limonade, die so übersüßt war, dass ihr die Zuckerkristalle in der Kehle kratzten.

Ihre zukünftige Schwiegermutter wirkte nicht überzeugt. Aus nächster Nähe hatte ihr Haar die Farbe von nassem Heu. Ihre Lippen waren so schmal, dass sie sich, wenn sie sie zusammenpresste, komplett in ihren Mund zurückfalteten und verschwanden.

»Irgendwann musst du's mir verraten«, sagte sie in einem Ton, der sowohl einen mahnend erhobenen Finger als auch ein Augenzwinkern suggerieren mochte. »Nathan hat keinerlei Bedeutung. Ist nur der zweite Name seines Vaters.«

Nate wollte wissen, wo sein Vater sei.

Seine Mutter ignorierte die Frage.

Stattdessen bat sie Nate, mit dem Finger auf die Gebäude zu zeigen, in denen er Vorlesungen besucht hatte.

Die seien nicht auf diesem Gelände, sagte er, sondern woanders.

Sie bat Nate, in die Richtung von woanders zu zeigen. Dann wollte sie von Nate wissen, welches Gebäude das da hinten sei, mit der Backsteinfassade und den schwarzen Fensterläden.

Sie erkundigte sich nach jedem der Nachbargebäude und denen dahinter.

Als sie fragte, wo denn die Juristische Fakultät sei, antwortete Nate mit »Da hinten« und zeigte in die falsche Richtung.

Nates Mutter schlüpfte schon bald in die Rolle der eifrigen Lobpreiserin, so oft sagte sie Nate, wie stolz sie auf ihn seien, dass Keru irgendwann zu zählen aufhörte. Und weil er auf dieses Lob mit irritierender Gleichgültigkeit reagierte, bekam

Keru schon bald Mitgefühl mit seiner Mutter, die als Gegenleistung nur zuckersüße Limonade und falsche Wegbeschreibungen erhielt.

Später erfuhr Nate, dass sein Vater keinen Parkplatz gefunden hatte. Zwei Stunden lang war er um den Campus herumgegurkt, auf der vergeblichen Suche nach einem angemessen geräumigen Platz, in den er ohne geschicktes Manövrieren hätte einparken können. Kerus Mutter schützte Migräne vor und ruhte sich im Hotel aus, und Kerus Vater war aus Solidarität bei seiner Frau geblieben. Ihre Mutter litt vermutlich tatsächlich unter Migräne, aber eine von der Sorte, die sie nur befiel, wenn sie sich unter andere Familien mischen musste, besonders unter solche, wie sie zu diesem Picknick angetreten waren, Eltern, die vor Stolz schier platzten, weil ihr Kind einen Abschluss an der Yale geschafft hatte und jetzt kurz davor stand, die Welt zu verändern. Keru konnte es ihren Eltern nicht verübeln, auch sie hielt den Hype für überbewertet.

Tags darauf ließen sich ihre Eltern kurz bei der Verleihungszeremonie sehen, in der hintersten Reihe. Sie lächelten breit, was sie allerdings nervös zu machen schien, und hielten sich von dem Rest der Menge fern. Nates Eltern verpassten den größten Teil der Zeremonie, weil sie sich verlaufen hatten. Sie waren zunächst im falschen Hof gelandet, dann auf der falschen Seite des richtigen, wo sie unter irgendeinem Baum standen. Während Nate nach ihnen suchte, fragte Keru ihre Eltern, ob sie sich nicht zu viert mit Nates Eltern treffen wollten. Ihre Eltern erwiderten, nur, wenn sie es für nötig halte, ansonsten wäre es ihnen recht, sich nicht mit ihnen zu treffen, Nate hätten sie ja bereits kennengelernt. Es sollte nicht sein, denn als Nate seine Eltern endlich aufgetrieben hatte, waren Kerus Eltern bereits seit einer halben Stunde auf dem Heimweg.

Erst sieben Jahre später kam es zum bislang einzigen Aufeinandertreffen ihrer Eltern, bei ihrer Hochzeit. Sie schüttelten einander die Hände und gratulierten einander zu ihren Kindern, die nach so vielen Jahren des Zusammenlebens nun endlich heirateten, aber sie standen an entgegengesetzten Ecken des Raums und saßen an entgegengesetzten Enden der Tafel.

Kerus Mutter sprach das Wort Hochzeit wie *Huchzeit* aus, unbeabsichtigt, sie konnte den Unterschied nicht hören. Aber vielleicht gab es auch keinen. Was genau löste dieses *Huch* aus? Dass Keru ihrer Familie entrissen und nun in eine andere Familie verpflanzt wurde? Nun wuchs da plötzlich eine verdächtige, ausländische Pflanze auf einem ansonsten makellos gepflegten Rasen.

Die Trauung fand auf dem Standesamt statt, Kerus Eltern übernahmen die Kosten. So wollte es die Tradition, die Brauteltern zahlten alles und niemand aus Nates Familie hatte etwas dagegen. Nach der Trauung hielt Nates Mutter eine Rede und Nates Vater hielt auch eine Rede und danach umarmte Nate sie beide, während Nates Mutter weinte. Auch Kerus Vater hielt eine Rede, aber Kerus Mutter nicht. Ihr Vater hatte noch nie zuvor eine Hochzeitsrede gehalten und sich keinerlei Notizen gemacht. Nate wurde in dieser Rede nicht erwähnt, was seine Eltern sehr ärgerte, schließlich hatten sie Keru durchaus erwähnt, wenn auch nur kurz. Kerus Vater sprach von seiner Kindheit und seinen Geschwistern, von denen keine anwesend waren. Er sprach von seinem verstorbenen Vater, der Sorghum angebaut und sich selbst Lesen und Schreiben beigebracht hatte und dem Keru ihren Namen zu verdanken hatte. Die beiden Zeichen ihres Namens seien *ke* 可 und *ru* 茹, beide malte Kerus Vater mit dem Finger in die Luft. Direkt übersetzt bedeute das so viel wie »erlauben«

oder »zustimmen«. Dem Namen fehle die Entschlossenheit, er klang weich. Unter chinesischen Muttersprachlern würde man Keru als Mädchennamen einstufen. »Aber für diejenigen, die diese Sprache nicht beherrschen«, sagte Kerus Vater zu Nates an drei Tischen versammelter Familie, »ist der Name Keru relativ leicht auszusprechen.« An dieser Stelle versuchte Kerus Mutter ihren Mann dazu zu bewegen, sich zu setzen und den Mund zu halten. Aber Kerus Vater behielt das Mikro fest in der Hand und setzte seine Rede fort. Er wollte jeden höflich darauf hinweisen, dass es egal sei, was Kerus Name bedeute, sie sei nämlich nicht weich, sondern stark. Er und seine Frau hätten ihre Tochter zu einem starken Menschen erzogen.

Bevor Nates Eltern in Chatham eintrafen, musste das Bettzeug gewaschen werden. Da Keru sich nicht darum kümmern würde, blieb Nate nichts anderes übrig, als die Aufgabe selbst zu übernehmen, und beim Einschalten der Waschmaschine sagte er, bei ihnen gehe es zu wie in einem Hotel.

»Könnte schlimmer sein«, sagte Keru. Ihre Eltern könnten geschieden und wieder neu verheiratet sein. Dann hätten sie es mit vier Besuchen und vier Elternpaaren zu tun. Nate stimmte zu, es könnte in der Tat schlimmer sein.

Er sagte, er werde sich jetzt ein bisschen hinlegen. Zehn Minuten lang hörte Keru nichts mehr von ihm, was sie als friedlich empfand, aber letztendlich auch irgendwie einsam. Sie fand ihn mit dem Gesicht nach unten auf dem Bett, noch angezogen, auf der zuvor glatt gezogenen Decke. Mantou hatte sich neben ihm zusammengerollt, ihre Schnauze ruhte auf seinem Rücken. Keru versuchte, den Hund dazu zu animieren, ihr ins Wohnzimmer zu folgen und zur Abwechslung mal ihr Gesellschaft zu leisten, aber Mantou hatte ihre

Vorlieben, die Reihenfolge lautete Nate, Kerus Vater, das Stoff-Lammkotelett, Keru. Jeder kannte diese Reihenfolge und kommentierte sie entsprechend. Dass sie so eindeutig als Letzte drankam, brachte sie auf die lächerliche Idee, sich noch einen Hund anzuschaffen und ihn darauf abzurichten, sie am meisten zu lieben. Doch die Dinge lagen nun mal so: Keru unternahm regelmäßig Geschäftsreisen, war manchmal fünf Tage am Stück weg, und in dieser Zeit vergaß Mantou sie vermutlich oder nahm an, dass sie das Rudel verlassen hatte. Im Gegensatz zu Nate konnte Keru Mantou nicht mitnehmen auf die Arbeit, sie unter dem Schreibtisch sitzen und mit dem Schwanz auf den Boden klopfen lassen, während Studenten außerhalb der Sprechzeiten bei ihm vorbeikamen, nur um den süßen Hund vom Professor zu streicheln. Nate trug T-Shirts mit der Aufschrift *The Dogfather*. Er hatte einschlägige Erfahrung damit, Becher mit Mantous Konterfei zu veredeln. Doch obwohl Keru Mantou vom Türrahmen aus mit Leckerlis zu locken versuchte und ihr schließlich sogar einen Hundekeks mit Speckgeschmack präsentierte, starrte die Hündin sie nur apathisch an. Am Ende trollte sich Keru mitsamt dem Keks zurück aufs Sofa.

Ein Hund ist kein Kind, aber genau dorthin wanderten ihre Gedanken. Sie malte sich Folgendes aus: Ihre Tochter, wenn es sie denn gäbe, würde definitiv Nate bevorzugen, der immer da war, den Komiker mit dem weichen Herzen. Spätestens als Jugendliche würde sie Keru mit aggressiver Geringschätzung begegnen, weil ihre Mutter nicht feminin genug sei, kühl, aber nicht cool, mit Falten und Flecken, und alt, ein Verhalten, wie man es von pubertierenden Töchtern eben erwartet. Keru konnte sich lebhaft vorstellen, wie sie dieses Wesen zunehmend verachten würde, das sie vierzig Wochen in sich getragen hatte, aufgebläht wie ein Wal, um sich dann von ihm die Vagina schreddern zu lassen. Dann war da noch die Sache mit der Hautfarbe, ihr Kind wäre eine Mischung, obwohl Keru sich einreden konnte, dass das nicht wichtig sei. Selbst wenn ihre Tochter tatsächlich ihren Vater bevorzugte, würde sie sich damit nicht automatisch für Weißsein entscheiden und für diesen Teil der amerikanischen Bevölkerung, nein, ihre Tochter würde eben einfach den Elternteil bevorzugen, der anwesend war, mehr nicht. Und sollte sie später mit Mitte zwanzig doch wieder mit Keru reden – *Erzähl mir von deiner Kindheit, Mom, erzähl mir von China und warum hast du mir das Land nie gezeigt, warum hast du mir nie Chinesisch beigebracht und warum gelten in unserer Familie keine chinesischen Feiertage, warum hast du mir keine chinesischen Gerichte beigebracht* (also lauter vorwurfsvolle Fragen) –, hätte es nichts damit zu tun, dass ihre Tochter sich fortan als Asiatin fühlen wollte. Nein, Kerus größte Sorge galt diesem kleinen Webfehler, der bei Kindern mit verschiedenen ethnischen Backgrounds angeblich vorkommen konnte, die deswegen besonders rebellisch wurden und leicht auf die schiefe Bahn gerieten, bewaffnet mit einer Schutt-und-Asche-Mentalität. Keru fürchtete, dass ihre Tochter zu einem dieser Menschen werden könnte, die ständig mit ihrer Identität haderten und ihrer Herkunft vor lauter Verwirrung im Erwachsenenalter abschworen. Keru hatte Angst, dass ihre Tochter ihr vorwerfen könnte, sich dem Patriarchat unterworfen zu haben, und Nate, einem Asien-Fetisch anzuhängen, aus dem sie als ihre Tochter hervorgegangen sei, ein Hybridmensch, ein Mischlingskind.

Immer wenn Nate sich diese Schreckensszenarien angehört hatte, fragte er Keru, ob sie die geringe Wahrscheinlichkeit in Betracht gezogen habe, dass ihr Kind sie vielleicht nicht ablehnen würde. Die Chancen dafür würden gegen null gehen, meinte Keru. Irgendeine Phase der Ablehnung würde es geben, das sei unausweichlich. »Okay«, sagte er dann nur achselzuckend.

Beim Thema Kinder tendierte Nate dazu, lieber keine zu haben. Vor langer Zeit war er davon ausgegangen, als Dozent an der Uni wäre er nur noch von Erwachsenen umgeben. Ein Trugschluss. Jedes Jahr durchliefen Hunderte Jugendliche seine Seminare, und jedes Jahr benötigten mehr von ihnen eine Eins-zu-eins-Betreuung. Sie brauchten ständig Bestätigung, während der Seminare und auch danach, man musste ihnen zureden, dass sie es schaffen würden, dass die Naturwissenschaften ihnen nichts anhaben konnten. Seine älteren, mürrischeren Kollegen und Kolleginnen beklagten sich über diese Studierenden, und um nicht aufzufallen, stimmte er in diesen Chor ein, doch insgeheim gefiel es ihm, dass seine Studierenden ihn als Teil ihres Unterstützungsnetzwerks betrachteten. Es machte ihm nichts aus, neben seinen planmäßigen auch außerplanmäßige Sprechstunden abzuhalten und auch noch solche, die selbst außerplanmäßig nicht geplant gewesen waren. Doch weil der Umgang mit jungen Menschen einen nicht unerheblichen Anteil seiner Arbeit ausmachte, war er froh, dass zu Hause keine auf ihn warteten.

Freunde mit Kleinkindern erteilten ihm ungebetene Ratschläge.

»Du wirst deine Meinung schon noch ändern.«

(Warum, konnten ihm diese Freunde nicht erklären.)

»Lasst euch ein paar Embryos einfrieren.«

»Das ist der natürliche nächste Schritt.«

In ihrem Wohnhaus lebten einige mixed-race Familien, von denen eine ganz besonders Kerus Aufmerksamkeit auf sich zog. Sie wollte herausfinden, was im Ernstfall auf sie zukäme, sollten sie sich doch für ein Kind entscheiden. Sie versuchte, sich mit der Mutter anzufreunden, eine Frau aus

Shanghai, aber die begegnete ihr mit distanzierter Höflichkeit, und wenn Keru sie auf Chinesisch ansprach, antwortete sie stets auf Englisch, also tat Keru dasselbe, und damit hatte es sich. Amerikanische Chinesen waren nicht gleich chinesische Chinesen. Sie waren durch eine Mauer voneinander getrennt, die für alle anderen unsichtbar war. Immerhin: Obwohl sie einen Weißen geheiratet hatte, bemühte sich die Mutter, ihre Kinder zweisprachig zu erziehen, auch wenn es ziemlich anstrengend wirkte. Immer wenn Keru die Familie zusammen sah, schob der Vater schweigend den Buggy, während die Mutter neben ihm in Hochgeschwindigkeit chinesische Sätze abfeuerte. Wenn die Kinder auf Englisch antworteten, beharrte die Mutter auf Chinesisch. *Shuo zhong wen!* Sprecht Chinesisch! So feuerte sie ihre Kinder an, während sie mit ihnen über die Straße marschierte, zum Spielplatz, zur Bushaltestelle, in den Aufzug, auf den Hausflur. Chinesisch war tatsächlich die *Muttersprache* dieser Kinder. Keru verstand, warum die Kinder wenig Enthusiasmus zeigten: Wozu sollten sie sich in einer Sprache verständigen, die nur ihre Mutter verwendete, und das auch noch, um sie anzuschreien? Dass Chinesisch die am häufigsten geschriene Sprache der Welt war, hatten die Kinder einfach noch nicht begriffen. Einmal versuchte Keru es bei der Tochter mit Chinesisch. Das Mädchen wartete im Foyer auf seine Eltern und fuhr in Achterschleifen mit seinem pinkfarbenen Roller herum. »Dein Roller gefällt mir«, sagte Keru zu ihr, worauf das Mädchen seine Achterschleifen fortsetzte, doch in jeder Kehre wirbelte ihr Kopf herum, sie fixierte Keru mit ihren schwarzen Augen, den Mund in ihrem herzförmigen Gesicht zu einem rosa Gedankenstrich verkniffen. Das Mädchen antwortete nicht, weder auf Englisch noch auf Chinesisch, aber ihr Misstrauen war klar erkennbar: Könnte diese Frau mit ihrer Mutter verwandt sein? War sie ebenfalls ihre Mutter? Könnte es tatsächlich zwei Frauen geben, die sie zwangen, Chinesisch zu sprechen?

Ein weiteres Argument dagegen: Wenn sie Kinder hätten, müsste Keru sich ändern. Sie erheblich mehr als er. Das schien ihr unfair.

»Dann schaffen wir uns eben keine Kinder an«, sagte Nate.

»Aber mal angenommen.«

»Dann wären sie eben nicht zweisprachig.«

»Aber das fände ich rückschrittlich«, sagte Keru. »Statt zwei Sprachen zurück zu einer. Das ist ein hundertprozentiger Verlust.«

»Für mich nicht«, sagte Nate.

Nate stellte oft Hypothesen darüber an, was mit der Welt passieren würde, wenn Paare wie sie auf Fortpflanzung verzichten würden. Er bezog sich auf den Film *Idiocracy*, in dem es darum geht, dass intelligente Menschen irgendwann keine Kinder mehr bekommen könnten, was zu einer geistig degenerierten Gesellschaft führen würde. Zu Beginn des Films lernen wir ein Akademiker-Paar kennen, das seine Familienplanung nicht überstürzen will. Man beschließt, auf den richtigen Zeitpunkt zu warten, doch als der schließlich eintritt, scheitert das Vorhaben an Empfängnisproblemen, und bevor die beiden es mit künstlicher Befruchtung probieren können, erleidet der Mann beim Masturbieren in einen Plastikbecher einen tödlichen Herzinfarkt. Parallel dazu schildert der Film das Leben eines bildungsfernen Hinterwäldler-Paars, das bereits einen Haufen ungezogene Rotzgören in die Welt gesetzt hat. Die Frau ist erneut ungeplant schwanger, der Mann hat außerdem noch eine andere Frau geschwängert. Diese Familie wächst, es gibt etliche eheliche und uneheliche Kinder. Der Stammbaum des dummen Mannes verzweigt sich immer weiter, während vom Akademiker-Stammbaum nur noch die unfruchtbare Frau übrig bleibt.

Nate bezog sich auch gern mal auf Darwin. *Survival of the Fittest* bedeutet nicht Überleben des körperlich Stärkeren oder des Schlausten oder derjenigen Spezies, die sich am effektivsten vor Raubtieren verstecken kann. Der Fortpflanzungsvorteil beruht auf statistischen Fakten. Ein Mückenweibchen legt in ihrem Leben Tausende Eier. Eine Bakterienpopulation verdoppelt sich alle zwanzig Minuten. Diese Arten waren »fit« im evolutionären Sinne, sie würden fröhlich weiterexistieren, wenn die Menschheit schon lange ausgelöscht war.

»Deprimierend«, sagte Keru.

»Warum?«, fragte Nate. »Du bist doch dann schon tot, und ich auch.«

Sie verbot ihm, vor ihr zu sterben. Er erwiderte, es sei statistisch betrachtet wahrscheinlicher, dass er mindestens sechs Jahre vor ihr abtrete. »Scheiß auf Statistik«, sagte sie, darauf er: »Ja, scheiß auf die Mathematik der großen Zahlen.« So verbrachten sie ihre morgendlichen Gassigänge. Am Central Park West entlangschlendern. Um den Great Hill spazieren. Andere Herrchen und Frauchen grüßen und zurückgegrüßt werden. Sie kannten jeden Hund am Hill beim Namen, die Namen der Besitzer kannten sie nicht. Bei gutem Wetter hielten sie Händchen. Wenn es kälter war und Keru die Hände in ihrem Mantel vergrub, hielt Nate sie am Ärmel.

Wie ein feuchtes Auge blickte die geöffnete Auster sie an. Neben ihren fünf Geschwistern lag sie auf einem Bett aus Eis und Blütenblättern, um einen Haufen nasser Zitronenscheiben garniert. Die Kellnerin im Highschoolalter hatte ihnen versichert, dass es sich um die frischesten Austern in Wellfleet und somit am gesamten Cape handle. Die Speisekarte und das Schild am Eingang behaupteten dasselbe. Aus exakt diesem Grund hatte Nates Mutter auf Wellfleet bestanden, ein zweiundzwanzig Meilen nördlich von Chatham gelegenes Städtchen. Das von ihr auserkorene Restaurant hatte mindestens vierhundert Yelp-Rezensionen. Frisch hieß lebendig. Alle sechs Austern lebten noch. Nachdem Keru dies von der Kellnerin erfahren hatte, brachte sie es nicht mehr übers Herz, sie auszuschlürfen. Nates Mutter hingegen tat es mit Genuss.

An den anderen Tischen trug niemand eine Maske, Nates Eltern hatten gleich gar keine mitgebracht. Die elastischen Bänder schmerzten zu sehr an den Ohren. Nates Vater konnte darunter nicht atmen. Und seine Mutter sorgte sich, dass die Menschen sie mit Maske nicht lächeln sehen könnten. Dass noch immer gewisse Einschränkungen galten, scherte sie wenig.

»Was sollen die schon machen?«, hatte sie auf dem Weg zum Restaurant gefragt, Keru und Nate auf dem Rücksitz, wie zwei vom Fußballtraining abgeholte Kinder. »Uns rausschmeißen? Uns gar nicht erst reinlassen? Wir sind ehrliche Leute. Wir sind den ganzen Weg hierhergefahren.«

Wären Masken noch Pflicht gewesen, hätte man sie vielleicht abgewiesen, aber vermutlich auch dann nicht. Nates Mutter besaß das große Talent, sich bei Fremden einzuschmeicheln. Sie wanzte sich an den Maître d' eines knallvollen Restaurants ran, bezirzte ihn mit Plaudereien, Nettigkeiten, einer sanften Armberührung und dem darauf folgenden vertraulichen Geständnis, sie und ihr Mann würden eigentlich aus North Carolina stammen, westlich der Blue Ridge Mountains und südlich von Boone, und seien einfache, ehrliche Amerikaner. »Schon mal in Boone gewesen? Da sollten Sie unbedingt mal hin. Grandfather Mountain, Tweetsie Railroad, Blowing Rock, das müssen Sie einfach gesehen haben.«

Leider seien sie und ihr Mann so weit weg von ihrer Heimat, ach. Den ganzen Weg seien sie gekommen, um ihren Sohn zu besuchen. Noch nie seien sie so weit im Norden oder Osten gewesen, aber da ihr Sohn sich weigere, sie zu besuchen (Lachen), müssten sie eben zu ihm fahren. Jeder, den Nates Mutter für sich gewinnen wollte, wurde Opfer ihrer gnadenlosen Charmeoffensive. Man würde sie einlassen, das wäre ja wohl gelacht. Nate ging das Benehmen seiner Mutter fürchterlich auf die Nerven, aber Keru war fasziniert. Nie im Leben würde ihr oder ihren Eltern so was passieren. Sie konnte sich nicht vorstellen, über Minnesota zu plaudern oder schlimmer noch, über China, und damit irgendeinen Maître d' davon zu überzeugen, dass sie nicht völlig irre war und er sie unbedingt reinlassen musste.

Das Restaurant in Wellfleet war tatsächlich knallvoll gewesen, doch man hatte ihnen unverzüglich einen Platz auf der überdachten Terrasse angeboten, an einem großen Tisch für vier mit Meerblick. Wie eine Flagge aus Sand, Ozean und Himmel sah das aus. Während Keru diese Flagge betrachtete, wappneten sich Nate und sein Vater für den Notfall. Nates Eltern hatten noch nie zuvor Austern gegessen, sein Vater hatte großzügig darauf verzichtet, sich aber erboten, seiner Frau mit dem Heimlich-Manöver auszuhelfen, sollte der kulinarische Meilenstein in einer Katastrophe enden.

»Die schmecken nach nichts«, sagte sie mit verwirrtem Blick auf die leere Muschelschale, als wäre da von Anfang an schon nichts drin gewesen.

»Du musst sie mit Soße essen«, sagte Nate.

»Dann schmecke ich doch nur die.«

»Klar, darum geht's ja«, sagte Nate, und klatschte Cocktailsoße auf seine Auster, bevor er den Kopf in den Nacken legte und sie sich in den Mund gleiten ließ.

Seine Mutter legte die leere Schale zurück auf die Platte und stieß innerhalb einer Minute zwei Seufzer aus. »Ich dachte, die würden nach irgendwas schmecken. Faye hat gemeint, die schmecken nach Meer, aber nach welchem genau? Ich hab ja nicht mal Salzwasser geschmeckt.«

Faye war Nates Tante, die wohlhabendere, jüngere Schwester seiner Mutter, die einen Buchhalter geheiratet hatte und ein Haus mit Meerblick am Virginia Beach besaß. Offenbar verzehrte sie täglich Austern, zumindest klang es so, wenn sie mit Nates Mutter sprach.

Nates Mutter fragte Keru, warum sie keine probiere, worauf Keru schwindelte, sie hätte es ein bisschen mit dem Magen.

»Mit dem Magen? Was ist es denn genau?«, fragte ihre Schwiegermutter. »Willst'n Pepto?«

»Nein, danke«, erwiderte Keru.

Nates Vater wartete auf sein Surf and Turf. In einem ausgewaschenen T-Shirt und Cargoshorts saß er da, den Stuhl zurückgeschoben, um Platz zu schaffen für seinen beachtlichen Bierbauch, die dicke linke Wade auf dem dicken rechten Oberschenkel abgelegt. Nates Mutter war ein bisschen größer als ihr Mann, ihr Gewicht schwankte jährlich um zehn Kilo. Das entsprach ungefähr dem Gewicht von Kerus Bein, und immer wenn Nates Mutter wieder abgespeckt hatte, stellte sie sich vor, wie es wäre, nur noch auf einem Bein durch die Gegend zu humpeln. Neben Nates Vater wirkte seine Mutter regelrecht overdressed. Sie trug dasselbe neongrüne Kleid, in dem sie bei ihnen eingetroffen war und das die Leute bei ihrem Anblick blinzeln ließ. Sie war wieder schlank und hatte Keru direkt bei ihrer Ankunft erzählt, das Kleid sei von Lilly Pulitzer, sie habe es bei einer Auktion auf eBay erstanden, als Belohnung für zwei »völlig irre Wochen auf Flüssigdiät«.

»Warst du wütend?«, hatte Keru gefragt.

»Wieso sollte ich?«

»Ich meinte *hangry*, also wütend vor Hunger.«

»Nö.«

Als sie angekommen waren, hatten Nate und sein Vater erst mal die Ladefläche des Pick-ups freigeräumt, und Mantou war Nate dabei auf Schritt und Tritt gefolgt. Seine Eltern hielten nicht viel von kleinem Gepäck, doch statt unzähligen Kühltaschen mit chinesischem Essen karrten sie Brennholz fürs Lagerfeuer an sowie diverse ausklappbare Adirondack-Stühle, die man im Kreis darum aufstellen konnte, literweise Diet Coke und Ginger Ale, ihre eigene Kaffeemaschine, gemahlene Bohnen und Vollmilch, weil sie fürchteten, dass die Geschäfte in New England ihre Marken nicht führten. Nates Mutter wies ihren Sohn und ihren Mann an, wo sie die Sachen abzustellen hatten, und redete nebenbei weiter über ihr Kleid. Neongrün sei jetzt nicht ihre erste Wahl gewesen, aber die anderen Farben hätten einfach ihr Budget gesprengt. Keru fragte, warum das Kleid von Lilly Pulitzer sein musste, worauf Nates Mutter enttäuscht reagierte, wusste Keru denn nicht, wer diese aufregende Person war? Nates Mutter behauptete, die Marke sei repräsentativ für diese Gegend, wie konnte sie am Cape Urlaub machen, ohne sich entsprechend zu kleiden? Hatte Keru denn kein Lilly-Kleid? Wenn nicht, könnten sie mit ihr eins kaufen gehen, dann würden sie aussehen wie Zwillinge.

Als das Surf and Turf endlich serviert wurde, schob Nates Vater seinem Sohn den Rest der Austernplatte hin und sagte zu seiner Frau: »Jetzt kannst du Faye erzählen, dass du Austern probiert hast und sie nichts Besonderes waren.«

Nates Mutter erwiderte knapp, dass Faye viel kultivierter sei als sie alle zusammen, worauf Nates Vater sagte, das könne nicht stimmen, denn Nate und Keru wohnten in Manhattan und der mehrheitlichen Meinung nach seien New Yorker kultivierter als alle anderen Menschen auf der Welt. Dabei zwinkerte er Nate zu, um ihm zu signalisieren, dass er natürlich nichts dergleichen über New Yorker dachte und diese Bemerkung nur gemacht hatte, um seine Mutter aufzuziehen. Wegen des kultivierten Verkehrssystems in Manhattan besuchten Nates Eltern sie nur ungern. Beim letzten Besuch hatten sie einfach keine Abfahrt vom West Side Highway gefunden und waren letztendlich in New Jersey gelandet, kurz vor der Scheidung. Nate musste sich extra ein Carsharing-Auto mieten, um sie zu ihrer Wohnung zu lotsen. »Die wissen einfach nicht, wie man Auto fährt«, schimpften seine Eltern über die New Yorker. »Die wissen weder, wie man blinkt noch wie man die Vorfahrt achtet.«

Während Nate und seine Eltern sich halb im Scherz gegenseitig damit aufzogen, was kultiviert war und was nicht, bestellte Keru Muschelsuppe. Als sie endlich kam, hatte sie schon einen trübgelben Film und glänzte unappetitlich. Um nicht untätig zu wirken, fischte sie mit dem Löffel graues Muschelfleisch aus der Brühe und ließ es dann wieder absinken. Nates Eltern waren richtig lieb zu Nate, aber manchmal war ihr Geplauder dermaßen zuckersüß, dass Keru es kaum ertragen konnte. Bei ihrem ersten gemeinsamen Essen waren sie besonders rücksichtsvoll miteinander gewesen. Platte Witze über Nichtigkeiten. Augenzwinkern. Auf Bitte folgte sofort Danke, als müssten sie sich stets der Gegenwart des anderen versichern, aus Angst, er könnte plötzlich verschwinden. In Gegenwart seiner Eltern drehte Nate richtig auf. Wenn Keru ihn darauf ansprach, stritt er dies ab, aber so war es. Seine Stimme wurde hell und munter, und wenn sich seine Eltern nach der Uni erkundigten, im selben Ton, wie Eltern ihre Kinder fragten: *Na, Sohnemann, wie war's denn heut in der Schule?,* gab Nate eine fröhlich geflötete Antwort. Darauf flötete sein Vater einen unverfänglichen Einwurf, und irgendwann fragte sich Keru, ob sich alle weißen Familien in der Öffentlichkeit wie eine gesellige Vogelschar benahmen.

»Wer hätte damals gedacht, dass dir die Schule derart gefallen würde, dass du gar nicht genug davon kriegen kannst?«, sagte Nates Vater und klopfte seinem Sohn auf die Schulter, nicht zum ersten Mal an diesem Tag.

»Da hast du recht, Dad.«

»Nate ist immer schon gern zur Schule gegangen«, sagte seine Mutter. »Er war ganz wild aufs Vorlesen. *Weckerhund, Wedermann und Schlafittchen* war sein Lieblingsbuch. Ich erzähle immer wieder, dass er sich das Lesen selbst beigebracht hat. Wir haben nichts dazu beigetragen.«

»Danke, Mom.«

»Dank nicht mir, bedank dich bei dir selbst.«

Obwohl Keru sich redlich bemühte, gelang es ihr nicht immer, mit dem Strom der Nettigkeiten mitzuhalten, was insofern problematisch war, weil sie bei jedem vergessenen Lächeln oder Danke fürchten musste, das Klischee vom ungehobelten Asiaten zu bedienen.

Als Keru vor langer Zeit aufgefallen war, wie drastisch sich Nates Mutter von ihrer eigenen unterschied, hatte sie laut auflachen müssen. Sie waren zu Besuch gewesen bei Nates Eltern, und Nates Mutter hatte eine große Kiste mit Nates Kinderzeichnungen aus dem Keller hochgeschleppt. Während der folgenden Stunden hatte sie mit zwei Fingern jedes vollgekritzelte Blatt Papier hochgehalten und Keru das Bild beschrieben. Nate war mit schamgeröteten Wangen in die Küche geflohen und nicht mehr zurückgekehrt. Als Keru irgendwann spontan drauflos gelacht hatte, war allerdings Schluss gewesen mit der Umgänglichkeit. »Du bist ja nur neidisch, weil deine Mutter dir nicht genug Aufmerksamkeit schenkt«, hatte Nates Mutter zu ihr gesagt. Keru hatte damals vieles auf einmal empfunden. Wut. Traurigkeit. Die Bemerkung war überraschend niederträchtig und schonungslos gewesen. Selbstverständlich war Keru neidisch, aber es war komplizierter als das und mit viel kulturellem Ballast beladen, was Nates Mutter nicht verstand. Einfach zu lachen war natürlich auch gemein gewesen, deshalb hatte sich Keru dafür entschuldigt, und Nates Mutter hatte sich bei ihr bedankt.

Beim Abräumen fragte die Kellnerin, ob sie noch etwas wünschten. Nate bestellte noch ein Weizenbier, seine Mutter bestellte noch ein Weizenbier, Keru bestellte noch ein Mineralwasser mit Kohlensäure und Nates Vater, der dem Alkohol abgeschworen hatte, bestellte ein weiteres Ginger Ale. Als die Getränke kamen, prosteten sie einander im Chor zu. Ob Nates Vater je echter Alkoholiker gewesen war, konnte Keru nicht genau sagen. Er erinnerte sie an Homer Simpson (der Alkoholiker war, wie Nate sie aufklärte). Zu Beginn ihrer Ehe hatte es zwischen Nate und seiner Mutter eine Menge aufgeregter Telefonate gegeben. Seine Mutter hatte beschlossen, seinen Vater zu verlassen. Warum? Weil sie glaubte, nein, sie wusste, hatte es mit eigenen Augen gesehen, dass er verkatert zur Arbeit ging und sich in den Schlaf soff. Er rauchte seit seinen Zwanzigern, hatte bereits zwei Herzinfarkte hinter sich, einen doppelten Bypass und einen Stent.

»Der Arzt meinte, die Haut deines Vaters ist übermäßig gerötet«, hatte seine Mutter gesagt.

»Gerötet«, hatte Nate wiederholt.

»Ja, wie entzündet.«

»Und der Arzt glaubt, das kommt vom Trinken?«

»Natürlich kann er das nicht genau sagen, aber ich glaube,

dass dein Vater sich nicht mehr unter Kontrolle hat. Ich habe in der Garage Bier gefunden.«

»Er hat doch immer Bier in der Garage gehabt.«

»Aber in seinem Alter? Und der Arzt hat recht, seine Haut war noch nie so gerötet. Er sieht aus wie ein Indianer.«

Dies sagte sie über Lautsprecher, während Nate im Schlafzimmer Wäsche zusammenlegte und Keru zufällig im selben Zimmer war, beim Eincremen. Keru erstarrte und sah Nate an, der schnell den Lautsprecher ausschaltete und auflegte.

Zum Zeitpunkt des Kommentars von der geröteten Haut war Keru schon eine Weile ihre Schwiegertochter gewesen. Schon der Zusatz »Schwieger-« vermittelte ihr ein unbehagliches Gefühl der Entfremdung, aber auf den Zusatz »Tochter« hätte sie liebend gern ganz verzichtet, im chinesischen System hätte man sie einfach »Frau von Sohn« genannt. Alle Mütter wünschten sich, gebraucht zu werden, doch bei Nates Mutter hatte Keru den Eindruck, dass sie regelrecht danach lechzte, gebraucht und vor allem gehört zu werden. Nachdem Nate aufs College gegangen war, hatte sie sehr unter dem Empty-Nest-Syndrom gelitten, konnte sich das aber nicht eingestehen, geschweige denn das Gefühl benennen. Sie rief öfter bei ihrer Schwester an und schickte Ethan Umschläge voller Geld. Sie bot Nates Großmutter an, sie aus dem Pflegeheim zu holen und bei ihnen zu Hause zu versorgen. Die Großmutter lehnte ab. Also richtete Nates Mutter ihre gesamte Aufmerksamkeit auf seinen Vater und hielt Ausschau nach Anzeichen dafür, dass er Probleme hatte, was natürlich tatsächlich der Fall gewesen sein mochte, auch wenn er seinen wöchentlichen Bierkonsum nicht erhöht hatte und Nate sich nicht entsinnen konnte, dass sein Vater jemals betrunken oder verkatert zur Arbeit erschienen wäre. »Oh, ist er aber!«, behauptete seine Mutter. »Oft. Unzählige Male. Er versteckt es nur vor dir und mir und uns.« Wenn Nates Vater ihr also nicht ohne Wenn und Aber gehorche und mit dem Feierabendbier aufhöre, werde sie ihn verlassen.

»Hat sie sich schon Gedanken darüber gemacht, was nach der Scheidung passiert? Wo sie dann hingeht?«, hatte Keru ihn in dieser Phase gefragt.

»Mom denkt nicht«, hatte Nate erwidert. »Sie fühlt.«

Jetzt, nach zwei Weizenbieren, hatte seine Mutter ihrerseits schon gut einen sitzen. Sie wischte sich oft die Nase ab und berührte mit den Handrücken ihre Wangen. Die Erwähnung des Kinderbuchs *Weckerhund, Wedermann und Schlaffittchen* hatte irgendwas in ihr ausgelöst, sie ließ sich von ihrem Gefühlsstrom mitreißen und begann, alles aufzulisten, was Nate als kleiner Junge geliebt hatte: Pfadfinder, Zelten, Schulbuchflohmärkte, Radiergummis, Brettspiele, *Glücksrad*, Montagekleber, Kokosmakronen, alles von den Ghostbusters, Kicker, Airhockey, Darts, Perkussionsinstrumente, Buchstabierwettbewerbe, Chemiekästen, Pelztiere, Schuppentiere, Zauberkunststücke, Laufen, Wandern und Sitzen.

Als seine Mutter fertig war, sagte Keru: »Was für ein breites Repertoire einstiger Lieblingssachen.« Das »einstiger« hätte sie vermutlich weglassen können. Sie hätte auch einfach nur nicken können.

Am Tisch herrschte Schweigen, wie immer, wenn Frau von Sohn wieder mal etwas Wider- oder Hintersinniges von sich gegeben hatte. Eine peinliche Schweigeminute später bedeutete Nates Vater der Kellnerin, dass sie zahlen wollten.

Dabei hatte ihre Mutter Keru vor ihrer Abreise noch ein paar Ratschläge aufgenötigt.

»Sei nicht so spitzzüngig.«

»Provoziere seine Mutter nicht.«

»Behalte deine Meinung für dich.«

»Rede nicht über Politik.«

»Mit denen rede ich sowieso nie über Politik«, hatte Keru gesagt, obwohl das eine dreiste Lüge war.

Ihre Mutter hatte daraufhin heftig mit der flachen Hand auf die Küchenplatte geschlagen, sodass Keru zusammengezuckt war. »Halt dich raus, okay? Wen interessiert es schon, was sie glauben? Sie haben Nate zu einem guten Menschen erzogen. Er ist gut zu dir, und treu. Das solltest du anerkennen.«

Keru versprach, Anerkennung zu zollen, wem sie gebührte, und sich so zu benehmen, dass niemand auf die Idee käme, sie sei von Wölfen oder ehemaligen Kommunisten großgezogen worden. Dass Kerus Eltern Parteimitglieder gewesen waren, wusste Nate zwar, er hatte sie aber gebeten, es seinen Eltern zu verschweigen. »Nate«, hatte Keru sehr vorsichtig gesagt. »In China gehört jeder auf die eine oder andere Weise der Partei an. So funktionieren Einparteiensysteme nun mal.« Davon abgesehen war sie sich mit ihrer Mutter einig, dass Nate gut erzogen war und geliebt wurde, aber diese Vorzüge verloren zunehmend an Bedeutung angesichts der wachsenden Herausforderung, es ihren Schwiegereltern recht zu machen, zwei Menschen der unbestreitbar größten Generation der Boomer, die gegen Ende der McCarthy-Ära geboren worden waren und eine lange Periode der Vormachtstellung und angeblichen Großartigkeit genossen und gefördert hatten, zu der die Hälfte der Nation gern wieder zurückkehren würde. Leider hatte Keru derlei Komplikationen nicht bedacht, bevor sie sich solche Schwiegereltern angeschafft und festgestellt hatte, oh Scheiße! Das meinen sie also mit dem Spruch: Du heiratest seine ganze Familie.

Aber hatte er auch ihre Familie geheiratet?

Hatte er überhaupt eine Ahnung, wer sie waren?

Und sie selbst? Sie wusste, dass ihre Eltern 1960 geboren

wurden, im zweiten Jahr der Großen Hungersnot. Sechs Jahre später startete der Vorsitzende Mao seine Kulturrevolution, die weitere zehn Jahre andauerte. Schulen wurden geschlossen, und die Familie ihrer Mutter, allesamt Lehrkräfte, wurden zur Umerziehung aufs Land versetzt. Über diese Zeit redete ihre Mutter nur ausweichend. Nahrungsmittel wurden rationiert, und diejenigen, die nicht weggeschickt worden waren, mussten in langen Schlangen um Milch, Hirse und Reis anstehen. Ein paar Auserwählte ergatterten gelegentlich auch mal Fleisch. Ihre Mutter wohnte bei Nachbarn und spielte mit den anderen verwaisten Kindern aus der Siedlung. Ihre offizielle Meinung lautete: »Es herrschte Chaos, das ja, aber es war bei Weitem nicht die Zerstörung, von der der Westen so gerne sprach.« Dann, eines Tages, kehrten sie alle zurück, dünner und umerzogen. Ihre Mutter kehrte zu ihrer Familie zurück, besuchte wieder die Schule, und das Leben ging weiter. Kerus Vater reagierte noch ausweichender als ihre Mutter. Für ihn und seine Familie sei die Revolution glimpflich verlaufen, behauptete er, denn sie seien vorher schon arm gewesen und hätten auf dem Land Felder beackert, dort, wo die Umerziehungsmaßnahmen stattfanden. Nach der Revolution habe ihr Vater die Zulassungsprüfung für einen Studienplatz bestanden, bei einer Bewerberquote von 1 zu 100. »Wie das?«, hatte ihn Keru immer wieder gefragt. »Ich habe gelernt.« »Aber wie?« »Mit meinem Gehirn.« Auf der Universität lernte er Kerus Mutter kennen. »Aber wie seid ihr euch begegnet? Wer hat euch einander vorgestellt? Was haben eure Familien dazu gesagt?« Zwischen Kerus Mutter und ihrem Vater bestanden große Unterschiede, sowohl in ihrer Klassenzugehörigkeit als auch in ihrer Bildung, ihrem Verhaltenskodex und ihrem Dialekt. Stadtmensch versus Landei. »Und wer ist auf die Idee gekommen, das Land zu verlassen, und wie haben sich eure

Familien dazu verhalten?« Einzelheiten, über die ihre Eltern nie sprachen. »Wir haben uns kennengelernt, geheiratet, dich bekommen. Wir leben jetzt hier.« Ende. Keru fand es verwirrend, ja sogar verletzend, dass ihre Eltern beschlossen hatten, einen Großteil ihrer Vergangenheit vor ihr zu verheimlichen. Taten sie es, um sie zu schützen? War es eine Bewältigungsstrategie oder gar ein Zeichen von Stärke? Handelte es sich um typisch chinesische Verschlossenheit oder war da was anderes im Spiel?

Nates Mutter wollte gern die Leuchttürme an der Küste besuchen und präsentierte ihnen eine Liste mit den Top Five. Diese Liste sei das Produkt einer gründlichen Recherche, sie habe mehrere Quellen und einschlägige Zeitschriften durchblättert und anhand der Informationen ihre Favoriten zusammengestellt. Seine Mutter machte sich ständig Listen, besonders für Urlaubsgerichte und Autoreisen. Zuerst hatte Keru dies für einen Ausdruck ihres Organisationstalents gehalten, doch Nate hatte ihr erklärt, es beweise eher ihre Zerstreuung. Die fünf Leuchttürme lägen nämlich keineswegs auf derselben Route. Zwei lagen östlich von Chatham, drei sehr weit nördlich und einer an der Spitze der Halbinsel in Provincetown, seine Mutter aber wollte alle fünf an ein und demselben Tag sehen, sonst wäre ihre Besichtigungstour irgendwie nicht richtig komplett.

»Wie wäre es, wenn wir uns heute zwei anschauen und den Rest morgen?«, schlug Nate mit Blick auf die Liste vor. Es war am Morgen nach dem Restaurantbesuch, sie hatten soeben ihr Frühstück beendet. Keru stand an der Spüle und belud so langsam wie möglich die Maschine, um eine Aufgabe zu haben und nicht an der Unterhaltung teilnehmen zu müssen.

Nates Vorschlag behagte seiner Mutter gar nicht. Morgen

wollte sie an den Strand, so richtig, im Sand sitzen und lesen. »Du liest doch gar nicht«, sagte Nate. »Könnte ich aber«, erwiderte seine Mutter. Hatte sie Nate schon erzählt, dass seine Tante Faye den Buchclubs der Stars folgte, angeblich ein Buch pro Woche las und es dann an Nates Mutter weiterschickte? Sie hatte inzwischen einen Riesenstapel zu Hause, mit dem sie nicht wusste, wohin. Die meisten dieser Bücher waren ihr zu verkopft oder moralisch. »Ich will nichts Überkompliziertes«, sagte seine Mutter und zog beim letzten Wort die Nase kraus. »Ich will keine Figuren, die ich nicht verstehe. Was haben die Leute gegen Danielle Steel?« Und hatte Nate vergessen, dass übermorgen der wöchentliche Bauernmarkt stattfand? Hatte er. Sie mussten frischen Fisch kaufen, Hummer, Muscheln, Maiskolben, Sommerwurst, regionalen Käse, und Wassermelone fürs Grillen am Nachmittag und das Lagerfeuer.

»Dann schaffen wir deine Liste aber nicht.«

»Sicher tun wir das.«

»Tun wir nicht.«

»Mach doch nicht immer so ein Theater.«

Nate bewarf sie mit dem Zettel und sagte bestimmt: »Nein, tun wir nicht.« Er werde nicht den halben Tag in der Gegend herumkutschieren, damit sie fünf Leuchttürme sehen konnte, obwohl sie einen direkt in nächster Nähe hatten.

»Wer hat gesagt, dass du fahren musst? Das kann dein Vater übernehmen.«

»Der Pick-up-Truck ist unbequem«, sagte Nate.

»Du wirst es überleben«, sagte seine Mutter.

»Nee, echt nicht«, sagte Nate, »das überlebe ich nicht, Mom.«

»Er macht schon wieder Theater«, sagte seine Mutter zu seinem Vater, der stumm auf dem Sofa Football schaute, auf dem Bierbauch ein Ginger Ale.

Nate schlug vor, getrennt zu fahren, mit zwei Fahrzeugen.

Seine Mutter wollte, dass sie alle zusammen fuhren.

»Nicht genug Platz«, sagte Nate, der darauf bestand, Mantou mitzunehmen, denn als sie nach Wellfleet gefahren waren, hatten sie den armen Hund winselnd und jaulend zurücklassen müssen.

»Mandy kann bei jemandem auf dem Schoß sitzen«, sagte seine Mutter, die wie sein Vater behauptete, den Namen nicht richtig aussprechen zu können, und ihn deswegen abkürzte.

»Kommt nicht infrage«, sagte Nate.

»Wieso nicht?«, wollte seine Mutter wissen. »Wann haben wir das letzte Mal alle zusammen im Auto gesessen? Wann hatten wir das letzte Mal Gelegenheit, miteinander zu reden?«

Nate wies darauf hin, dass sie dies gerade taten.

So ging es noch zwanzig Minuten weiter.

Schlussendlich fuhren Nate, Keru und seine Eltern in getrennten Fahrzeugen zum Leuchtturm in Chatham. Mit seinen stattlichen fünfzehn Metern bot er Nates Mutter alles, was ihr Herz begehrte – einen weißen Turm, schmiedeeiserne Geländer, ein Wärterhäuschen mit rotem Dach. Sie meinte, er sei ja insgesamt ganz nett, habe aber nicht auf ihrer Liste gestanden. Sie spazierten um ihn herum. Keru hatte Mantou zwar an der Leine, aber es war immer noch schwer, sie unter Kontrolle zu halten, wenn sie an einem neuen Ort war und aufgeregt wie ein Fohlen herumzerrte. Nate machte den Reiseführer, las sich sämtliche Infoschilder über die Geschichte des Leuchtturms durch und ermutigte seine Eltern, es ihm gleichzutun. Sein Vater warf einen flüchtigen Blick auf die Schilder und brummte etwas vor sich hin. Danach suchte er sich eine Bank, wo er wiederholt seine Sonnenbrille putzte, seine Baseballkappe zurechtrückte und missbilligend durch die Gegend blickte. Wieder hatte er Probleme mit dem Parken gehabt und war daher erst zehn Minuten später eingetroffen, nachdem er Nates Mutter abgesetzt hatte. Er regte sich auf, dass man den Leuten das Parken an diesen Orten so schwierig machte, warum durfte man nur auf der Straße stehen und das nur eine halbe Stunde?

»Wie soll man sich da in Ruhe umsehen?«, fragte er. »Was, wenn man ein Picknick machen will?«

Mantou erwürgte sich fast mit der Leine und machte ein Riesentheater. Keru, die an ihr herumzerrte, sah aus wie eine Tierquälerin oder zumindest wie eine Hundehalterin, die nicht mit Hunden umgehen konnte. Nates Vater fragte, warum sie Mantou nicht einfach frei rumlaufen lasse.

»Hunde müssen hier angeleint sein«, sagte Keru.

Ihr Schwiegervater meinte, es sei ja nicht so, dass Mandy irgendwen anfallen würde.

»Ich glaube, sonst kriegen wir Ärger«, sagte Keru.

»Ja und? Was wollen sie denn machen?«

Keru fragte sich, wieso ihre Schwiegereltern Regeln immer nur dann befolgten, wenn es ihnen passte. Sie wies darauf hin, dass sie bei Verstoß ein Bußgeld riskierte.

Ihr Schwiegervater verdrehte die Augen und meinte: »Tja, dumm auch.«

Nates Mutter lief hinter Nate her und tat so, als läse auch sie die Infotafeln. Dabei schwitzte sie stark und tupfte sich die Stirn mit einer Papierserviette ab. Nach einer Weile winkte sie Nates Vater herbei und wies auf den leeren Fleck neben ihr, wo er zu stehen hatte.

Mantou zerrte Keru weg von ihrer weißen Familie hin zu einer großen Touristenschar, die sich am Fuß des Turms zusammengerottet hatte, um mit Peace-Zeichen Selfies zu machen. Diese Touristen waren ein asiatischer Direktimport, vermutlich aus Korea, zu erkennen an den doppelten Masken, breitkrempigen Stoffhüten, langen Ärmeln, langen Hosen, Regenschirmen (Frauen) oder über die Schultern drapierten Handtüchern (Männer). Niemand in dieser Gruppe wollte sich dem Virus oder der unkontrolliert herunterbrennenden amerikanischen Sonne aussetzen. Als Mantou näher kam, schreckten die Frauen zurück, während die Männer vortraten, um Keru zu bedeuten, sie solle Abstand halten.

Irgendwann hatte Keru genug von Menschen und setzte sich auf den grünen Rasen. Auch Mantou konnte sie dazu bewegen, sich zu setzen. Sie schickte ihrer Mutter ein Foto vom Leuchtturm. Ihre Mutter antwortete nicht, aber Keru sah, dass sie ihre Nachricht gelesen hatte. Ihre Eltern waren heil in Minnesota angekommen, sie waren auf dem demselben Weg zurückgefahren, den sie auch gekommen waren, abwechselnd, ohne Pausen, mit Studentenfutter als Wegzehrung.

Die Touristengruppe widmete sich wieder ihren Selfies, immer zu zweit. Manche Paare hatten ihre Kleidung aufeinander abgestimmt, sogar die Farbe ihrer Stoffhüte war identisch, und als sie diese Pärchen so zusammen posieren sah, fragte sich Keru das, was sie öfter umtrieb: Hätte sie jemanden heiraten sollen, der ihr ähnlicher war? Auf der Junior High und Highschool war sie die Minderheit, die anderen überwiegend weiß gewesen, und obwohl sie sich in ein paar Leute verliebt hatte, war sie selbst nie jemandes Objekt der Begierde gewesen. Auf dem College hatte sich das schlagartig geändert, an der Ostküste, Ivy League, auf einmal war sie von klugen, begehrenswerten Männern umzingelt gewesen. In ihren ersten zwei Jahren an der Yale war sie jeder möglichen asiatischen Gruppe beigetreten und hatte die Seminare des PreMed-Vorstudiums belegt. Eigentlich wollte sie Medizin studieren, war aber schnell von diesem Plan abgekommen, als sie feststellte, dass sie kein Blut sehen konnte und Krankheiten abstoßend fand und dass die Beknackten aus dem PreMed-Vorstudium irgendwann ihre Kollegen und Kolleginnen sein würden. Eine Zeit lang hatte sie einen Mikrobiologie-Studenten namens Peter gedatet. Sie erfuhr eine Menge über ihn. Wie sie hatte er ein Stipendium vom National-Merit-Presidential-Irgendwas-Programm erhalten und war, anders als sie, von *USA Today* zu einem der Top Ten US-Studenten gekürt worden, denen man eine große Zukunft voraussagte. Peter wiederum hatte keinerlei Fragen an sie. Wenn er einen seiner Monologe abgeschlossen hatte, steckte er seinen Kopf zurück in die Bücher und sah nur auf, um ihr Chinesisch zu verbessern, wenn sie gerade mit ihrer Mutter telefonierte. Als Keru sich von ihm trennte, zeigte er sich wenig beeindruckt. Er meinte, er habe geahnt, dass sie dies tun würde, auf diese Weise, mit diesen Worten, er sei nicht überrascht. »Dein Kopf läuft spitz zu«, erwiderte Keru darauf. »Wahrscheinlich hat ihn mal jemand zwischen zwei dicken Büchern zerquetscht, weil du ihm auf den Sack gegangen bist.« Nachdem sie Medizin ausgeschlossen hatte, belegte Keru Microeconomics, und in einem Kurs mit über fünfzig Prozent Asiaten lernte sie Shang kennen. Shang war redseliger als Peter, aber es ging immer nur ums Geld, was sie nicht hätte überraschen sollen, aber trotzdem irgendwie tat. Er wollte sein Studium mit Summa cum laude abschließen, anschließend bei verschiedenen Investmentunternehmen arbeiten und schließlich bei einem davon Geschäftsführer werden. Er wusste, wie hoch sein Einstiegsgehalt ausfallen musste. Er wusste, um wie viel Prozent es jährlich ansteigen musste. Immerhin fragte Shang sie auch mal, was sie so machen wolle. Sie sei noch unentschlossen, aber weder Medizin noch das Finanzwesen kämen für sie wirklich infrage. »Probier's doch mal als Beraterin«, schlug er vor, »ist ein guter Weg, Kohle zu scheffeln, während man sich überlegt, was man werden will.« Als Beraterin erhielt man einen Einblick in verschiedene Branchen, kam viel rum und bekam großzügige Spesen. Ein guter Rat, bis Shang hinzufügte, dass mehr Frauen Beraterinnen wurden, weil das einfacher sei, als im Finanzwesen Fuß zu fassen. In Restaurants gab Shang nie mehr als fünfzehn Prozent Trinkgeld. Er verlangte stets eine Rechnung, die er auf dem Heimweg im Taxi genau unter die Lupe nahm. Das Taxi zahlte sie, so hatten sie es explizit vereinbart. Shang war außerdem noch Jungfrau und musste so schnell wie möglich mit ihr schlafen. Er nötigte sie dazu, sich auf seinem Bett im Wohnheim Filme über brutalste Banküberfälle anzuschauen, die sie null in Stimmung brachten. Wenn er sie dann beim Abspann abknutschte, hatte er seine feuchten Triefaugen dabei fest zugekniffen, als hätte er gerade einen Albtraum. Ein Monat voller Banküberfälle, aber ohne Sex trieb Shang dazu, mit einer anderen asiatischen Studentin aus seinem Seminar zu schlafen, ohne Keru was davon zu erzählen oder sich zumindest die Zeit zu nehmen, sich von ihr zu trennen. Er tat einfach so, als wäre Keru Luft, und wenn sie ihm zufällig über den Weg lief, verrenkte er sich den Hals und starrte fasziniert an die Decke. Nicht lange danach wurde Keru vom Präsidenten der Taiwanese Association ihrer Uni zu einem Date eingeladen. Es war fünf Uhr morgens, sie behängten die Stände auf dem Campus mit Postern für den jährlich stattfindenden Nachtmarkt, bei dem Studierende mindestens zwölf verschiedene Arten Klöße und Klöpse probieren konnten. James war zwei Jahre älter als sie, groß und durchtrainiert, er hatte üppiges, dichtes Haar, das er in regelmäßigen Abständen vor- und zurückwarf. An ihn verlor Keru ihre Jungfräulichkeit, und nach einem Semester Beziehung stellte er sie seinen Eltern vor. Nach einem gemeinsamen Feuertopf in einem chinesischen Restaurant war Keru überzeugt, dass alles wunderbar lief, ihre erste große Liebesgeschichte in Yale, bis James sich nach einem Sommer mit nurmehr sporadischem Kontakt und keinem Sex (weil James in Taiwan war) mit ihr in der überfüllten Uni-Mensa traf, um ihr zu offenbaren, dass seine Mutter keine Schwiegertochter aus Festlandchina wolle. »Festlandchina«, wiederholte Keru. »Taiwan ist ein eigenständiges Land«, sagte James, und Keru stimmte zu, aber was hatte Geopolitik bitte mit ihnen und ihrer Beziehung zu tun? Keru hatte China mit sechs Jahren verlassen. Er verstehe ihre Perspektive vollkommen, versicherte James, auch er wolle nicht, dass sich seine Kinder, sollte er mal welche haben, zwischen zwei Kulturen und Heimatländern entscheiden müssten, er selbst sei froh, dass er als waschechter Taiwanese nie in diese Zwickmühle geraten würde. Keru erinnerte ihn daran, dass er auch Amerikaner sei, genau wie sie, worauf er entgegnete: »Ja, aber ich bin *ein taiwanesischer* Amerikaner und du *chinesische* Amerikanerin.« Schon immer war Keru dieses Beharren auf das jeweilige Landesattribut innerhalb der asiatischen Gemeinschaft sauer aufgestoßen. Diese Gemeinschaft war zwar nicht aus einem Guss, aber es war schon auffällig, wie sehr man dafür sorgte, sich ja nicht als Einheit zu präsentieren. Sie musste sich schwer zusammenreißen, in der Mensa keine Szene zu machen, konnte sich die Frage aber nicht verkneifen, warum ihm dieses Problem nicht schon früher aufgestoßen war, beispielsweise in der ersten Woche nach ihrem Kennenlernen. Er habe doch genau gewusst, dass sie aus China stamme, eine unumstößliche Tatsache, die sich für den Rest ihres Lebens nicht mehr ändern werde. James nickte mitfühlend. Auch wenn es nichts ändere, wolle er ihr versichern, dass er sie liebe, doch seine Zuneigung, die noch zu Beginn ihrer Beziehung exponentiell gewachsen sei, habe bald darauf ein Plateau erreicht und erlebe nun im Zuge seiner Zukunftsplanung einen asymptotischen Abstieg. James machte eine Absturzbewegung. Keru folgte seiner Hand, bis sie wie ein plötzlich aus den Wolken gefallenes Flugzeug auf der Holzplatte des Mensatisches aufschlug. Sie nehme alles zurück, sagte sie darauf. Taiwan sei doch kein eigenständiges Land.

Ein Jahr lang dachte sie überhaupt nicht mehr über Männer nach. Ihre Mutter erkundigte sich schon, ob sie *gay* sei, worauf sie antwortete: »Und wenn? Was geht dich meine sexuelle Orientierung an?« Natürlich sagte sie in Wirklichkeit nichts dergleichen. Stattdessen behauptete sie, sie konzentriere sich ausschließlich auf ihr Studium und auf ihre Bewerbungen für Beraterjobs. Allein in ihrem Single-Kämmerlein jedoch bemerkte sie ihre unrasierten Beine und die kleine Speckrolle, die sich über dem ausgeleierten Gummibund ihrer abgetragenen Unterhose gebildet hatte, ein Resultat ihrer Ernährung, die mittlerweile ausschließlich aus Mozzarella-Sticks bestand. Also verkleidete sie sich für das letzte Halloween ihres Studiums mit irgendwelchen Klamotten, die sie finden konnte, und fragte die erstbeste Person, die ihr im Wohnheim begegnete, ob es in der Nähe eine Party gebe. Auf jeder Etage, lautete die Antwort dieser am Treppengeländer zusammengesackten, bereits besoffenen Person. Also ging sie hinunter auf eine x-beliebige Etage und trat durch eine x-beliebige offen stehende Tür in ein x-beliebiges Zimmer mit lauter Musik, einer dicht gedrängten Menge und einem Typen mit einer selbst gebastelten Haifischflosse auf dem Rücken, der wie ein Loser vor sich hin tanzte. Auf dieser Party hatte es attraktivere Männer gegeben, bessere Tänzer. Und doch schielte sie immer wieder zu diesem freundlosen Typen rüber, der keinen blassen Schimmer hatte, dass er beobachtet wurde. Ihn anzusprechen war nicht ohne Risiko, denn er war aus gutem Grund allein, was, wenn es sich um einen irren Frat-Boy mit Fetisch handelte? Gegen einen irren Frat-Boy mit Fetisch müsste sie um ihr Leben kämpfen. Bevor sie sich ihm näherte, ermittelte sie über einen mentalen Algorithmus ihre Handlungsoptionen, wann und wohin sie im Notfall fliehen und mit welchen Gegenständen sie werfen könnte.

Einen Monat später machten sie ihre Beziehung offiziell und vertrauten einander an, welchen ersten Eindruck sie damals gehabt hatten.

»Du warst bereit, gegen mich zu kämpfen?«, fragte er.

»Nur, wenn du dich als mieser Typ entpuppt hättest.«

Sichtlich bestürzt starrte er auf seine Hände.

»Aber du bist kein mieser Typ«, räumte sie ein.

»Ich fand dich einfach süß«, sagte er.

Man hatte Keru schon mit vielen Adjektiven belegt, süß gehörte bislang nicht dazu. Objektiv betrachtet traf es sogar zu. Klein und süß, und wenn sie mit angewinkelten Knien dasaß, nahm sie sehr wenig Raum ein.

»Oh«, sagte sie überrascht. »Verstehe.«

Keru saß neben ihrer Schwiegermutter, beide in ihrem jeweiligen Badeoutfit, an einem Strand, den ihre Schwiegermutter ausgesucht hatte und der in der gesamten Gegend als *der* Familienstrand bekannt war, und deswegen waren sie jetzt hier. Keru trug einen Badeanzug, der weder ihr Dekolleté zeigte noch ihre Taille betonte und auch sonst nicht den Eindruck machte, dass man ihn gern zum Schwimmen trug. Ihre Schwiegermutter hingegen war mit einem farbenfrohen Teil angetan, schulterfrei und körperbetont, mit einem breiten Elastikbund, der die Taille sehr schmal zusammenzog, einem aber ansonsten keinerlei Spielraum für anderweitige Bewegungen ließ, beispielsweise fürs Schwimmen. Die beiden Frauen teilten sich ein Handtuch, während die Männer sich aufgemacht hatten, die am Eingang aufgereihten Foodtrucks auszukundschaften. Keru kam sich vor wie eine falsch abgelegte Wachspuppe aus der anthropologischen Sammlung eines Museums, eigentlich gehörte sie zum Tableau HOMO SAPIENS IM URLAUB, Erläuterung: »*Zwei halb verhungerte Weibchen warten auf die Rückkehr der Männchen von der kraftraubenden Chorizo-Jagd. Die hungernden Weibchen mussten sich indessen anderweitig beschäftigen.*«

Die Sonne war grell, und die mindestens hundert Kinder am Strand kreischten sich ihre kleinen Lungen aus dem Hals und versuchten, einander mit Plastikeimer und Sand zu massakrieren.

Ihre Schwiegermutter hatte einen als Unterhaltung getarnten Monolog über Kinder geführt, wie entzückend sie doch seien, in jeder Altersgruppe. Sie zeigte mit dem Finger auf ein Kind aus der am Strand versammelten Horde und erzählte Keru dann, wie Nate in jenem Alter gewesen sei, bevor sie sich dann einem etwas älteren Kind zuwandte.

»Du und Nate, ihr wärt gute Eltern«, sagte sie. »Nate wäre so ein großartiger Vater.«

»Hmmm«, sagte Keru.

»Alle Eltern wollen Großeltern werden.«

Keru wusste nicht, was sie darauf sagen sollte. Sie war wie erstarrt, hatte das Gefühl, keine Kontrolle über ihren Körper zu haben. Das traf ja auch zu. Sie hatte Aufgaben zu erfüllen, meinten zumindest alle, die ihr nahestanden. Sie hatte den Genpool zu erhalten, die Idiokratie abzuwehren, den ersten Nachkommen ihrer Abstammungslinie in den USA zu gebären, ihren vier Elternteilen neue Hoffnung zu geben und Nate die Gelegenheit zu bieten, ein guter Vater zu sein.

Der enge Hautkontakt, Arm an Arm mit ihrer Schwiegermutter, ließ sie schaudern.

»Ich hoffe, du weißt, wie sehr wir dich lieben«, sagte Nates Mutter. Sie klebten durch Schweiß, Sonnencreme und sonstige Substanzen aneinander fest.

»Ja«, antwortete Keru.

»Euch beide. Wir lieben euch sehr, und wir hoffen, dass ihr uns ab jetzt öfter besucht. Mindestens zweimal im Jahr.«

Sie liebe ihre Schwiegereltern auch, sagte Keru.

Diese gegenseitigen Liebesbekundungen ähnelten dem Spiel mit dem Dankesagen. Man musste die anderen ständig daran erinnern, damit sie es nicht vergaßen. Nate hatte Keru zuerst seine Liebe bekundet, mittlerweile bekundeten sie es sich gegenseitig, und zwar täglich, was Keru gefiel, denn es traf ja zu, sie liebte ihren Mann tatsächlich, und es war schön, zu wissen und auch zu hören, dass er sie auch liebte. Keru liebte auch ihre Eltern, aber das war eine andere Form von Liebe, eine, die man nicht aussprach. Für ihre Schwiegereltern hingegen brachte sie eher ein Mindestmaß an Zuneigung auf. Sie wollte, dass sie glücklich und gesund waren, sie wünschte ihnen alles erdenklich Gute wie beispielweise Wohlstand im Alter, aber sie glaubte nicht, dass sie sie liebte, und nahm ihnen auch nicht ab, dass sie für Keru wirklich Liebe empfanden.

»Kinder erweitern deine Fähigkeit zu lieben«, sagte ihre Schwiegermutter. »Wenn du Kinder hast, bist du präsenter.«

Keru war diese Romantisierung verhasst, aber was sollte sie schon dagegen einwenden? Schließlich war die Frau Mutter und Keru nicht.

»Beim ersten Kind ist es meist am schwierigsten«, fuhr ihre Schwiegermutter fort. »Ethan hatte ständig diese Trotzanfälle. Hat sich steif gemacht wie ein Brett und hat sich nicht anfassen lassen. In aller Öffentlichkeit hat er sich einfach hingeworfen und mit den Fäusten auf den Boden eingeschlagen, und wenn man ihn hochheben wollte, hat er sich irgendwo festgekrallt, an einem Türgriff, einer Stange, deinen Haaren«, sagte sie.

Keru war sicher, dass mit Ethan etwas nicht stimmte.

»Nate war völlig anders. Lammfromm. Still und zufrieden, immer ein Lächeln auf den Lippen. Ethan und Nate waren immer lieb zueinander«, sagte sie. »Sie stecken gerade in einer schwierigen Phase, aber das wird schon wieder. Geschwister sind auf eine Weise miteinander verbunden, die niemand erklären kann.«

Gegen diese Romantisierung hatte Keru nichts einzuwenden, hatte sie sich doch selbst immer Geschwister gewünscht. Solang sie denken konnte. Einen Bruder oder eine Schwester, egal. Sie fragte Nates Mutter, wann sie Ethan das letzte Mal gesehen habe.

»Er ruft immer mal an«, sagte sie. »Zumindest öfter als Nate.« Dann holte sie tief Luft und sagte: »Mir ist aufgefallen, dass Nate und ich keine so enge Beziehung mehr zueinander haben wie früher. Weißt du vielleicht, warum?«

Keru hatte eigentlich gedacht, das sei allgemein bekannt, aber statt darauf hinzuweisen, sagte sie: »Nate hat immer vor, anzurufen, und vergisst es dann wieder. Aber es ist doch schon wieder besser geworden, oder? Und wir sind ja zusammen hier, immerhin.«

Ihre Schwiegermutter sah sie von der Seite an. Die Sonne schien ihr in die Augen, und sie hatte Sand an den Wangen. »Kann sein, kann aber auch nicht sein. Du kennst ihn mittlerweile besser als ich, vermutlich muss das so sein.«

Wie seltsam, ihre Schwiegermutter so etwas sagen zu hören. Seltsam, weil es zutraf und von einer gewissen Selbstreflexion zeugte. Waren sie zu neuen Ufern aufgebrochen? War nun Händchenhalten angesagt? Als hätte dieser Moment auch Nates Mutter etwas aus der Fassung gebracht, erhob sie sich und sagte, sie werde ins Wasser gehen.

»Sei vorsichtig!«, sagte Keru.

»Bin ich«, sagte Nates Mutter.

Der Grund für die Entfremdung lag darin, dass Nate Ideale hatte, und wenn er von Menschen enttäuscht wurde, die ihm nahestanden, fand er es schwierig, ihnen zu verzeihen. Bei der Wahl 2016 hatten seine Eltern sich klar dazu bekannt, für wen sie stimmen würden, und Nate ebenfalls. Nate war eigentlich nie übermäßig politisch interessiert gewesen, doch im Lauf des Jahres war er dazu übergegangen, den Nachrichten übertrieben viel Aufmerksamkeit zu schenken, und hatte Keru regelmäßig mit dramatischen Aussagen konfrontiert: »Ich stehe vor einer riesigen Welle, die im Begriff ist, mich und alles, an das ich glaube, unter sich zu begraben.« Das war völlig überzogen, er wurde von keiner Welle bedroht, und egal, wer am 8. November gewonnen hätte, er wäre wie immer am folgenden Tag zur Arbeit gegangen, heimgekommen, hätte gekocht, gegessen, geduscht, geschlafen, hätte Sex gehabt, Steuern bezahlt, den Hund ausgeführt. Doch in der Wahlnacht hatte keiner von ihnen ein Auge zugetan, wegen des Lärms von der Straße, den Aufständen und einer Person, die stundenlang vom Dach geschrien hatte: »SIE HABEN IHN INS WEIßE HAUS GELASSEN, SIE HABEN IHN INS WEIßE HAUS GELASSEN«. Am darauffolgenden Tag, dem 9. November, hatte Nates Mutter ein Smiley in den Gruppenchat geschickt und eine Nachricht, dass sie jetzt, da der ganze Unsinn vorbei sei, endlich entspannen und die Feiertage genießen könnten. Nate und Keru hatten zu diesem Zeitpunkt bereits ihre Zugtickets gebucht, der Urlaub war eingereicht und im Gefrierschrank im Keller wartete ein fetter Truthahn, doch nachdem Nate das kleine Emoji in der Gruppe entdeckt hatte, rief er bei seiner Mutter an, um ihr zu sagen, dass sie weder an Thanksgiving noch zu Weihnachten kommen würden (tatsächlich war er seitdem nicht mehr zu Hause gewesen).

Er hatte seine Mutter sogar gefragt, warum sie das Emoji in den Gruppenchat geschickt habe, zu dem auch Keru gehörte. Na, weil sie glücklich sei, wieso sonst?, hatte seine Mutter geantwortet. Worauf er erklärt hatte, dass er nicht glücklich sei. Überhaupt nicht. »Das tut mir leid«, hatte sie gesagt. »Aber man wird ja wohl noch seine Gefühle äußern dürfen. Es ist auch mein Land.« Nates Drohung, er werde nicht mehr heimkommen, hatte seine Mutter für einen Bluff gehalten.

»Du machst immer so ein Theater«, sagte sie.

»Ich bin entsetzt. Das ist was anderes.«

»Willst du deiner eigenen Mutter so was antun? Du bist bereit, mir diesen Feiertag für immer zu verderben? Bist du wirklich so herzlos?«

»Ethan kommt auch nicht.«

»Ethan kann nicht anders.«

Nate sagte, seine Entscheidung stehe fest.

Seine Mutter brach in Tränen aus, also wurde der Hörer an seinen Vater übergeben, der mit tragender Stimme lauter traurige väterliche Sprüche aufsagte. »Ich erkenne dich nicht mehr wieder. Wie kannst du deine Mutter so verletzen? Du hast uns enttäuscht. Ich kann nicht behaupten, dass ich deine Entscheidung gutheiße. Verstehen tue ich sie erst recht nicht. Wenn du dich wieder eingekriegt hast, ruf an. Wir lieben dich, und wir lieben Keru.«

Kerus erster Gedanke: Wenn Nates Mutter mit dem Weinen fertig war und sich bei ihrem Mann ausgekotzt hatte, würde sie die Absage des Thanksgiving-Besuchs aus politischen

Gründen der neuen asiatischen Frau ihres Sohnes anlasten, die auf solche Dinge sehr viel empfindlicher reagierte und jetzt möglicherweise aus Rache wegen irgendwelcher Immigranten-Befindlichkeiten, die sich bei ihr oder ihrer Familie angestaut hatten, den Hort der amerikanischen Werte zu unterwandern versuchte, indem sie ihnen ihren Nate wegnahm.

»Glaubst du, sie denkt, ich hätte Nate gegen sie aufgehetzt?«, fragte Keru eine weiße Freundin.

»Ja«, antwortete diese. »Hundert Pro.«

Dummerweise hatte Keru auch ihre Mutter um Rat gebeten, die Nates Entfremdung von seiner Mutter sofort als impulsiv abgetan hatte. »Jungen Menschen fehlt die Perspektive«, sagte sie. »Die haben noch nicht gelernt zu leiden. Im schlimmsten Fall ist derjenige, den sie gewählt haben, acht Jahre im Amt. Was ist das schon im Vergleich zu einer ganzen Kindheit unter dem Vorsitzenden Mao?«

Irgendwann kam immer die Mao-Karte ins Spiel.

Genau wie die Trump-Karte.

Kerus Eltern hatten nicht gewählt und würden dies auch nie tun. Es war ihnen egal, wer die Wahlen gewann, genau wie so ziemlich alles andere an der Demokratie. Aber Kerus Mutter hatte ihr erklärt, für Nate und seine Familie sei es wichtig, sich mit der Politik zu befassen, es sei schließlich die Politik ihres Landes. Keru solle sich schützen und lieber nicht einmischen. Halte einfach den Mund. Dann verlangte sie ironischerweise, dass Keru die Situation wieder geraderücke, indem sie bei Nates Mutter anrief und ein kurzes, aber direktes Gespräch führte. »Wenn nötig, entschuldige dich.«

»Entschuldigen? Wofür? Sie ist seine Mutter.«

»Dann erinnere ihn daran.«

»Ich glaube, das ist ihm schon klar.«

Die Amtszeit war vergangen und sie hatten überlebt. Sogar einen weiteren Wahlkampf hatten sie überlebt, und eine weltweite Pandemie, obwohl beide Seiten weiterhin fest auf ihren Ansichten beharrt hatten.

Jetzt sah Keru ihre Schwiegermutter ins Wasser waten und eintauchen, bis nur noch ihr Kopf zu erkennen war. Er schaukelte auf und ab, während sie zaghaft einen kleinen Kreis beschrieb, weg von einer Horde rücksichtsloser Teenager. Magere, gebräunte Mädchen kletterten auf die Rücken von kräftigen gebräunten Jungen. Die Jungen rammten einander, die Mädchen kreischten. Als Teenager hätte Keru niemals in diese Gruppe gepasst. Niemals hätten sie und ihre Eltern diesen Strand besucht, und wenn es aus Versehen doch passiert wäre, hätten sie sich in den äußersten Winkel verzogen, weit weg von allen anderen. Wofür entschuldigen? Keru wusste es.

Auf einmal fiel ein Schatten über sie. In echt, nicht im emotionalen Sinne.

»Wo ist Ihr riesiger Hund?«, fragte der Schatten, und obgleich Keru die Gesichtszüge nicht genau erkennen konnte, erinnerte sie sich doch an die Stimme.

»Wie bitte?«

»Ihr riesiger Hund.«

»Ich verstehe nicht.«

Aber das tat sie durchaus. Der Schatten gehörte zu der Frau, die Keru mit Steinen beworfen und verfehlt hatte. Hätte sie getroffen, wäre die Frau jetzt vermutlich nicht hier. Doch das war sie leider, gesund und munter und nass und ließ Salzwasser auf Kerus Handtuch tropfen. Ihr Badeanzug ähnelte dem ihrer Schwiegermutter. Derselbe diagonale Streifen über dem Oberkörper, dasselbe Kompressionssystem in der Mitte, das dem vorgewölbten Bäuchlein so etwas wie eine Taille verlieh.

»Sie haben vor ein paar Tagen versucht, mich umzubringen«, sagte die Frau wütend.

»Wie bitte?«, fragte Keru.

Die Frau wiederholte die Anschuldigung, Keru sei eine vorsätzliche Mörderin.

»Sie. Mit einem Stein«, fügte sie hinzu. »Sie sind eine Irre. Das wollte ich dir sagen, du Irre!«

Die Frau war zum Du übergegangen und Keru täuschte Verständnislosigkeit vor. Statt in das lederhäutige gerötete Gesicht der Frau spähte sie hinaus auf den Ozean. Die Frau trat noch etwas näher, stellte sogar einen Fuß auf das Handtuch. Sie beschuldigte Keru weiterer Niederträchtigkeiten und fügte mit gedimmter Stimme hinzu, dass Keru dringend psychiatrische Hilfe brauche.

Keru bat die Frau, ein bisschen lauter zu sprechen. Wenn sie schon so vieler Vergehen bezichtigt wurde, dann sollte auch die Öffentlichkeit sie hören.

»Du hast mich schon verstanden«, sagte die Frau.

»Ich bin nicht ganz sicher«, sagte Keru.

»Oh, aber ganz bestimmt.«

»Leider nicht«, sagte Keru.

Die Frau machte Keru nervös, obwohl es ihr unwahrscheinlich erschien, dass sie unter ihrem Badeanzug eine Waffe verbarg. Im schlimmsten Fall würde die Frau auf sie losgehen und sie erdrosseln, direkt vor der versammelten Horde Jugendlicher der Altersstufe FSK 13. Keru könnte den Angriff vereiteln. Sie könnte sich nach links oder nach rechts fallen lassen, und durch das Überraschungsmoment würde die Frau stolpern und mit dem Gesicht im Sand landen. Die Frau ging nicht auf sie los, rührte sich aber auch nicht von der Stelle. Sie hielt sich den Bauch und funkelte Keru eine Weile lang an, während sie offenbar ihren nächsten Schritt plante.

Schließlich beugte sie sich ganz nah zu Keru hinunter, bis ihr Gesicht fast Kerus Ohr berührte, und Keru blieb ganz starr sitzen, denn sie wollte keine Angst zeigen. Sie fürchtete, dass die Frau sie anspucken würde, oder womöglich abschlecken, wie eklig, aber die Frau flüsterte nur: »Hau ab, du gehörst nicht hierher, verzieh dich«, und lächelte Keru dann an, als hätte sie einen richtigen Volltreffer gelandet, als hätte Keru noch nie Schlimmeres gehört. Keru hatte schon Schlimmeres gehört, sie war auch schon mal bespuckt worden, aus der Ferne. Aber das bedeutete nicht, dass sie der Spruch der Frau kaltließ oder sie ihn nicht sofort zu vergessen suchte, bevor er sich in ihre Erinnerung einbrannte. Das war das Problem mit Sprüchen dieser Art. Keru erinnerte sich an jeden einzelnen.

»Hey, wer sind Sie?«, rief jemand hinter der Frau. »Was haben Sie da gerade zu ihr gesagt?«

Die Frau fuhr herum und sah sich mit Nates Mutter konfrontiert, deren Gesicht puterrot war, weil sie aus dem Wasser herbeigerannt war.

Die beiden Frauen waren ungefähr gleich groß und ähnlich gebaut. Untergehakt hätten sie glatt Cancan tanzen können.

»Diese Person hier hat versucht, mich umzubringen«, sagte die Frau und zeigte nach unten auf Keru. »Ich werde sie anzeigen.«

»Ganz bestimmt nicht«, sagte Nates Mutter, während sie vor der Frau in der Luft herumfuchtelte und sich dann zwischen sie und Keru stellte. »Verwechslung. Bitte gehen Sie jetzt. Lassen Sie meine Tochter in Ruhe.«

Die Frau bemühte sich redlich, keine Regung zu zeigen, während sie versuchte, die neue Information zu verarbeiten. Sie kratzte sich den schlaffen, lederhäutigen Nacken. Auch Keru war verwirrt, bis ihr aufging, dass sie besagte Tochter war.

»Lassen Sie uns in Ruhe«, sagte Nates Mutter. »Oder ich zeige *Sie* an.« Dann zog sie ihr Handy aus der Strandtasche. Sie hielt es verkehrt herum und hatte es nicht entsperrt, drohte der Frau aber, sie zu fotografieren und das Bild an den Notruf zu schicken, wenn sie nicht sofort verschwände. Konnte man Fotos an den Notruf schicken?, fragte sich Keru. Würde jemand in der Notrufzentrale die Bilder sehen und an ihnen Anstoß nehmen, sozusagen stellvertretend für den Sender?

Die Frau wich rasch vom Handtuch, obwohl das Handy offensichtlich falsch herum gehalten wurde und niemand von irgendwem ein Foto machen würde. Als sich die Frau weit genug entfernt hatte, ließ Nates Mutter sich und das Handy unsanft aufs Handtuch fallen. Sie hatte die Stirn gerunzelt und schien selbst verblüfft über das, was sie da gerade getan hatte.

»Geht's dir gut?«, fragte sie.

Keru antwortete: »Mir geht's gut.«

»Arme Irre«, sagte Nates Mutter.

Keru antwortete: »Ja, arme Irre.«

Als Nate und sein Vater mit einem Tablett voller Tacos zurückkehrten, schilderte Nates Mutter den Vorfall in allen dramatischen Einzelheiten. Die Männer saßen schweigend auf dem Handtuch, beäugten die Tacos, griffen aber nicht zu.

»Aus heiterem Himmel taucht plötzlich diese Person auf«, sagte sie mit dramatisch erhobenen und gestreckten Fingern. »Ich hab sofort erkannt, dass mit der was nicht stimmt. Schon an der Körperhaltung. Sie hat behauptet, Keru hätte versucht, sie umzubringen. Völlig irre. Man hört ja so viel in den Nachrichten über Asiaten, die belästigt und sogar angegriffen werden, und dein Vater und ich fragen uns immer wieder, könnte das auch Keru passieren? Beschützt Nate sie auch gut genug? Wenn ich nicht gekommen wäre, hätte sie sie sicher angegriffen. Sie war so dicht an Kerus Gesicht dran.«

Sie führte ihnen vor, was sie meinte. »Die hat sie praktisch *angeatmet.*«

Als ihre Schwiegermutter sich ihr näherte, hielt Keru die Luft an und stieß sie erst nach der Vorführung wieder aus. Nates Mutter fragte sie, was die Frau gesagt habe.

»Nicht der Rede wert«, sagte Keru, die einfach einen Schlussstrich unter die Sache ziehen wollte, damit sie alle endlich ihre Tacos essen konnten.

»Aber irgendwas hat sie doch gesagt«, beharrte Nates Mutter. »Ich hab's doch gesehen. War es sehr rassistisch?«

Keru behauptete, sich nicht erinnern zu können.

»Du lässt es uns wissen, ja?«

Falls sie sich erinnerte, sagte Keru, würde sie allen sofort erzählen, welche rassistische Beleidigung die Frau zu ihr gesagt hatte.

Auf der Rückfahrt (diesmal hatten sie nur den Truck genommen) redete Nates Mutter weiterhin über den unglaublichen Vorfall. Sie nannte es »Vorfall« und machte aus unerfindlichen Gründen Gänsefüßchen in der Luft. Hatte einer von ihnen die Frau an der Ferienhausanlage rumlungern oder Keru verfolgen sehen? Alle schüttelten den Kopf. Keru überlegte kurz, Nates Mutter vom Stein zu erzählen, aber dann müsste sie lauter Fragen beantworten, die sie alle langweilig fand, beispielsweise, warum sie den Stein überhaupt geworfen hatte, ob sie öfter mit Sachen warf, unterdrückte Wut fühle, und ob sie die bitte in den Griff bekommen könne?

»Ich hätte sie fotografieren sollen«, sagte Nates Mutter. »Ich hätte mich sofort danach an jemanden wenden oder ihr folgen sollen, damit die Frau Bescheid weiß, dass sie sich mit uns besser nicht anlegt. Legst du dich mit einem von uns an, kriegst du's mit uns allen zu tun. Wir müssen uns beschweren.«

»Beschweren? Und bei wem genau?«, fragte Nate.

»Bei der Strandaufsicht? Die können keine Irren hier reinlassen. Hier spielen Kinder. Da erwartet man Sicherheit.«

Nate bat darum, die Sache auf sich beruhen zu lassen.

»Kann ich nicht«, sagte seine Mutter. »Das hat uns den ganzen Tag versaut.«

Im Cottage ging Keru schnurstracks unter die Dusche, zog sich um und verschanzte sich dann im Schlafzimmer. Vom Bett aus schickte sie ihrer Mutter hübsche Bilder von Wellen und beschrieb ihr wortreich, dass sie so viel Spaß miteinander hatten und eine wunderbare gemeinsame Zeit verbrachten. Nate schrieb sie in knappen Sätzen. Sie komme nicht zum Abendessen. Sie habe keinen Hunger. Sie wolle einfach einschlafen und am nächsten Tag als neuer Mensch erwachen. Nate antwortete mit Daumen hoch.

Der »Vorfall« war Keru passiert; er hatte *ihr* den Tag versaut.

Wenigstens war die Frau nicht so richtig schlimm rassistisch gewesen. Sie hatte nicht an ihren Augenwinkeln gezogen und Keru als Schlitzauge bezeichnet. Hau ab in dein eigenes beschissenes Land, Schlitzauge, hör auf, unsers zu ruinieren, das wäre schlimm rassistisch gewesen, alles andere blieb dahinter zurück.

Schon vor langer Zeit war Keru zu der Erkenntnis gelangt, dass man sie ausgetrickst hatte. Ihr Vater war nie befördert worden, obwohl er seine Arbeit immer tadellos erledigt hatte. Ihre Mutter hätte eigentlich auch arbeiten wollen, doch es war leichter für sie, kein Geld zu verdienen und stattdessen sehr sparsam zu leben. Die Freunde ihrer Eltern waren ebenfalls aus China eingewandert, und wenn sie sich trafen, dann immer drinnen, nie draußen, wo man sie womöglich anstarren würde, drinnen, wo sie Chinesisch miteinander sprechen konnten und sich sicher fühlten. Halte den Mund und dich raus. Schütze dich. Suche dir einen Schutzschild. Aber inwiefern war das Leben hier besser? Hier in Amerika hatten sie ihre Widerstandskraft, mit der sie alle Härten überstanden hatten, zur willfährigen Bereitschaft umgemünzt, sich stets mit weniger zufriedenzugeben. Und doch war da ein bizarrer Widerspruch am Werk, eine Art Stockholm-Syndrom. Kerus Eltern konnten sich nicht mehr assimilieren, aber ihre Tochter vielleicht schon. Keru fühlte sich zweierlei Kräften ausgesetzt, dem Druck ihrer Eltern, die sie zur Assimilation drängten, und der Anziehungskraft der sagenumwobenen weißen Familie, in der man als schlimmste Strafe ohne Hackbraten ins Bett geschickt wurde und unter eingespieltem Gelächter hinauf ins Zimmer stapfte, in das wenig später dann doch noch die Mutter kam, mit Schokolade, und einem zur Nacht einen Kuss auf die Stirn drückte. Eine Traumfamilie, die zum Skifahren und Surfen ging, für den Weihnachtsmann Kekse rausstellte, am Lagerfeuer Gitarre spielte, bereitwillig Ausländer aufnahm und liebenswerte Schrullen aufwies, aber keine echten Probleme hatte. Diese Familie existierte nicht, aber vielleicht hatte Keru auch einfach nur schlecht gewählt. Der Stichprobenumfang war das Problem: Sie hatte nur in eine weiße Familie eingeheiratet, nicht in jede.

Hatte sich Nates Mutter tatsächlich rehabilitiert? Könnte man ihr Eingreifen am Strand als edel bezeichnen? Und wenn nicht edel, dann wenigstens anständig? Mit ihrem Eingreifen hatte Nates Mutter unglaublich anständig gehandelt, und Keru war ihrer Schwiegermutter, dieser guten weißen Person, dankbar dafür, dass sie sie vor einer schlechten weißen Person gerettet hatte. Obwohl Keru nicht um Rettung gebeten hatte und durchaus in der Lage gewesen wäre, sich selbst zu retten. Der Traum von der weißen Mutter war problematisch.

Der Traum vom weißen Ritter auch. Was, wenn die weiße Mutter zum weißen Ritter wurde? Ergaben Minus und Minus Plus?

Das Möbiusband in Kerus Gehirn zog in Höchstgeschwindigkeit Schleifen.

Draußen war eine Unterhaltung zu hören, der Fernseher wurde mit einem Klicken eingeschaltet, dann ertönte eine Kommentatorenstimme, Stadiumsapplaus, Mantous Gebell, das Zischen eines geworfenen Balls, Hundepfotengetrappel und kurz darauf ein Aufprall auf die Schlafzimmertür, als der apportierende Pandahund mit der geballten Körpermasse dagegenkrachte.

Am nächsten Tag trank Keru mit Nates Familie Kaffee, wollte aber auf den Besuch des Bauernmarkts verzichten, um ein bisschen Arbeit nachzuholen. Nates Mutter säuselte herum, Keru solle sich das doch noch mal überlegen, und trat so nah an sie heran, dass sie ihr übers Haar streicheln konnte.

»Ich muss arbeiten«, sagte Keru und entfernte sich rasch aus dem Haarstreichelradius. »Dafür gehe ich mit Mantou raus.«

Kaum waren alle weg, sackte Mantou an der Tür in sich zusammen und starrte sie an. Ihre Miene war nicht neutral, nein, sie drückte explizit etwas aus wie: »Mom, der Rest des Rudels hat uns verlassen, weil du so eine Null bist.«

Als Keru ihren Laptop aufklappte, um die Mails abzurufen, ploppten gleichzeitig Hunderte Nachrichten auf, die meisten mit Terminerinnerungen in Rot oder »Aktionspunkt Nummer 1« in der Betreffzeile. Sie erwog, auf eine Mail zu antworten. Sie erwog, alle Mails zu löschen. Schließlich klappte sie den Laptop zu, holte die Leine und ging mit ihrem leidenden Hund ins Freie. Mantou zerrte und biss an der Leine herum, aber Keru ließ sie nicht frei. Sie umrundeten das Grundstück, dann spazierten sie an den Strand, hielten sich aber vom Wasser fern. Mit 360-Grad-Drehungen vergewisserte sich Keru regelmäßig, dass dort keine Irren herumliefen, die möglicherweise ganz normal aussahen. Aber wie normal sie selbst aussah, wenn sie sich nach links, nach rechts, nach hinten und wieder nach vorn wandte, fragte sie sich nicht. Sie kam an unzähligen Schildern mit der Aufschrift HUNDE AN DIE LEINE vorbei, mindestens eines an jedem Pfosten und erheblich mehr als zuvor. Ein Schild schien eine andere Botschaft zu vermitteln, daher blieb sie stehen, um sie zu lesen. Sie lautete: Keine Ahnung, wessen Tochter du bist, aber zu uns gehörst du nicht. Hier wirkten einst die Pilgerväter, die wahren Siedler Amerikas. Europäische Einwanderer, kaukasische Einwanderer, blaublütige Amerikaner (und die Obamas). Nicht mal dein Pandahund gehört hierher, der ist nämlich auch nur halb weiß. Aber das konnte gar nicht auf dem Schild stehen, denn es hatte keinen Text. Nur die schwarze Silhouette eines großen Hundes, der in einem roten Ring gefangen war und von einem roten Schrägstrich durchkreuzt wurde.

Es gab eine korrekte Methode, Holz zu schichten, um in einer Feuergrube die maximale Flammenausbeute zu erzielen. Nate hatte sie von seinem Vater gelernt, der sie von seinem Vater gelernt hatte, der sie, wenn Keru raten müsste, vermutlich bei Paul Bunyan höchstselbst erlernt hatte. Hinten im handtuchgroßen Garten legten Nate und sein Vater Holzscheite in eine nicht besonders tiefe Senke im offenen Brachgelände, erst parallel, dann kreuz und quer und schließlich schräg nach oben, wie die Stangen eines Wigwams. Als alles bereit war, entfachte Nates Vater mit dem Grillfeuerzeug etwas Zunder und blies sanft durch die Fingerritzen auf den mit seinen Händen umschlossenen glühenden Ball, den er dann in die Mitte des Scheiterhaufens legte. Als der Feuer fing und die ersten Flammen loderten, riefen sie Nates Mutter. Alle jubelten und johlten und warfen die Arme in die Luft.

Ein paar Stunden zuvor hatte Nate geduscht, und Keru hatte ihm dabei auf dem geschlossenen Toilettendeckel Gesellschaft geleistet, denn sie wollte nicht mit ihren Schwiegereltern allein sein. Auch Mantou hatte sich um die Toilette drapiert. Sie hatten sich ins Bad gequetscht, Keru mit den Füßen auf dem Hunderücken. Sie sagte Nate, dass sie heimwolle. »Noch zwei Tage«, sagte er hinter dem Vorhang. »Dann können wir heim.« Sie sagte, sie brauche einen Drink. Er sagte, das ließe sich einrichten. Der Wunsch wurde kommuniziert, und während die Männer das Feuer machten und die Frauen Essen, holte Nates Mutter eine Dose Hard Seltzer aus dem Kühlschrank, riss den Verschlussring auf und stellte sie Keru direkt vor die Nase.

»Du kannst ruhig trinken«, sagte sie. »Nates Vater und ich haben nichts dagegen. Bitte trink, wir haben einen Sechserpack gekauft. Bier und Wein haben wir auch. Was du willst.«

Keru kam sich vor wie eine Anstaltspatientin, der man riet, ihre Medikamente zu nehmen. Sie hob die Dose an die Lippen und trank ein Viertel auf einmal.

Sie aßen von Plastikgeschirr, am Feuer. Es war ein echtes Kunststück gewesen, alle vier übergroßen Adirondack-Stühle so um die Feuerstelle zu wuchten, dass nicht mindestens zwei von ihnen mit der Rückenlehne durch die Fliegengittertür stießen.

»Nächstes Mal sollten wir ein Haus mit größerem Garten mieten«, sagte Nates Mutter. Beim Rumfahren habe sie Häuser gesehen mit Pool, großen Steinterrassen, Pizzaöfen, richtigen Feuergruben mitsamt darum herum angeordneten Stühlen. »Wäre das nicht schön?«

»Das wäre schön«, sagte Nate.

»Superschön«, sagte Keru.

Keru wollte ihre Schwiegermutter mögen und sie wollte auch, dass diese Frau sie zurückmochte, aber irgendwie schienen sie sich ständig misszuverstehen. Wie jetzt zum Beispiel bei dieser Forderung nach schöneren Unterkünften, die Keru bereits im Winter durchgesehen und dabei festgestellt hatte, dass diejenigen mit Pool ihr Budget sprengen würden. Kerus Eltern hatten zwar angeboten, sich an den Kosten zu beteiligen, aber Keru hatte abgelehnt, der gemeinsame Urlaub war als Geschenk gedacht. Ihre Schwiegereltern hatten nichts angeboten, hätten es auch gar nicht gekonnt, und das fand Keru völlig in Ordnung.

Aber was Besseres zu fordern zeugte von der Erwartung, dass andere es sich leisten konnten.

Nates Eltern fanden das Thema Geld unanständig. Egal, ob es um Schulden auf der Kreditkarte ging oder die Finanzierung im Alter, es herrschte eisernes Stillschweigen. Keru wusste nicht mal, ob sich Nates Eltern überhaupt leisten konnten, nicht mehr zu arbeiten. Nate vermutete nein, nicht ohne ihre soziale Absicherung zu verlieren und in ein kleineres Haus ziehen zu müssen. »Und was wollen sie dann machen?«, fragte Keru. Nate ging das alles entspannt an. Wahrscheinlich nichts, meinte er. Das sei das Problem seiner Eltern, nicht ihres. Schon seltsam aber, wie Familie so tickt und das Problem einer Person oft zum Problem der anderen werden kann. Vor Jahren hatte Nate ihr den Antrag gemacht und Keru hatte Ja gesagt, aber bevor ihr Vater Nate seinen Segen gegeben hatte, fragte er seine Tochter, ob Nate Schulden habe. Die chinesische Einwandererfamilie spart, um jegliche Schulden zu vermeiden. Um zu sparen, lebt man weit unter Budget, das sowieso schon mickrig ist. Es gibt jahrelang keine Geschenke, keinen Urlaub, kein Kabelfernsehen, keinen Besuch beim Haarsalon, nicht mal beim Billigfriseur im Einkaufszentrum (weil die Mutter einem die Haare schneidet, dem Vater die Haare schneidet, und der Vater schneidet der Mutter die Haare, im Keller des fast abbezahlten Eigenheims). Diese Familie zahlt einen hohen Preis, um schuldenfrei zu leben. Man ist fleißig und stolz. Um ihrem Vater eine Antwort zu liefern, hatte Keru Nate also die unbequeme Schuldenfrage gestellt. Statt sie klar zu beantworten, hatte Nate abwesend ins Leere gestarrt und laut ausgeatmet, da müsse er erst mal nachdenken. Die genaue Summe könne er so nicht nennen, aber irgendwas um die Sechzigtausend, ein Kredit, den er als Student aufgenommen habe. Sechzigtausend war nicht nichts, aber auch keine Million, also erkundigte sich Keru bei Nates Mutter, die für den Kredit gebürgt hatte. Nates Mutter suchte nach den Unterlagen, die nicht etwa wie Nates Zeichnungen in einem sorgfältig beschrifteten und mit Deckel verschlossenen Aktenkarton lagerten. Die Unterlagen seien nicht auffindbar, »irgendwo verschütt gegangen«, sagte Nates Mutter, also setzte sich Keru mit dem Kreditinstitut in Verbindung und sprach mit einer echten Person, die sie an ein Rückzahlungsportal verwies, von dem weder Nate noch seine Mutter wussten.

Als Keru sich endlich in dieses Portal eingeloggt hatte, erblickte sie eine Zahl, die sie dazu bewegte, die Seite neu zu laden. Die festgelegte Rückzahlungsfrist war längst verstrichen, mittlerweile hatten sich die Zinsen vervierfacht und nun, zehn Jahre nach Nates Studium, war die Tilgungssumme erheblich höher. »Wusstest du das?«, fragte sie Nate. Er reagierte mit einer watteweichen Nichtantwort, die auf die

Aussage hinauslief, dass jeder Schulden habe. Dieses Land werde mit Schulden betrieben. Vergebung werde kommen. *Hakuna matata.* Die mittlerweile viel höhere Summe löste bei ihrem Vater einen Tobsuchtsanfall aus. »Du wirst nicht in diese Familie einheiraten, bevor sie die Schulden nicht bis auf den letzten Cent aus eigener Tasche abbezahlt haben. Du heiratest mir keinen verschuldeten Mann. Wir sind nicht hier, um für sie zu bezahlen.« Aus dieser Patsche gab es für Keru drei Möglichkeiten. Sie und Nate könnten sich trennen, sie könnten heimlich heiraten oder sie könnte seinen Kredit mit ihrem Ersparten ablösen.

Am Tag der Tilgung druckte sie die Bestätigungsunterlagen aus, verstaute sie in einer Schublade und informierte ihren Vater, die Sache sei aus der Welt, ohne ihm weitere Einzelheiten zu nennen. »Seine Eltern haben ihm also doch noch unter die Arme gegriffen«, schloss ihr Vater, denn er hielt Nates Familie für etabliert, etablierte weiße Familien hatten immer Geld, und Keru hatte es aufgegeben, ihn vom Gegenteil zu überzeugen.

»Sie müssen es vor dir und Nate versteckt haben«, behauptete er gern, »sie wollen nicht, dass Nate es kriegt, sondern ihr Erstgeborener.« Obwohl er es nie aussprechen würde, war Kerus Vater insgeheim davon überzeugt, dass Nate aus einer Dynastie mit Trustfunds und Offshore-Vermögen und einer verzwickten Erbfolge stammte, die mit ihrer finanziellen Situation sehr diskret umging, aus Rücksicht auf Keru, die schließlich Chinesin war.

Keru war von diesem Unsinn irgendwann so genervt gewesen, dass sie hervorstieß: »Dad, es gibt in diesem Land auch arme weiße Familien.« »Vielleicht ein paar wenige«, hatte ihr Vater erwidert, »aber nicht viele.« Wie sonst solle er sich den reichen Heuballennachbarn erklären, ein Farmer mit unermesslichem Reichtum. In China gebe es neunhundert Millionen Bauern, und keiner von denen fahre mit solchen Autos rum wie sein Nachbar. Da hatte Keru aufgegeben. Sollte ihr Vater doch glauben, was er wollte.

Als Nate herausfand, was Keru getan hatte, war er dankbar, aber auch verstört von ihrer Geste, die er als völlig unnötig empfand, denn er hätte die Schulden schon irgendwann bezahlt oder *hakuna matata*.

Als Nates Mutter herausfand, was Keru getan hatte, schickte sie ihr eine Nachricht, bedankte sich für die gute Tat und schloss mit den Worten: »Bitte richte auch deinem Vater unseren Dank aus, der, wie ich vermute, unserem Nathan ebenfalls geholfen hat.«

Diese Nachricht betrachtete Keru als Indiz dafür, dass zwischen ihren Eltern einfach Welten lagen. Man könnte sie auf ewig im selben Zimmer einsperren, aber sie würden sich trotzdem niemals verstehen. Die Art und Weise, wie Nates Kredit getilgt wurde, verleitete Nates Mutter zu der Ansicht, dass Keru und ihre Familie finanziell sehr viel besser gestellt waren und sich theoretisch Dinge leisten konnten wie eine größere Ferienunterkunft mit Pool oder sogar ein eigenes Urlaubsdomizil, das sie in Zukunft alle nutzen konnten.

Die Flammen loderten hoch, ständig wehte ihnen Rauch in die Augen. Nate und seine Eltern nutzten dies, um zu raten, in welche Richtung er als Nächstes ziehen würde und wer sich wegducken müsste. Keru empfand das Spiel als unsinnig. Sie hätten wie Mantou ins Haus gehen können, wo es eine Klimaanlage gab und keine Insekten und keinen Rauch. Sie hätten kein Feuer machen brauchen.

Nates Mutter war an diesem Abend besonders redselig, die Flammen schienen sie regelrecht anzufeuern. Sie erzählte von den Leuten aus ihrer Stadt, Nates ehemalige Nachbarn, Lehrer, Klassenkameraden, alle würden sich erkundigen, wie es Nate jetzt ergehe, denn offenbar waren sie davon ausgegangen, dass es dieser Junge weit bringen würde. Sie fragte, ob Nate in letzter Zeit was von Ethan gehört habe. Nate schüttelte den Kopf.

»Ich wünschte, ihr beide hättet ein engeres Verhältnis«, sagte sie. »Brüder sollten einander aushelfen. Ihr müsst euch mal zusammenraufen.«

»Da gibt's nichts zu raufen«, sagte Nate.

»Er gehört zur Familie, Nathan. Blutsbande. Kannst du dich nicht ab und zu mal bei ihm melden und fragen, ob's ihm gut geht?«

»Will ich nicht, ist nicht meine Aufgabe.«

»Hm, verstehe«, sagte seine Mutter. Sie flitschte eine Mücke von ihrer Bluse. Überall waren sie, der Rauch schien sie so richtig in Stimmung zu bringen. Nates Vater stocherte mit der Plastikgabel auf dem Plastikteller herum und versuchte vergeblich, das Grillfleisch vom Gemüse zu trennen. Keru stopfte sich eine ganze Zucchinischeibe in den Mund und ließ sie sich auf der Zunge zergehen, während sie die Lücke zwischen Nate und seiner Mutter fixierte und dabei weder ihn noch sie anschaute. Sie sah die Flammen züngeln und eine trunkene Mückenschar wie ein schmuddeliger Ballon zum Hausdach aufsteigen.

»Wessen Aufgabe ist es dann?«, fragte seine Mutter. »Du rufst nie an. Weder mich noch deinen Vater. Wir reden nur miteinander, wenn ich mich bei dir melde. Wenigstens bemüht Ethan sich, mit uns in Verbindung zu bleiben.«

»Weil er dich ausnutzt, Mom. Er meldet sich nur, wenn er was von dir will. Er redet dir nach dem Mund.«

»Ich fühle mich nicht ausgenutzt«, sagte sie und wandte sich an Nates Vater, um ihn zu fragen, wie es ihm damit gehe.

Er machte eine eindeutig uneindeutige Kopfbewegung und fragte, warum sie ausgerechnet jetzt über so was sprechen mussten.

»Wir sind alle hier«, sagte seine Mutter.

»Das ist kein Grund«, sagte sein Vater.

»Brauche ich einen Grund?«, fragte seine Mutter.

Die Zucchinischeibe in Kerus Mund war zu Wasser zerlaufen und runtergeschluckt. Keru erwog, noch eine zu essen, scheute aber vor der Bewegung zurück.

»Du hättest Anwalt werden sollen«, sagte Nates Mutter so beiläufig wie emotionslos. »Du kannst dich gut ausdrücken, bist belesen. Warst im Debattierclub, in der Model UN und gut in Staatsbürgerkunde. Ethan bringt sich immer wieder in die Bredouille, ohne es zu merken, und ein Anwalt in der Familie wäre echt hilfreich gewesen.«

»Er merkt es ganz genau«, sagte Nate.

»Er hat keine Ahnung«, sagte seine Mutter.

»Ethan weiß ganz genau, auf was er sich einlässt, und zwar jedes Mal«, sagte Nate.

»Du und Ethan seid euch so ähnlich«, sagte seine Mutter.

»Wenn du meinst«, sagte Nate.

»Aber er hat nicht die Geduld, Voraussicht und Entschlossenheit, das Richtige zu tun, alle Charakterzüge, die wir schon vor langer Zeit bei dir erkannt haben«, sagte Nates Mutter. »Wenn wir den Leuten erzählen, was du heute machst, sind diejenigen, die dich kennen, immer überrascht. Dann sagen wir immer, wir auch.«

»Ich mag die Naturwissenschaften«, sagte Nate.

»Sagt ja auch keiner was gegen, aber Jura hätte besser zu dir gepasst. Und du hättest besser ins Jurastudium gepasst.«

Nate erklärte seiner Mutter, dass es jetzt reiche, worauf sie entgegnete: »Was ich sagen will, wir haben dich im Labor besucht. Wir haben gesehen, wer da so arbeitet, diese ganzen Studenten und Postdocs.«

»Mom.«

»Wollen wir mal ehrlich sein, du bist da in der Minderheit. Du hast es dort mit extrem hochgebildeten Leuten zu tun und musst dich wahnsinnig anstrengen, um dich von ihnen abzusetzen. Manche Bevölkerungsgruppen sind einfach besser in Naturwissenschaften und Mathe. Die schuften sich gern zu Tode.«

»Mom.«

»Was?«

»Bitte hör auf zu reden.«

»Ich sage dir nur, was uns aufgefallen ist. Was wir gesehen haben.«

»Und ich sage dir, dass du still sein sollst.«

Nates Vater versuchte, aufzustehen, schaffte es aber nur, sich vorzubeugen. »In dieser Familie wird nicht in diesem Ton miteinander gesprochen«, sagte er und forderte Nate auf, sich zu entschuldigen.

Nate sagte Nein.

»Dann sitzen wir hier, bis du es tust.«

»Er muss sich nicht entschuldigen«, sagte Nates Mutter. »Es reicht, wenn er sich Gedanken macht über das, was ich ihm gesagt habe.«

Und da erkannte Keru, was sie an ihrer Schwiegermutter nicht mochte. Die Frau wollte von allen verstanden werden, brachte aber null Verständnis für andere auf.

»Ich glaube, ich gehe jetzt rein«, sagte Keru, erhob sich und klopfte sich die Asche von der Kleidung.

Nates Mutter blickte überrascht auf und sagte: »Was? Nein, bleib doch. Ich spreche nicht von dir, Keru. Nate sollte doch nur begreifen, dass er keinen leichten Weg gewählt hat.«

»Welcher Weg ist das?«, fragte Keru, die nun doch nicht reinging.

»Dein Vater zum Beispiel«, sagte Nates Mutter, den Blick und Zeigefinger auf Keru gerichtet, obwohl die nicht mal einen Meter weit entfernt stand. »Ein sehr kluger Mann. Weiß eine Menge über Brennstoffzellen. Hat den schweren Weg gewählt, den für ihn einzigen. Aber wenn Nate mit jemandem wie ihm konkurrieren muss, sollte er genau wissen, was er tut. Er muss noch besser sein, und manchmal macht uns das Sorgen.«

»Sorgen? Wieso genau?«, fragte Keru.

»Dass es ihn überfordert«, sagte Nates Vater.

»Auslaugt«, sagte Nates Mutter.

»Ungesund ist.«

»Ein bisschen unfair ist.«

Nates Mundwinkel zuckten, aber nicht, weil er Worte formte. Keru ahnte, dass er in seiner eigenen Möbiusschleife gefangen war: *Steht es mir zu, etwas zu sagen, oder kann meine Frau dieses verzwickte Thema allein klären? War das tatsächlich rassistisch oder kam es mir nur so vor? Wenn meine Frau reagieren würde, wäre ihre Reaktion übertrieben? Soll ich beten? Oder mich gleich in die Flammen stürzen?*

»Ich hoffe doch, dass jeder mit einem Job weiß, was er tut«, sagte Keru. »Ich hoffe, dass unfähige Leute nicht einfach befördert werden oder mehr verlangen, als ihnen zusteht.«

»So war das nicht gemeint«, zischte Nates Mutter.

»Nicht?«

»Ich habe mich falsch ausgedrückt. Du und deine Familie, ihr habt was aus euch gemacht, und wir können froh sein, dich zu haben. Was anderes will ich gar nicht sagen.«

»Was willst du denn nicht sagen?«, fragte Keru, die Nates Mutter die Möglichkeit geben wollte, sich ganz klar auszudrücken, damit es nicht noch mehr Missverständnisse gab.

Nates Mutter überlegte sich ihre Worte gut. Schließlich sagte sie: »Wir lieben dich, Keru, und wir hoffen, dass du uns auch liebst. Aber so, wie du nicht wollen würdest, dass wir dich ändern, wollen wir auch nicht, dass du uns änderst. Wir sind unterschiedlich, aber das soll nicht heißen, dass wir nicht koexistieren können.«

»Koexistieren geht?«, sagte Keru.

»Genau«, sagte seine Mutter.

»Aber ich soll euch nicht dazu bringen, wie ich oder meine Eltern zu sein«, sagte Keru. »Ich soll euch nicht verwässern oder Nate zu einem Schlitzauge machen.«

Nates Mutter zog hörbar die Luft ein und ihre Lippen gleich mit. Nate starrte zu Boden.

»Das Wort mag ich nicht«, sagte Nates Vater kopfschüttelnd. »Und hier benutzen wir es nicht. Dieses Wort haben wir nie benutzt.«

»Du hast recht«, sagte Keru. »Es ist ein sehr rassistisches Wort.« Sie konnte sich noch genau daran erinnern, wie sie es zum ersten Mal gehört hatte. Es ähnelte dem Wort Schlitzohr, das nicht rassistisch war. Wie hatte sie den Unterschied gelernt? So. Grundschule. Sitznachbar. »Bist du'n Schlitzauge?«, fragt der Junge neben ihr. Er selbst hat das Wort irgendwo aufgeschnappt, höchstwahrscheinlich bei seiner Familie, Geschwister oder Eltern. »Keine Ahnung«, sagt das Mädchen. »Du?« Der Junge glaubt, eher nicht. Dann geht das Mädchen heim und erzählt es seinen Eltern, und die Eltern sagen, das bedeutet nichts, aber mit dem Jungen redest du kein Wort mehr, konzentriere dich aufs Lernen. Zu diesem Zweck besorgt sich das Mädchen ein Wörterbuch und schlägt das Wort darin nach.

»Keru, du hast uns in eine unangenehme Lage gebracht«, sagte ihr Schwiegervater. »Deshalb möchte ich dir versichern, dass wir nichts dergleichen sagen, was du denkst, und was auch immer du über uns zu denken meinst, trifft nicht zu.«

Keru spürte, dass man sie im pseudovernünftigen Geduldston ausschimpfte. Es bedeutete ungefähr: Hey, hör zu, *du* hast das gesagt, nicht wir. Wir sind hier die Guten.

Es herrschte kurzes Schweigen, dann fragte Nates Mutter, ob jemand Obst wolle. Auf dem Plastikklapptisch lag eine halbierte, kernlose Wassermelone. Daneben ein großes Messer, um sich davon Scheiben abzuschneiden.

»Ich hätte Lust auf Wassermelone«, sagte Nates Vater, zufrieden mit diesem Ausgang.

»Nate? Keru?«, fragte Nates Mutter.

Nate schwieg. Seine Mutter erklärte, dass die Wassermelone kernlos sei.

»Sicher, gern«, sagte Keru.

»Supi«, flötete seine Mutter, endlich lief wieder Musik. Sie stand auf, um die Wassermelone zu zerteilen. Nates Vater stand auf, um das Feuer zu schüren.

»Meinst du, wir sollten noch was drauflegen?«, fragte er Nate, der ihm nicht in die Augen sehen konnte.

»Glaube nicht, Dad«, sagte er. »Ich glaube, wir sollten reingehen.«

»Dann leg ich noch was drauf«, sagte sein Vater und zog einen Holzstumpf vom Stapel hinter sich, der anders aussah als die anderen. Groß, dick, mit verblasster roter und blauer Farbe darauf, Stars and Stripes. »Deko vom Vierten Juli«, erklärte sein Vater völlig unvermittelt. »Deine Mutter will das Ding loswerden. Hat schon seit Jahren bei uns im Keller rumgelegen.«

Der Stumpf thronte mitten in der Glut, fing aber nicht so richtig Feuer, nur an den Rändern, stattdessen erstickte er die vorhandenen Flammen. Nate tippte Keru ans Knie und sagte, er werde jetzt reingehen, ob sie mitkommen wolle? Eine höfliche Frage, kein Befehl, keine Bitte. Aber Keru wollte nicht mehr reingehen, sie wartete auf ihre Wassermelone, und wenn sie jetzt reingingen, würden sie sich damit ausschließen vom Genuss des restlichen Abends, der wettertechnisch doch noch sehr angenehm war. Nate erhob sich, um ins Haus zu gehen. Das ist doch Mist, dachte Keru. Gemeinsam ist besser. Gemeinsam leiden. Auf dem Boden neben dem Holzstapel lag eine Axt, die Nates Vater mitgebracht hatte, um mehr Holz zu hacken. Keru nahm sie in die Hand, der Metallgriff war schwer und kühl. Die Stars and Stripes auf dem Stumpf schienen sie anzustarren, provozierend. Es war ein dummer patriotischer Pfosten, keine Flagge.

Trotzdem, dachte sie, so was sollte nicht verbrannt werden.

Also, dachte sie, werde ich es nicht verbrennen lassen.

Die Axt grub sich ins geborstene Holz, und Keru, den Metallgriff fest umschlossen, hob das glühende Teil aus dem Feuer und schleuderte es mitsamt der Axt ins Haus. Der Pfosten krachte durch die Fliegengittertür, landete auf dem Fliesenboden und rauchte dort vor sich hin. Der Hund sprang vom Sofa und ging auf das Ding los. Jemand schrie. Es war nicht Keru. Jemand drängte sich an ihr vorbei, hechtete durch die Fliegengittertür, brach dabei den gesamten Rahmen aus der Verankerung und übergoss den Stumpf mit Wasser aus dem Krug. Übergoss ihn ein zweites Mal. Als sich der Rauch verzogen hatte, standen drei Personen in der Küche und begutachteten das nasse Stück verbranntes Holz und die schwarzen Streifen, die es hinterlassen hatte. Einer nach dem anderen verdrehten sie ihre Wachsköpfe, um Keru anzusehen, die nun auch hereinschlenderte, durch die frisch von der Tür befreite Öffnung, das Resultat ihrer gemeinsamen Leistung. Warum sahen sie sie so an? Woher die Verwirrung? Die Angst?

Sie hatte doch auch keine. Ihr Verstand war völlig klar. Wenigstens könnten sie sich jetzt wieder der kernlosen Wassermelone widmen und der Aufgabe der Koexistenz. Wenigstens war der Pfosten gerettet, durch sie, die Verkörperung von Paul Bunyan, mit einer Axt. Irgendwo blinkte und kreischte ein Rauchmelder. Die hohe Kautionssumme, die sie geleistet hatte, war weg. Nach ihrer Abreise würde sie der Gastgeber mit einem Stern abwerten. Gebt mir die Schuld, dachte sie. Ich bin die Böse. Aber vorerst setzte sie sich wieder ans Feuer und ermutigte ihre Wahlfamilie, sich doch hier draußen zu ihr zu gesellen.

ZWISCHENSPIEL

Wir spulen die Geschichte von Nate und Keru jetzt fünf Jahre vor. Gelegentlich sehen sie ihre Eltern, aber nie länger als zwei Tage am Stück, nie hintereinander und nie am Cape. Keru und ihre Schwiegereltern pflegen einen höflichen Umgang miteinander, will heißen, sie redet nur mit ihnen, wenn es unbedingt sein muss, also bei besonderen Gelegenheiten wie bei Nates Verbeamtung. An diesem Tag wird er von seiner Kollegenschaft zum Essen eingeladen und mit braunem Likör abgefüllt. »Hast du deinen Eltern Bescheid gegeben?«, fragt Keru, und er, vom Alkohol beseelt, sagt Nein. Als sie ihnen die Nachricht am Telefon mitteilen will, geht Nates Vater ran. »Verstehe«, sagt sein Vater. »Schön für ihn.« Das ist die letzte Unterhaltung, die Keru mit ihrem Schwiegervater führt, bevor er seinen dritten Herzinfarkt erleidet, dieses Mal tödlich.

Hier ist die letzte Unterhaltung, die Nate mit ihm führt. Als Nates Vater seinen Sohn anruft, hat er bereits Schmerzen in der Brust: »Könnte ein Infarkt sein«, sagt er, während er in die Klinik fährt. »Aber keine Sorge. Die kriegen mich schon wieder hin. Ich melde mich.« In der Klinik bricht er zusammen, in einem Fummel von einem Nachthemd, das Hinterteil blank, Nates Mutter ist indessen immer noch mit dem Auto unterwegs, sie fährt langsamer als erlaubt, denn sie ist sicher, dass es genauso ablaufen wird wie die beiden Male zuvor.

Sechs Monate nach dem Tod von Nates Vater durchlebt Kerus Mutter, als eingebildete Kranke wiedergeboren, ihre »Heilsgeschichte«, wie sie es nennt. Während einer endoskopischen Routineuntersuchung wird bei ihr Krebs festgestellt, was sich später als Fehldiagnose herausstellen wird, woraufhin sie auf einem Eiswürfel in ihrem Haus ausrutscht und sich das Sprunggelenk bricht, an mehreren Stellen. Bettlägerig, den Fuß in Gips, ruft sie Keru an und belastet sie mit ihren übertrieben besorgten Fragen, so was wie, wird sie je wieder gehen können (ja), wird man ihr den Fuß amputieren (nein).

Bei ihrer Beraterfirma steigt Keru zum Partner auf und ihr Gehalt verdoppelt sich. Trotz Inflation bleibt Nates Einkommen als verbeamteter Professor relativ unverändert. Immer wenn Nate diese Diskrepanz aufs Tapet bringt, verzieht Keru den Mund, denn ihr fallen unzählige Bemerkungen ein, die sie dazu anbringen könnte, aber nicht sollte.

In Chicago ist eine auf acht Monate befristete Stelle freigeworden, eine seltene Gelegenheit für Keru, zu beweisen, dass sie das Zeug hat, den Geschäftsbereich Midwest zu leiten. Chicago ist außerdem näher dran an ihren Eltern. Sie und Nate besprechen die Trennung, acht Monate Fernbeziehung. Ohne Kinder sollten sie ja eigentlich flexibel sein. Für Keru geht's also auf nach Chicago, und von dort aus alle zwei Wochen nach Minnesota, um in ihrem Elternhaus am Bett ihrer Mutter zu sitzen. Ihr Vater, mittlerweile im Ruhestand, setzt sich gelegentlich dazu, aber die Arbeit im Garten ist ihm lieber, daher entschuldigt er sich meist, um sich um die Blumen zu kümmern.

Wenn es geht, verbringt Keru verlängerte Wochenenden in New York, wo sie, Nate und Mantou nichts unternehmen, weil sie müde ist und er müde ist und dauermüde zu sein ermüdend ist. Aber bald schon steht ein zweiwöchiger

Urlaub an, und Nate fragt, ob Wastun nicht besser wäre als Nichtstun. Keru ist das egal, und Nate behauptet, ihm auch, was aber nicht stimmt. Er will raus, irgendwohin, nur sie und ihr Hund. Eine Art zweite Flitterwochen, von allem weg, um wieder zueinander zu finden.

»Wie steht Mantou dazu?«, fragt sie Nate über FaceTime, sie sitzt bei ihrer (schlafenden) Mutter, er sitzt mit Mantou im Wohnzimmer. Nate richtet das Handy auf ihren Hund, der ziellos um den Couchtisch herumtapert, einfach um des Taperns willen. Die Tierärzte bezeichnen ihn wegen seiner neun Lebensjahre als betagt, doch Nate und Keru tun das nicht.

Rubins Vase ist eine bekannte optische Täuschung. Sieht man auf dem Bild eine Vase oder zwei Menschen im Profil, die einander ansehen? Und mehr noch: Ist die Vase leer oder voll? Mal angenommen, die Menschen sind ein Paar. Wenn sie schweigen, sind sie gelangweilt. Aber wenn sie sich unterhalten, streiten sie. Voll, sagt eine Person über die Vase (Optimist). Leer, sagt die andere (Pessimist).

Teilt man ein Ganzes in zwei Hälften, besteht die Tendenz, jeder Hälfte gleich viel Gewicht beizumessen. Die Ehe besteht aus zwei Teilen, fifty-fifty, aber wer sagt eigentlich, dass das stimmt? Wer glaubt so was?

TEIL 2

Herbstlaub ist nichts anderes als das Massensterben von Blättern an sommergrünen Bäumen. Um diesem Vorgang beizuwohnen, fahren die Menschen hordenweise in Gegenden wie die Catskills. Die vielen Ortschaften der Catskills werden als Weiler bezeichnet. Weiler sind Dörfer, die aber keine eigene Gemeinde bilden, sie haben eigene Postämter, aber keine eigene Verwaltung oder definierte Grenzen. Das Wort stammt vom lateinischen *villa*, was dem mittelhochdeutschen *wiler* entspricht und »einzelnes Gehöft, kleineres Dorf« bedeutet. Manche Weiler haben landschaftliche Vorzüge, hohe Berge, große Seen etc. Oder viele Häuser, von denen man nicht alle als Heim bezeichnen kann. Mit Heim wird Heimat assoziiert, aber Heimat ist nicht selbstverständlich, vielen Menschen erscheint es schwer oder sogar unmöglich, sie je zu finden.

Zwei Stunden nördlich der Stadt liegt an einem See ein Weiler. Nate hat diese Gegend ausgesucht, die Einzelheiten aber Keru überlassen. Beim genauen Urlaubsort war sie nicht so anspruchsvoll, bei der Unterkunft schon eher. »Wir könnten in die Hamptons fahren«, hatte sie oft vorgeschlagen, worauf er wie immer mit einem genervten Stöhnen reagiert hatte, und deshalb hatten sich die Hamptons als Urlaubsziel irgendwann erledigt.

Während der Fahrt erspähte Nate durch die Bäume hindurch ein paar silberfarbene Fitzel See. Er fragte, ob sie anhalten sollten, um die Aussicht zu genießen, worauf Keru antwortete, dazu hätten sie noch zwei Wochen lang Zeit. Sie würde lieber ihren Bungalow beziehen, auspacken und duschen. Mantou hatte sich auf dem Rücksitz hingelegt. Dem Hund wurde im Auto schlecht, und sie hatten schon ein paarmal angehalten, damit er an die nächstbeste Ecke schleichen und sich erbrechen konnte.

Im vergangenen Monat war Nate vierzig geworden und Keru zur Feier des Tages mitten in der Woche aus Chicago eingeflogen. »Irgendwas Ruhiges«, hatte er sich gewünscht. »Keine Party, nur wir beide«, also waren sie ausgegangen, nur sie beide, in eines dieser exklusiven Restaurants, wo man auf absurd großen Tellern kleine Häppchen serviert bekam. Das Essen und der Service waren exzellent gewesen, aber Nate hatte immer wieder an seinem Smoking herumgeknöpft, auf und zu. Smoking war Pflicht. Ohne ihn hätte man ihn nicht eingelassen.

»Die durchschnittliche Lebensdauer liegt bei siebenundsiebzig Jahren«, sagte er bei ihrem vorletzten Gang, Kaviar auf geschäumter Bonito-Bouillon.

»Ich ahne, worauf du hinauswillst«, sagte sie, während sie Fotos vom Schaum machte, die sie niemandem zeigen würde.

Er schlug vor, im Freien zelten zu gehen.

Keru sagte, da sie nun mittleren Alters sei, schlafe sie lieber drinnen.

Als seine Frau einen Bungalow gebucht hatte, war Nate hocherfreut gewesen, denn er war von einer einfachen Hütte ausgegangen. Es würde einen idyllischen, aber ungepflegten Garten mit gelbem Rasen geben. Sie könnten sich einen Krug süßen Eistee machen und auf der welligen Veranda abhängen, unter dem Schatten eines hundertjährigen Baums. Sein Großvater hatte Zeit seines Lebens in einem Bungalow gewohnt und war auch dort gestorben. Dieser Großvater hatte eine Waschmaschine im Vorgarten. Nate freute sich darauf, so richtig abzutauchen, fernab von jeglicher Zivilisation. Er hoffte, dass der nächste Nachbar mindestens ein paar Fahrminuten entfernt wohnte.

Dann erreichten sie ihren Zielort und ein imposantes mattschwarzes Tor. Um reinzukommen, brauchte man einen Code, der Keru bekannt war, und als sie auf das Grundstück fuhren, sah sich Nate mit zehn makellosen Miniatur-Landhausvillen konfrontiert, in einer Lichtung aufgestellt, mit sauberen Gehwegen verbunden und kleinen, mit blitzblanken Aluminiumgrills und neuwertigen, kissengepolsterten Adirondack-Stühlen ausgestatteten Versammlungspavillons. Jeder Bungalow hatte eine weiße Holzfassade, Blumenbeete und eine Hollywoodschaukel mit Bauernkaro-Kissen. Kein Stäubchen hatte sich hierher verirrt.

Keru listete die Ausstattung auf. Concierge-Service, rund um die Uhr. Diskrete Reinigung. Sorgfältig gepflegtes Grundstück. Ultra-High-Speed WiFi.

Nate gestand Keru, dass er was anderes erwartet hatte. Er bemühte sich wirklich, gelassen zu klingen.

»Wir sind im Urlaub«, sagte sie.

»Ja, aber brauchen wir das alles?«

Sie gab Gas und schlenzte auf den Parkplatz. »Niemand ist gezwungen, in den Urlaub zu fahren, Nate. Wir könnten auch einfach arbeiten, bis wir tot umfallen.«

Natürlich zitierte Keru hier seine Mutter, und natürlich wusste Nate nie, was er darauf antworten sollte.

Der Bungalow mit einem Schlafzimmer hatte eine moderne Küche, einen Wohnbereich und eine schnittige Metallterrasse mit Glasgeländer und Blick auf den See. Der See war umsäumt von edlen Laubbäumen, genau die Sorten, die sie hatten sehen wollen. Unmöglich, dachte Nate, weil sich diese Aussicht woanders befinden sollte, von einem Wald versteckt und nur über bestimmte Aussichtspunkte zu erreichen, für die man erst auf einen Gipfel klettern musste. Jetzt war es an ihm, Kerus Mutter zu zitieren: Wo ist das Leid? Zeig mir das Leid. Aber sie hatten auf dem Weg hierher ein paar Serpentinen erklommen und vielleicht sogar ein Luxus-Wurmloch durchtunnelt. Während Nate draußen auf der Terrasse die Navigation Revue passieren ließ, verstaute Keru die Provianttüten in der Küche, die Koffer im Schlafzimmer und die Kulturbeutel im angrenzenden Bad, wo es eine Wanne mit Füßen gab. Kaum hatte sie Mantous Memory-Foam-Bett ausgepackt, kuschelte sich ihr Hund hinein und seufzte behaglich, so klang es jedenfalls. Keru beugte sich zu ihr hinunter und kontrollierte ihre Nase. Sie informierte Nate, dass die Hundenase immer noch trocken sei, worauf er reinkam und das Riechorgan ebenfalls abtastete. Sie stellten Mantou frisches Wasser hin, was sie ignorierte. Sie träufelten etwas davon auf ihre trockene Nase, was sie hasste. Warum ihr Hund so missmutig geworden war, wusste niemand. Tierarzt 1 vermutete hormonelle Störungen. Tierarzt 2 vermutete neuronale Störungen. Als die Laborwerte keine Auffälligkeiten aufwiesen, schlug Tierarzt 3 einen Zweithund vor, einen Geschwisterwelpen. Während dieses Besuchs hatte sich Keru in Chicago aufgehalten, also waren nur Nate und Mantou körperlich im Sprechzimmer anwesend gewesen, seine Frau virtuell. »Ich bin nicht sicher, dass wir momentan eine solche Verpflichtung eingehen können«, sagte sie. »Gibt es noch andere Möglichkeiten?« Tierarzt 3 hatte dann wie bereits Tierärzte 1 und 2 Mittel zur Beruhigung und gegen Übelkeit verordnet.

Keru hatte die Tabletten gegen Übelkeit von den Beruhigungsmitteln auf separate, beschriftete Messdosen aufgeteilt. Diese standen zusammen mit Spezialtrockenfutter für Hunde mit empfindlichem Magen auf der Kücheninsel parat, mit Notizzetteln versehen, von Keru für Keru geschrieben. Nate wusste, welches Futter ihr Hund bekam und wann, denn das fiel in seinen Verantwortungsbereich, aber »Merkzettel können nicht schaden«, sagte Keru, falls er es vergessen sollte. Während seine besser durchorganisierte, hocheffiziente Frau duschte, versuchte Nate, ihre Koffer auszupacken. Sein Bemühen scheiterte jedoch an den farblich koordinierten, mit individuellen Kleidungs-Untergruppen bestückten und in ihm unbekannter Anordnung arrangierten Packtaschen, weswegen er die Koffer wieder zuklappte und die Sache Keru überließ.

Kochen fiel immer noch in Nates Zuständigkeitsbereich, der fürs Abendessen ein Hühnchen in Salz eingelegt und dann in der Schmorpfanne im Ofen geröstet hatte, dazu auf dem Herd Reis gekocht. Keru musste nur den Wein aufmachen, und nachdem sie dieser Aufgabe nachgekommen war, aßen sie auf der Terrasse, schweigend, mit ihrem missmutigen, medikamentös behandelten Hund unter dem Tisch.

Das Essen verlief so ruhig, dass Nate sich zu der Bemerkung hinreißen ließ, er hätte auch nichts gegen eine Unterkunft ohne WiFi gehabt.

»Du kannst gern aufs Internet verzichten«, sagte Keru darauf.

»So meinte ich das nicht, das weißt du.«

»Das Hühnchen ist sehr zart«, sagte sie.

»Ich meinte, dass ich unschlüssig bin, ob ich das hier mag«, sagte er.

»Ich glaube, du willst es mögen«, sagte sie.

»Ja, irgendwie schon.«

»Dann tus doch einfach.«

Aber Nate fragte sich, was es über sie aussagte, dass sie in einer geschlossenen Ferienanlage Urlaub machten. Er sagte ihr, dass sie, falls sie auf so was stehe, ebenso gut in den Hamptons hätten Urlaub machen können.

»Ich weiß echt nicht, was du gegen die Hamptons hast«, sagte sie.

»Ach, jetzt komm aber.«

»Wie kannst du was gegen einen Ort haben, an dem du noch nie gewesen bist? Was haben dir die Hamptons denn getan?«

Es nervte ihn tierisch, wenn seine Frau nur um des Diskutierens willen mit ihm rumdiskutierte. Sie lächelte siegesgewiss.

»Wir haben es bequem«, sagte sie.

»Momentan ist das zwar kein drängendes Problem, aber es könnte später Konsequenzen haben.«

»Willst du etwa, dass wir es unbequem haben?«, fragte sie.

»Nein«, sagte er nach langem Schweigen.

Das Kind versteckte sich hinter seiner Mutter und zerrte an ihrem Kleid. Die Mutter schlug nach ihm und wies es an, sich im Bungalow umzuschauen oder sich auf die Hollywoodschaukel zu setzen. Der Vater trug einen Kindersitz und stellte ihn auf den Stufen ab, um dem Kind den Kopf zu tätscheln und ihm dabei das Haar zu zerzausen. Es handelte sich um die Familie, die den Nachbarbungalow gemietet hatte und der Nate am folgenden Morgen zuwinkte, aus dem Gemeinschaftspavillon, wo er den Grill inspizierte. Irgendwann kam der Vater herbei und gab Nate die Hand. Aus der Nähe war zu erkennen, dass er klein und zierlich war, höchstens Ende dreißig.

»Guten Morgen, Herr Nachbar«, sagte er. Bassstimme. »Wir kommen aus der Stadt. Brooklyn. Park Slope. Postleitzahl 11217.« Selbstbewusster osteuropäischer Akzent. »Woher kommt ihr?«

Nate sagte Manhattan.

»Ah, okay. Wo genau in Manhattan? Wir mögen Manhattan.«

»Upper West Side. Postleitzahl 10024.«

»Ja, die Gegend kennen wir. Da sind wir sehr oft zum Brunch gewesen.«

Nate hatte seine Meinung zum Thema Brunch an der Upper West Side. Zuvor hatten sie in den Hunderternummern gewohnt, waren aber weiter hochgezogen, weil sie dort eine bessere Mietwohnung gefunden hatten. Postleitzahl 10024 hatte genau seinen Erwartungen entsprochen. Dort war es zu nett, ein Wohlfühlviertel mit zu vielen Cafés, Restaurants, und seiner Meinung nach war Brunch schlichtweg Lunch.

Der Vater zeigte zuerst auf sich und dann nach hinten auf jedes Mitglied seiner Familie. Sein Name laute Mircea, ihrer Elena, und der seines Sohnes Lucian.

»Wie Mircea der Ältere«, erklärte Mircea, und Nate nickte, obwohl er keine Ahnung hatte, wer das sein sollte.

Mircea hatte Elena herbeigerufen – »Komm, stell dich unserem Nachbarn vor«, was sie prompt tat, während Lucian mucksmäuschenstill auf der gepolsterten Hollywoodschaukel vor ihrem Bungalow saß.

»Du bist also allein hier«, sagte Mircea, ohne dass sein Ton eine Frage suggerierte, doch er wartete trotzdem auf eine Antwort. Nate brauchte kurz, um das zu kapieren und sich dann zu erklären. Allein? Nein. Seine Frau sei im Haus. Ihr Hund auch.

»Perfekt«, sagte Elena. Sanfte Stimme. Milderer Akzent.

Ein rundes, engelsgleiches Gesicht, von welligem, kastanienbraunem Haar umspielt. Sie war größer als Mircea, der mit gerundetem Rücken dastand, die schmalen Hände in den Taschen. »Luka liebt Hunde«, sagte sie. »Wir haben einen Hund, aber den konnten wir nicht mitnehmen in die Staaten. Er ist bei meiner Mutter. Wir vermissen unseren Hund.«

Der Tag war hell und sommerlich, und als Nate sich verabschieden wollte, sagte Mircea: »Wir wär's mit einem Kaffee? Ruf deine Frau, in einer halben Stunde treffen wir uns hier zum Kaffee. Bring deinen Hund mit.«

Nate sagte, er selbst habe kein Problem mit Kaffee, aber seine Frau werde vermutlich nicht kommen. »Sie bleibt lieber zu Hause«, sagte er, worauf Mircea skeptisch lächelte und dabei einen schiefen Vorderzahn in seinem ansonsten schnurgeraden Gebiss entblößte.

Im Haus erzählte Nate Keru von den Nachbarn und ihrer spontanen Einladung. Er sagte: »Ist das nicht seltsam?«, und sie fragte, warum er sie nicht angenommen habe.

»Wir sind nicht hergekommen, um andere Leute zu treffen«, sagte er abfällig. »Zumindest nicht ernsthaft.«

»Kaffeetrinken ist nichts Ernsthaftes«, sagte Keru, die bereits aus ihrer Freizeithose in die Outdoorkleidung geschlüpft war. »Was haben wir denn sonst zu tun?«

»Unseren eigenen Kaffee kochen.«

»Das können wir auch morgen noch.«

Zwanzig Minuten später saß Nate mit einer starken Tasse Kaffee neben Mircea an einer kalten Feuergrube. Elena war mit einer großen Cafetière und vier Bechern aus dem Haus gekommen. Mircea hatte auf einem Holztablett Untertassen mit Olivenöl und aufgeschnittenes Baguette herausgetragen.

»Ganz frisch«, sagte er zu Keru und hielt ihr eine Scheibe hin. »Probier mal. Wir sind auf dem Weg hierher an einer

Boulangerie vorbeigekommen. Siehst du, noch warm. Die Bohnen und das Öl haben wir in Brooklyn gekauft. Bei uns um die Ecke ist ein Laden, der importiert Öl aus Katalonien. Uns schmecken die Öle aus dieser Region besser als zum Beispiel die aus Andalucía. Die Bohnen werden in kleinen Portionen geröstet.«

»Danke, sehr großzügig«, sagte Keru, die mit einer Hand die Scheibe Brot hielt, mit der anderen den Kaffeebecher. Sie schaute von einer Hand zur anderen, nicht sicher, was sie zuerst probieren sollte.

An diesem Vormittag war es so kühl, dass Nate den Dampf aus dem Becher und ihren Atem aufsteigen sah. Mantou schnüffelte am Rasen eines anderen Bungalows herum, Lucian folgte ihm auf Schritt und Tritt und versuchte, sie am zwanzig Zentimeter langen Schwanz zu packen. Obwohl ihm der Schwanz ständig ins Gesicht klatschte, schien Lucian sich zu amüsieren. Außerdem hatte Mantou genau die richtige Größe für ihn, weswegen er seine Mutter ständig fragte, ob er auf dem Hund reiten dürfe. Elena übersetzte seine Bitte, und nachdem Keru Nein gesagt hatte und Nate ebenfalls, mahnte Elena den Jungen in strengem Englisch: »Ganz lieb sein!«

Lucian war sechs, war gerade eingeschult worden. Elena erklärte, dass sie zu Hause Rumänisch sprachen, aber außerhalb nur Englisch. Ihr Sohn verstehe ein bisschen Englisch, besuche fünf Stunden am Tag eine englischsprachige Schule und gehe danach außerschulischen Aktivitäten nach.

»Vergiss nicht die Geburtstagsfeiern«, sagte Mircea. Mindestens einmal die Woche werde er zu einer davon eingeladen.

»Bis zu unserer Rückkehr wird er fließend sprechen«, sagte Elena, während sie ihr Brot ins Öl aus Katalonien und nicht aus Andalucía tunkte.

»Hoffentlich«, sagte Mircea.

»Daran habe ich keinen Zweifel«, sagte Elena.

»Zurück nach Rumänien?«, fragte Keru.

»Nein, Rotterdam«, sagte sie. »Wo Luka geboren wurde.«

»Ah, also kommt ihr aus Rotterdam?«, fragte Keru.

»Nein, wir kommen aus Rumänien«, sagte Mircea und fragte rasch, woher Keru denn komme.

Zu Nates Überraschung antwortete seine Frau, sie komme aus China, statt wie sonst New York oder den Mittleren Westen zu nennen.

»Ja, schon klar«, sagte Mircea, während er sich über die Feuergrube beugte, näher zu Keru. »Aber woher genau in China?«

Als sie die Provinz nannte, wollte Mircea wissen, woher genau in der Provinz.

Sie nannte die Stadt, worauf Mircea erklärte, dort sei er nicht gewesen, doch er habe einst eine Konferenz in Changsha besucht. Vor Jahren, vor der Pandemie, vor Luka. Elena sei nachgekommen und sie hätten sich Zhangjiajie und Fenghuang angesehen.

»Spreche ich das richtig aus?«, fragte Mircea, und Keru sagte, ja, erstaunlicherweise genau richtig.

»Die Menschen«, sagte Mircea.

»So herzlich, so gastfreundlich«, sagte Elena.

»Die Landschaft«, sagte Elena.

»Unvergesslich«, sagte Mircea.

»Und wir dachten, Europa wäre alt«, sagte Elena.

»Aber ihr seid älter«, schloss Mircea.

Wie sich schließlich herausstellte, war Mircea Ökonom, aber als er ihnen dies verriet, schüttelte er verlegen den Kopf und erklärte, »Makro ist mein Job, aber nicht mein Leben.« Er hatte eine auf zwei Jahre befristete Stelle bei der Zentralbank, danach würden sie nach Rotterdam zurückkehren.

Nate fragte, wie es so sei bei der Zentralbank.

Mircea lachte auf und schüttelte den Kopf. »Haufenweise Italiener.«

Keru fragte Elena, ob sie auch bei der Zentralbank arbeite.

Elena schauderte. »Nein, das ist nichts für mich. Zahlen. Märkte. Momentan kümmere ich mich um Luka und den Haushalt. Wenn wir zurückgehen, schaue ich mal.«

»Elena ist Künstlerin«, sagte Mircea. »Sie malt und zeichnet. Hat sogar ein Atelier.«

»In New York?«, fragte Keru.

»Oben bei uns«, sagte Elena. Das Atelier liege im ersten Stock ihres Townhouse. Da sei das Licht am besten.

Beim Wort *Townhouse* sah Nate rüber zu Keru, die sich sichtlich amüsierte. Sie wohnten immer noch in einem Zwei-Zimmer-Apartment, aber das war recht geräumig und hatte immerhin einen Portier.

»Das Townhouse ist zu groß«, sagte Elena mit krausgezogener Nase. »Wie der Name schon sagt, ist es nicht nur Haus, sondern auch Stadt. Wunderschön, aber echt viel zu groß.«

»Ja«, sagte Mircea, den diese Widrigkeit offenbar ebenso betrübte wie seine Frau. Das Haus werde ihnen von seinem Arbeitgeber zur Verfügung gestellt, daher blieb ihnen nichts anderes übrig, als in einem übergroßen, wunderschönen Haus zu wohnen.

»Manchmal suche ich auf einer Etage nach etwas, und am Ende finde ich es auf einer anderen«, erklärte Elena, die Nase immer noch krausgezogen. »Aber das ist das einzige Problem. Alles andere ist perfekt.«

Nach dem Kaffee entschuldigten sich Mircea und Elena, sie müssten sich jetzt zurückziehen, um ihr »Nickerchen zu absolvieren«. Danach würden sie »eine Wanderung absolvieren«, um den See. Als Mircea sie einlud, mitzukommen, sagte Keru: »Ja, schauen wir mal«, und Nate riss einen überflüssigen Witz: »Mitkommen wohin? Ins Bett oder an den See?«

Mircea kratzte sich am Kinn und sagte: »Selbstverständlich meinte ich den See.«

»Oh nein, das war nicht ernst ...«, stammelte Nate.

»Er hat überhaupt keinen Sinn für Humor«, erklärte Elena.

Mircea senkte den Kopf. »Stimmt«, gab er zu.

»Also spar dir die Mühe«, sagte Elena.

»Sie hat recht«, sagte Mircea, den Kopf immer noch gebeugt.

Allein in ihrem Bungalow fragte Keru Nate nach dem Witz.

»Was war daran so schlimm?«, fragte Nate zurück, und warum Keru immer alles analysieren musste.

»Ich will nur nicht, dass sie uns schräg finden.«

So schräg fand er den Witz gar nicht.

»Er war peinlich.«

So peinlich fand er ihn gar nicht. Er stellte absichtlich auf stur. Also drehte sie den Spieß um.

»Ich wünschte, wir wären mehr wie sie«, sagte sie.

»Wie sind sie denn?«

»Aber ich glaube, wir waren nie so.«

»Wie denn?«

»Bei denen wirkt alles so einfach.«

Er fand nicht, dass bei ihnen irgendwas einfach wirkte. Wie sollte man bitte in einem riesigen Townhouse mit einem Atelier auf dem Dachboden ein einfaches Leben führen können? Wie viel Leid musste diese Familie ertragen, nur um der Kunst willen?

»Ich versuche, dir was zu sagen«, bemerkte Keru.

Genau wie er.

»Mit dreißig war ich nie so«, sagte sie. »Oder mit zwanzig. Bei mir wirkt alles schwierig.«

»Du bist doch noch dreißig«, erinnerte er sie.

Aber Ende des Jahres wäre sie vierzig, und er konnte sich vorstellen, dass ihr deswegen einiges durch den Kopf ging, nichts, was sie explizit erwähnt hätte, außer dass sie keine Party wollte, ihre Freunde kein Aufhebens machen sollten und sie den Tag nicht mit Pauken und Trompeten begehen wollte.

Um sie aufzumuntern, sagte er, es sei doch normal, dass man sich in seinen Dreißigern karrieremäßig richtig anstrengen musste, und dass er dieser Lebensphase keine Träne nachweine, obwohl, ohne Migräne aufzuwachen, ja, das vermisse er schon. Sie durchschritt das Wohnzimmer, um die Kissen aufzuheben, die er zuvor vom Sofa geworfen hatte, um mehr Platz für die Beine zu haben.

»Sollen wir uns noch mal mit ihnen treffen?«, fragte sie aus einer Ecke des Zimmers, worauf er aus der anderen Ecke des Zimmers antwortete: »Nur, wenn du willst.«

»Vielleicht ist es dann lustiger hier«, sagte sie beim Kissenaufschütteln.

Er fragte, ob sie es lustig fände, mit Fremden abzuhängen.

»Sie sind keine Fremden mehr«, sagte sie.

»Leute, die wir kaum kennen.«

»Was willst du denn sonst machen?«, fragte sie, während sie den Kissen mit einem Karatehieb eine Mittelfalte verpasste. »Was steht für heute auf Nates Spaßprogramm?«

Er meinte, sie könnten einfach zu Hause bleiben, kochen und ihr Ding machen. Wenn sie schon so viel Geld ausgaben, um in dieser lächerlichen Anlage zu übernachten, warum das Haus nicht nutzen und Zeit miteinander verbringen?

»Es sei denn, meine Gesellschaft allein reicht dir nicht«, sagte er leichthin, als wäre nicht genau das seine größte Sorge.

»Erstaunlich, dass du es immer *Anlage* nennst.«

»Aber genau das ist es doch.«

»Anlage klingt nach Gefängnis.«

»Fühlt es sich wie ein Gefängnis an?«

Sie ignorierte seine Bemerkung und setzte sich mit einem Buch zwischen die Karatefaltenkissen. Gut, dass das Buch ihr Gesicht verdeckte.

»Das sieht aber nicht gemütlich aus.«

»Wozu gemütlich, wenn man im Gefängnis ist?«

Er schnitt eine Grimasse, aber nur innerlich. »Wir könnten runter an den See spazieren.«

Sie meinte, momentan habe sie mehr Interesse an ihrem Buch.

Während Keru die nächste Stunde las, daddelte Nate am Handy. Das Internet lief tatsächlich mit Höchstgeschwindigkeit, und die Tatsache, dass alles ohne die kleinste Verzögerung aufploppte, erfüllte Nate schon bald mit Unbehagen. Nach einer Weile Doomscrollen kam er zu dem Schluss, dass er seine Zeit sinnvoller nutzen könnte, wenn er sich ins Schlafzimmer verzog und seine Mutter anrief. Jede Woche raffte er sich dazu auf, und jede Woche führten sie dasselbe Gespräch. Unverfängliche Neuigkeiten. Analysen der aktuellen und zukünftigen Wetterlage. Seine Mutter erfreute sich einer bemerkenswerten Gesundheit. Cholesterinwerte und Blutdruck normal, keine Zahnprobleme, keine Herzinfarkte.

Als Nate ihr die Unterkunft beschrieb, reagierte seine Mutter ähnlich irritiert. »Wie kann ein Bungalow luxuriös sein? Das ist doch ein Widerspruch in sich.« Sie erkundigte sich, ob alle widersprüchlichen Bungalows vermietet seien. Er erwiderte, nein, die meisten nicht.

»Kein Wunder, kann sich auch keiner leisten«, sagte sie. »Die Wirtschaft geht den Bach runter.«

»Nö, eigentlich nicht.«

»Nicht für Leute wie euch.«

»Gut, alles klar.«

»Wäre schon nett gewesen, wenn du Ethan eingeladen hättest.«

»Ethan?«

»Der Sohn, den ich vor dir hatte.«

»Ach, den meinst du.«

Sie erzählte ihm, dass Ethan sich mittlerweile »gut mache«. Er habe einen Job als Landschaftsgärtner an einer Privatschule in einer noblen Gegend von Connecticut. »Hat natürlich auch schon eine Freundin gefunden«, und obwohl diese flüchtigen Beziehungen seine Mutter einst gestört hatten, freute sie sich jetzt darüber, dass Ethan nicht allein war.

»Du hättest ihn und seine Freundin in deinen Bungalow einladen sollen«, sagte sie.

»Ja, hätte ich.« Er hatte nicht vor, irgendwen einzuladen. Aber er sagte seiner Mutter, sie seien nicht allein, da seien Elena und Mircea, anständige, zuverlässige Nachbarn, die Nickerchen und Wanderungen absolvierten und auf gemeinsames Kaffeetrinken bestanden.

»Mirka? Was ist das denn für ein Name?«, wollte seine Mutter wissen.

»Mircea. Das ist rumänisch.«

»Die sind den ganzen Weg aus Rumänien in die Catskills geflogen?«

»Nein, aus Park Slope, da wohnen sie vorübergehend, eigentlich kommen sie aus Rotterdam.«

»Wo ist das?«

»Brooklyn.«

»Rotterdam ist in Brooklyn?«

»Rotterdam ist in den Niederlanden. Park Slope ist in Brooklyn.«

Seine Mutter schwieg eine Weile. Dann sagte sie: »Ich finde das sehr verwirrend.«

»Ist es aber gar nicht«, sagte Nate. »Nicht, wenn du genauer drüber nachdenkst.«

»Ein Mensch sollte eine Heimat haben, aus der er stammt. Ich verstehe nicht, warum manche Leute mehrere brauchen.«

Seine Mutter fragte, ob Mirceas Frau auch aus Rumänien oder Park Slope oder Rotterdam komme.

Ja, sagte Nate.

Seine Mutter fragte, ob Mirceas Frau Asiatin sei.

Nein, sagte Nate.

»Aber das sind nur eure Nachbarn, keine Freunde?«

»Genau.«

Seine Mutter seufzte, und Nate wusste genau, was sie dachte. Diese Unterhaltung hatten sie schon oft geführt, in unterschiedlichen Spielarten. »Früher hattest du so viele Freunde, Nathan. Wo sind die alle hin? Du hattest Freunde in jedem Schuljahr.«

Nate ging nicht mehr zur Schule, außer in Ausübung seines Berufs als Professor. »Eltern haben Freunde«, lautete die andere Argumentationsvariante seiner Mutter. »Wenn deine Kinder zur Schule gehen, ergeben sich automatisch neue Freundschaften. Vätergruppen. Müttergruppen. Alles sehr organisch.« Auf Nates Frage, wo denn ihre Elternfreunde seien, antwortete sie: »Weggezogen.« Ein paar Jahre zuvor war seiner Mutter langsam gedämmert, dass er und Keru keine Kinder haben würden, und diese Erkenntnis hatte sie in eine tiefe Depression gestürzt. »Ich nehme an, ich werde nie Großmutter werden«, hatte sie gesagt. »Ich nehme an, du bist fest entschlossen, mir diese Gelegenheit zu verweigern.« Die Schwester seiner Mutter war bereits zum dritten Mal Großmutter geworden, und seine Mutter hätte sich nie träumen lassen, dass sie auf ewig im Rückstand bleiben würde. »Wenn Faye mir Fotos von ihren kleinen Enkeln schickt, was soll ich ihr dann zeigen?« Den Tulpengarten, schlug Nate vor, oder Bilder von ihren beiden Katzen. Seine Mutter nannte ihn frech und fragte: »Mit wem willst du reden, wenn du in mein Alter kommst?« Nate antwortete frech: »Mit niemandem«, was seine Mutter so richtig auf die Palme brachte und eine Tirade auslöste. »Die meisten Erwachsenen auf dieser Erde sind Eltern, und um die meisten Erwachsenen und eure eigenen Eltern zu verstehen, müsst ihr selbst Eltern werden. Sonst wirst du nichts verstehen, Nathan. Du wirst nichts von dem wissen, was gut ist.« Daraufhin schimpfte sie auf die Liberalen, deren zynische Ablehnung sämtlicher traditioneller Familienwerte die Gesellschaft zerstöre, genau wie Spinnmilben ihre Pflanzen. »Kinder sind die Zukunft«, sagte sie. »Das mag objektiv stimmen, ist aber kein Grund für Optimismus«, erwiderte Nate. »Die Welt ist nicht nur schlecht«, sagte sie, worauf Nate sie fragte, ob sie ihre Kinder der Welt wegen bekommen habe. »Wenn du so fragst, nein«, setzte sie an, nur um ihn dann darauf hinzuweisen, dass dies nichts zur Sache tue, er verstehe nicht, worauf es hier ankomme, das große Ganze, den universellen Plan, und wenn man sich so verhalte, käme nie was Gutes dabei heraus.

Als Keru die Stelle in Chicago angenommen hatte, war Nates Mutter davon ausgegangen, dass sie kurz vor der Scheidung standen. Irgendwas musste Kerus Entschluss ausgelöst haben, irgendwas hatte sich offenbar geändert.

»Du würdest es mir doch sagen, wenn sie dich verlassen hätte?«

»Du würdest es mir doch sagen, wenn sie mit einem anderen abgehauen wäre?«

»Du würdest es mir doch sagen, wenn sie schwanger gewesen wäre und das Kind nicht gewollt hätte?«

»Nein, das hätte ich dir vermutlich nicht erzählt«, antwortete er auf ihre Abtreibungsfrage. Damit war seine Grenze erreicht. Aber er hatte ihr erklärt, dass Chicago eine gute Karrierechance darstelle und sie so näher bei ihren Eltern sei, die langsam älter wurden. Seine Mutter erwiderte, sie altere im selben Tempo wie diese beiden, und warum durfte Keru näher zu ihren Eltern ziehen und er nicht? Er antwortete, er würde ja in ihre Nähe ziehen, wenn er könnte (eine Lüge). Aber wozu musste Keru überhaupt arbeiten, er sei doch jetzt verbeamtet, bohrte seine Mutter weiter, warum konnte sie nicht in Teilzeit gehen und Kinder bekommen, sie bohrte und bohrte, bis er eines Tages klipp und klar erklärte, dass sie von ihrem Einkommen leben konnten, von seinem hingegen nicht. Seine Mutter schien das ernsthaft zu schockieren, was Nate dazu bewegte, sich zu rechtfertigen. In der freien Wirtschaft hätten die Gehälter immer schon höher gelegen, aber die Universität bringe Prestige, Ideale, die Möglichkeit, Wissenschaft aus Neugier zu betreiben und dieses Wissen weiterzugeben. »Prestige«, sagte seine Mutter in einem dermaßen skeptischen Ton, dass Nate sich den Rest dazu dachte. Von Prestige kannst du dir nichts kaufen. Prestige kannst du nicht wie Kaviar aus der Dose löffeln und dich davon ernähren, geschweige denn die Miete bezahlen, Lebensmittel, Freizeitaktivitäten, du kannst Prestige nicht fürs Alter zurücklegen oder davon in der teuersten Stadt der USA leben, wenn du keine berufstätige Partnerin hast, die am besten mehr verdient als du. Nicht, dass seine Mutter ihn je bevormunden wollte, aber als er die hohen Lebenshaltungskosten erwähnte und die steigende Inflation, sagte sie: »Niemand hat euch gezwungen, in dieser Stadt zu wohnen. Niemand hat verlangt, dass du die Schule weitermachst.«

Jetzt, im Schlafzimmer des Bungalows, versprach er, sich

bald wieder zu melden. So lange hätten sie ohnehin nicht gesprochen, sagte sie.

Er sagte, er werde jetzt auflegen, worauf sie fragte: »Was ist eigentlich in letzter Zeit los mit dir?« und ob er in Therapie sei.

Auf beiden Seiten herrschte kurz Schweigen, man sammelte sich und beide besannen sich darauf, dass sie zwei Erwachsene ohne Therapeuten waren.

»Ach, Nathan, geh nicht zu sehr mit dir ins Gericht«, sagte seine Mutter schließlich, in einem Ton, der ihn mit Sorge erfüllte. »Ich habe mich deinem Vater jahrelang unterlegen gefühlt. Hab immer in seinem Schatten gestanden. Aber vergiss nicht, im Endeffekt machst du das für dich, auch du leistest gute Arbeit.«

Er bedauerte, seiner Mutter so viel anvertraut zu haben und doch nicht genug. Beides kam ihm vor wie Verrat, immer saß er zwischen zwei Stühlen. Doch er fühlte sich Keru tatsächlich unterlegen und konnte dies niemandem gegenüber so offen zugeben wie vor seiner Mutter. Bei allen anderen würde er mit einer solchen Aussage bestenfalls als unreif oder schlimmstenfalls als frauenfeindlich gelten. Er hoffte, er war nicht misogyn, konnte diese Möglichkeit aber nicht ganz ausschließen, deshalb erzählte er seinem Hausarzt bei der jährlichen Kontrolle nur, dass er manchmal grundlos nervös sei, mehr schwitze als gewöhnlich, vor allem an den Händen, und Probleme mit dem Einschlafen und Durchschlafen habe. »Ich habe Angst, dass ich mich verzettle«, dieses Geständnis brachte er einfach nicht über die Lippen. Stattdessen sagte er: »Ich habe Angst, dass alles, was ich tue, sinnlos ist.« Zehn Minuten später hatte der Arzt bei ihm eine Angststörung diagnostiziert und ihm ein Rezept für Xanax ausgestellt, das Nate nie einlöste. Der Arzt fand keinerlei Auffälligkeiten in Nates Vitalwerten oder im Blutbild, schlug ihm aber mehr

Bewegung und Schlaf vor, er solle sich so richtig verausgaben, bevor er ins Bett gehe.

»Ich bin schon jetzt immer völlig fertig, bevor ich ins Bett gehe«, sagte Nate. »Aber ich liege wach und grüble.«

»Ach ja?«, fragte der Arzt, der mit dem Rücken zu Nate an seinem Computer tippte. »Und über was genau grübeln wir nach?«

»Nichts Sinnvolles«, sagte Nate. »Das ist eher so ein Grundrauschen, ein Gefühl der Bedrohung, als stünde ich vor einer Riesenkatastrophe.«

Der Arzt tippte weiter. »Und mit Riesenkatastrophe meinen Sie was genau?«

»Tod, Sterblichkeit, Nichts.«

Der Arzt notierte sich auch dies.

An jenem Abend machte sich Nate einen Salat. Während er die Zutaten wusch und das Dressing dazugab, dachte er über den Tod nach – den seines Vaters und seinen eigenen –, bis er von der Unausweichlichkeit überwältigt feststellte, dass er zu viel Dressing über den Salat gekippt hatte und alles erneut waschen musste. Am Tag der Beerdigung seines Vaters hatten ihn alle möglichen Sorgen und Ängste gequält. Er fürchtete um das Wohl seiner Mutter, seines Bruders und sorgte sich ob der Tatsache, dass seine Frau zwar in nächster Nähe zu seinen anderen Verwandten lebte, die von Kerus Existenz wussten, sie aber nie persönlich kennengelernt hatten. Vor der Festsetzung des Beerdigungstermins hatte Nate seinen Bruder sechsmal angerufen und ihm fünf Nachrichten aufs Band gesprochen. »Das erscheint mir etwas kurzfristig«, hatte Ethan beim sechsten Anruf gesagt und seine Bedenken bezüglich der hohen Kosten für den Flug und das Benzin geäußert, er sei nämlich gerade arbeitslos. Nate übernahm Ethans Reisekosten, damit er an der Beerdigung teilnehmen konnte. Und kaum war Ethan eingetroffen, stellte ihre Mutter ihm einen Scheck aus, einen Anteil an der Lebensversicherung seines Vaters. Bei der Trauerfeier hielten er und Nathan eine Ansprache von der Länge eines Absatzes. Ihre Mutter las etwas aus der Bibel. Die Tanten trafen mit Verspätung ein. Während ihre Mutter aus der Heiligen Schrift zitierte, legte sie immer wieder theatralische Pausen ein, während derer sie aufblickte, um die Mitglieder ihrer Familie über den Rand ihrer Brille hinweg ins Visier zu nehmen. Nate hatte das Gefühl, seine Mutter spräche direkt zu ihm. *Jetzt sind nur noch wir beide übrig, Nathan. Lass mich nicht im Stich.*

Auf der Website der Alpakafarm stand ausdrücklich, dass Hunde verboten waren, und nachdem Nate das Kleingedruckte durchforstet hatte, rief er zur Sicherheit auch noch dort an. »Nicht mal gut erzogene, angeleinte Hunde?« Die Frau verneinte und verwies ihn auf dieselbe Seite, die Nate gerade gelesen hatte. »Wir sind doch nur ein paar Stunden weg«, sagte Keru und stellte im Wohnzimmer eine rotierende Kamera auf, die mit einer App auf ihrem Handy verbunden war. So könnten sie Mantou in Echtzeit überwachen.

»Und was, wenn sie in ein anderes Zimmer geht?«, fragte Nate.

»Dann tut sie das eben«, sagte Keru.

»Wir könnten das mit der Alpakafarm auch lassen«, sagte er.

»Ich würde die Alpakafarm aber gern besuchen«, sagte sie.

Während sie darüber diskutierten, welche Zimmer Mantou betreten und wo sie sich hinlegen würde, klopfte es an der Tür. Es war Elena, ohne Mann und Kind. Ihr Haar war ungekämmt und hing ihr wirr ins Gesicht. Sie trug einen dünnen Fummel, so transparent, dass Nate den Blick abwenden musste, denn sie trug darunter keinen BH.

»Tut mir leid, dass wir uns gestern gar nicht mehr gesehen haben«, sagte sie. Nach dem Nickerchen seien sie wie geplant noch wandern gegangen. Nach der Wanderung hätten sie spontan noch ein Nickerchen absolviert. Und seien erst am nächsten Morgen wieder aufgewacht.

»Habt ihr Lust, gemeinsam Kaffee zu trinken?«, fragte sie verschlafen. »Luka hat gleich nach dem Aufwachen nach Mantou gefragt.«

»Hm, wir waren gerade auf dem Sprung«, sagte Keru.

»Auf dem Sprung?«, fragte Elena mit gerunzelter Stirn. »Wieso? Ihr seid doch erst gestern angekommen?«

Keru erklärte, was sie damit meinte, und erwähnte die Alpakafarm. Elena stieß einen entzückten Schrei aus, von einer solchen Farm habe sie ja gar nichts gewusst.

»Sind Kinder erlaubt?«, fragte sie.

»Kinder ja, Hunde nicht«, rief Nate aus der offenen Küche, so weit wie möglich von der Haustür entfernt, aber immer noch in Hörweite.

»Vielleicht melden wir uns, wenn wir wieder zurück sind«, sagte Keru.

»Ja, das wäre schön, wir würden uns sehr freuen, vor allem Luka«, sagte Elena, wobei sie sich leicht in den Hüften wiegte und sich auf die Lippen biss. Die beiden Frauen standen verlegen voreinander, verabschiedeten sich zwar, rührten sich aber nicht vom Fleck. Erst als Keru Anstalten machte, die Tür zu schließen, ging Elena auf, dass sie gehen sollte.

Kurz nachdem Elena gegangen war, klopfte es erneut an der Tür. Dieses Mal war es Mircea, in Button-Down-Karohemd und Pullunder. Sein Haar war ordentlich gekämmt und zurückgegelt. In diesem Outfit entsprach er dem Bild eines

Angestellten der Bundesbank mehr als noch am vergangenen Tag.

Er begrüßte seine Nachbarn dreimal. »Hallo, hallo, hallo. Elena war gerade hier, aber sie hat sich nicht getraut, euch zu fragen, deshalb mache ich das jetzt. Die Alpakafarm klingt richtig gut. Würde es euch was ausmachen, wenn wir mitkämen? Wenn es nicht passt, sagt das bitte ganz offen. Wir wollen keiner Romanze im Weg stehen.«

Keru lachte kurz auf, woraufhin Mircea sie ernst anschaute und sagte: »Okay, das war eigentlich nicht witzig gemeint.«

Jedes Paar kam im eigenen Auto, Keru und Nate fuhren vor, die Nachbarn folgten. Keru und Nate hatten einen grauen Mietwagen. Mircea und seine Familie einen roten Tesla. Auf dem Parkplatz der Farm bewunderte Keru die intensive Farbe und erkundigte sich, wie sie das Fahrzeug aufluden. »Das ist gar nicht nötig«, sagte Mircea. »Wenn man beim Model S mit durchschnittlicher Geschwindigkeit fährt, reicht eine einzige Ladung für sechshundertsiebenundzwanzig Kilometer.« Er habe ausgerechnet, dass sie selbst, wenn sie spontane Ausflüge unternahmen, am Ende mit noch fünfundsechzig Kilometern Restreichweite nach Park Slope zurückkehren würden, fünf Kilometer hin oder her. »Wenn nicht, rufen wir den Kundendienst an«, sagte er. »Dann kommt Elon Musk mit seinem Helikopter, um uns zu retten.«

»Haha, witzig«, sagte Nate, ohne zu lachen.

»Ja, ich weiß«, erwiderte Mircea mit ernstem Gesicht.

Am Ticketschalter hingen große Schilder, auf denen die grundlegenden Unterschiede zwischen Alpakas und Lamas erklärt wurden. Zunächst einmal handelte es sich um völlig unterschiedliche Gattungen. Zweitens waren Alpakas freundlicher und spuckten nicht. Ein Ticket mit Tour beinhaltete einen Rundgang mit einem an einer Leine geführten Alpaka und zehn Prozent Rabatt auf die farmeigenen Apfelmost-Donuts. Mircea und Keru gingen Tickets kaufen, Elena und Nate warteten draußen. Weil Elena Lucian auf dem Arm hatte, bot Nate ihr an, ihre Tasche zu tragen. »Das ist so lieb von dir«, sagte sie. »Mircea ist nie so aufmerksam.« Als Elena sich dicht vorbeugte, um die Riemen der schweren, jetzt an Nates Schulter hängenden Tragetasche zu verstellen, tätschelte sie ihm den Arm und rückte ihm absurderweise den Hemdkragen zurecht. Dann sagte sie »Mütterliche Angewohnheit«, und Nate betastete den Stoff dort, wo sie ihn gerade zurechtgezupft hatte. Sie trug wetterfestere Kleidung als noch am Morgen. Eine Jacke über einem langärmeligen Sweatshirt, graue Stoffhose, Schal. Außer Gesicht und Händen war jeder Teil von Elenas Körper bedeckt, und Nate bemühte sich redlich, nicht an ihre Brüste zu denken.

»Deine Frau wirkt immer gehetzt«, sagte Elena. »Uns ist aufgefallen, dass sie schnell fährt.«

Keru war zur Farm gefahren, genau wie von New York zum Bungalow. Nach Möglichkeit saß sie am Steuer, als Beifahrerin werde ihr schnell schlecht.

»Tja, sie arbeitet viel«, sagte Nate, worauf Elena nickte, als reiche dies als Erklärung.

Nate fragte Elena, ob sie auch Auto fahre.

»In Europa ja«, sagte sie. »Aber hier sehe ich keinen Sinn darin. Warum sollte ich für zwei Jahre noch mal eine Prüfung ablegen und neue Regeln lernen? Ich komme überall zu Fuß hin.«

Nate überlegte, was er Elena sonst noch so fragen könnte. War sie hauptberuflich Künstlerin?

»Wäre ich gern«, sagte sie und setzte Lucian ab. Lucian nannte seine Mutter »Mama«, und wenn er auf ihrem Arm war, vergrub er den Kopf in ihrem Haar und flüsterte ihr ins

Ohr. Nate ging davon aus, dass Lucian auf Rumänisch antwortete, wenn Elena mit ihm in ihrer Muttersprache redete. Er machte eine Bemerkung darüber, wie fließend das Kind spreche. Er wünschte plötzlich, er wäre auch zweisprachig aufgewachsen.

»Dreisprachig«, sagte Elena über ihren Sohn. »Das war Niederländisch, nicht Rumänisch. Manchmal antwortet mein Sohn nur auf Niederländisch.«

»Oh, Entschuldigung«, sagte Nate verschämt.

»Nicht nötig. Woher solltest du das wissen?«

Nate fand trotzdem, dass er das sollte.

Elena fragte Nate, ob er Chinesisch spreche.

Er sagte: »Nein, nicht richtig.« Dann fügte er hinzu: »Na ja, schon ein bisschen.« Den Unterricht hatte er allerdings schon vor einer Weile aufgegeben und ihm fehlte die Sprachpraxis. Chinesisch sprach er nur noch einmal im Jahr, wenn er seine Schwiegereltern besuchte und mit ihnen zusammensaß. Aber seit seinem Ruhestand hatte Kerus Vater nicht mehr so viel über Brennstoffzellen zu sagen, und Kerus Mutter sprach Nate ohnehin selten direkt an. Obwohl, einmal schon: »Hast du schon gegessen?«, hatte sie gefragt. Das tat sie immer auf Chinesisch, mit diesen Worten drückte sie innige Fürsorge aus, aber weil er nicht verstanden hatte, dass sie ihn angesprochen hatte und ihm diese Fürsorge angedeihen ließ, war seine Miene ausdruckslos geblieben, woraufhin auch ihre erstarrt war.

Elena bat Nate, etwas auf Chinesisch zu sagen.

Er bemühte sich, doch es kam nur irgendein Gestammel heraus.

»Ja, genau so hatte ich es in Erinnerung«, sagte sie sichtlich beeindruckt.

Er kam sich vor wie der letzte Idiot.

Als die anderen beiden mit den Tickets zurückgekehrt waren, machte sich ihr Grüppchen auf in Richtung Scheune. Dort wurden sie von einem Tierpfleger empfangen, ein baumlanger Kerl mit kindlichem Gesicht. Mit seinen riesigen Handschuhen sah er aus wie ein Clown, dazu schlappte er in schweren ledernen Schnürstiefeln mit offenen Schnürsenkeln herum. Die Alpakas hatten erstaunlich große Augen, runde, vorstehende schwarze Kugeln, die alle entzückend fanden, außer Nate, der sich davor gruselte. Er und Mircea wählten identische braune Alpakas aus, Schwestern, wie der Pfleger erklärte. Die Schwestern gingen gern miteinander spazieren, sie pressten sich aneinander, als hätte man sie zusammengeklebt. Zuerst versuchte Mircea, sein Alpakaweibchen von ihrer Schwester zu trennen, doch je stärker er zerrte, desto bockiger wurde das Tier und bleckte schließlich sogar die Zähne. »Siehst du«, sagte Mircea zu Nate, »sie hasst mich.«

»Alpakas sind Herdentiere«, erklärte der Pfleger von hinten. »Sie müssen einem Leittier folgen.« Das Leittier war Elenas Alpaka, das sofort die Frontposition einnahm, woraufhin Kerus Alpaka willig folgte. Die beiden Frauen plauderten und lachten. Lucian ging neben ihnen her, an der Hand seiner Mutter.

Mircea und der Tierpfleger kamen miteinander ins Gespräch. Der Junge ging noch auf die Highschool, war aber bereits in der Oberstufe und jobbte an den Wochenenden und in den Sommerferien auf der Alpakafarm.

»Wann geht's aufs College?«, fragte Mircea, worauf der Junge ihn schief angrinste und zurückfragte: »College?«

Mircea versuchte, Nates Aufmerksamkeit zu erhaschen, um vielsagende Blicke zu tauschen, aber Nate wollte sich da nicht reinziehen lassen. Also fragte Mircea den Pfleger, was man sonst so unternehmen könne in der Gegend, außer Wandern, den See umrunden und diese Farm. Es sei gerade Jagdsaison, sagte der Junge, und erst vergangenes Wochenende habe er auf einer Weide mindestens fünfzig Rehe gesehen.

»Jagen?«, fragte Mircea ungläubig. »Mit Gewehren?«

»Könnten Sie machen«, sagte der Junge, aber er jage lieber mit Pfeil und Bogen.

»Soso«, sagte Mircea und fragte Nate dann, ob er schon mal auf Jagd gegangen sei. War er tatsächlich, als er so alt war wie der Junge und auch schon vorher, aber das verschwieg er Mircea lieber und verneinte. Der Junge zog die Handschuhe aus und scrollte auf seinem Handy. Dann hielt er Mircea und Nate das Display hin, um ihnen den Hirsch zu zeigen, den er zwei Wochenenden zuvor mit seinem Vater erlegt hatte. Auf dem Bild war der Junge von Kopf bis Fuß in orange gekleidet und stand grinsend über dem Tierkadaver. »Der hat hundert Kilo gewogen, mindestens«, sagte er.

»Und was macht man dann damit?«, fragte Mircea.

Der Junge wirkte verwirrt. »Na, essen.«

Die Gruppe hatte eine kleine Wiese erreicht, auf der die Alpakas grasen konnten. Hier zog der Junge sein Walkie-Talkie hervor und überließ sie sich selbst, um vorübergehend bei einem anderen Rundgang auszuhelfen. Kaum war er verschwunden, grinste Mircea Nate breit an und sagte: »Na, essen.« Nate sagte: »Ja, kommt hin.« Mitten auf der Wiese schmiegten sich die Frauen an Lucian und schossen Selfies. Mircea kommentierte den Anblick: »Wie schön, deine Frau neben meiner.«

Es war unmöglich, die Frauen nicht miteinander zu vergleichen. Elena hatte ihr Alpaka losgelassen und schwang beide Arme in die Luft. Dann wirbelte sie herum, was Lucian dazu animierte, es ihr gleichzutun, während Keru aus dem Weg ging und stocksteif dastand, die Leine ihres Alpakas mit eisernem Griff umklammert.

Mircea fragte, wie lange Nate und Keru schon zusammen waren. Als Nate antwortete »Seit dem College«, hob Mircea die Brauen und sagte: »Also eigentlich schon ewig.« Seine Miene wirkte nicht besonders beeindruckt, sondern eher überrascht und möglicherweise auch mitleidig.

»Sie ist sicher eine gute Partnerin«, sagte er schließlich, seine Miene wieder neutral. »In einer Beziehung muss einer der Vernünftige sein. Bei uns bin ich das.«

Sie schauten Elena und Lucian noch ein bisschen beim Herumwirbeln zu.

»Aber wie haltet ihr die Beziehung frisch?«, fragte Mircea nach einer Weile.

Nate sagte, sie hätten eine gute Routine.

»Routine ist das Gegenteil von frisch. Wie vermeidet ihr Langeweile?«

»Wir sind immer beschäftigt«, sagte Nate.

»Womit?«

»Wie bitte?«

»Womit seid ihr beschäftigt?«

Nate blinzelte und sagte, mit seiner Arbeit, ihrer Arbeit, gemeinsamen Aktivitäten wie jetzt und ihrem Hund.

»Okay, also Arbeit«, schlussfolgerte Mircea und schmatzte leise mit den Lippen, als müsste er sich eines schlechten Geschmacks entledigen. Er wollte mehr über Nate wissen, wo er herkam und wie diese Gegend so war.

»Ein bisschen wie hier«, antwortete Nate. »Sanfte Hügel. Ländlich.«

»Und die Leute haben Waffen?«

»Manche«, sagte Nate.

»Und du?«

Nate verneinte.

Mircea wirkte erleichtert. »Weißt du, wovor ich am meisten

Angst hatte?« Nate hatte so eine Ahnung. »Ich hatte Angst, also so richtig, dass hier jeder eine Waffe hat.« Aber er sei froh, niemanden zu kennen, bei dem es so war. »Vermutlich muss man aus Park Slope raus, dann findet man diese Leute.« Diese Leute. Diese Formulierung regte Nate erst so richtig auf.

»Ich sag dir mal, was mir an diesem Land außerdem nicht gefällt. Ich finde es schlimm, dass ihr im Fernsehen Werbung für Medikamente macht. Und eure Trinkgeldkultur mag ich auch nicht. Euren Müll. Müll auf der Straße. Überall Hundescheiße. Benutzte Kondome auf Spielplätzen.«

»Müll gibt's in jeder Stadt«, sagte Nate.

»Aber in Manhattan ist es besonders schlimm. Die ganze Stadt stinkt nach Pisse.«

Nate kochte innerlich.

»Eure Rückgaberechte, die gefallen mir«, fuhr Mircea fort. »Man kann alles zurückgeben. Sogar Lebensmittel, die man doch nicht haben will. Eine Matratze sogar noch ein Jahr später. Als Kunde kann man sich beschweren. Das Recht hat man, und deshalb beschweren sich alle, und alle geben ihre Waren zurück.«

Als Mircea fragte, was Nate an den USA am meisten gefalle, fiel es ihm schwer, eine eindeutige Liste aufzustellen.

»Die meisten nennen die Freiheit«, sagte Mircea. »Aber wie definieren wir Freiheit genau? Was passiert, wenn die eigene Freiheit die des anderen einschränkt?«

Rhetorische Fragen.

»Du musst unbedingt mal im Ausland leben, mein Freund. Selbst ein paar Monate reichen schon für einen Perspektivwechsel. Die Welt ist sehr groß.« Mircea hatte die Arme ausgebreitet. Nate hatte seine verschränkt. »Bleib nicht in einer Denkweise verhaftet.«

Nate war froh, den Pfleger zu sehen, der sie zur Farm zurückführen würde. Auf dem Rückweg tauschte Mircea Alpakas mit Keru, sodass er sich wieder zu seiner Familie gesellen konnte. Er rannte hinter Elena her und umschloss ihre Hüfte. Er küsste ihren Nacken, sie wandte sich um und küsste ihren Mann auf die Wange. Wenn Nate Keru sagen würde, dass sie sich nicht mehr mit diesen Leuten treffen sollten, würde sie einen Grund verlangen. *Warum?*, fragte sie ihn in seiner Vorstellung. *Weil sie mich verunsichern, mein Selbstwertgefühl infrage stellen, meine Ehe und mein Land.* Eine solche Antwort hätte Keru nicht akzeptiert, denn sie war inakzeptabel. Er fühlte sich verletzlich und kam sich wie ein Arschloch vor, als er Keru fragte, über was sie mit Elena gesprochen habe. Vor allem fürchtete er, dass Elena sein Gestammel gelobt haben könnte, das eine echte Beleidigung der chinesischen Sprache war.

»Ach, weißt schon«, sagte Keru.

»Nö, weiß ich nicht, erzähl's mir.«

Seine Frau sah ihn verwundert an, bevor sie zum hundertsten Mal ihr Handy checkte.

»Wir müssen gehen«, sagte sie.

Im Holz waren tiefe Kratzer, an Tür und Rahmen fehlte die Farbe, die Fußmatte war weggeschleudert worden, lag irgendwo im Haus. Auf der Überwachungsapp hatte Keru ihren Hund graben sehen und jetzt hatte Mantou einen irren Blick. Zwischen ihren Vorderpfoten hatte sich eine Speichelpfütze gesammelt.

Keru ging in die Hocke und umarmte ihren Hund.

Nate machte sich auf die Suche nach der Fußmatte. Er musste sich ablenken, um nicht sentimental zu werden und womöglich in Tränen auszubrechen. »Auflösung des Rudels«, hatte Tierarzt 1 oder 2 diagnostiziert, was Nate völlig offensichtlich fand, aber was sollte man dagegen tun, außer das

Rudel wieder zusammenzuführen, was nicht immer möglich war.

Als er die Matte gefunden und zurückgebracht hatte, war seine Frau schon am Telefon und sprach mit der Concierge. Sie beschrieb die Schäden und bot an, Fotos zu schicken, alles in einem entschuldigenden Ton. Indessen trat Nate ans Sofa und entfernte die sechs Kissen. Er setzte sich, legte die Beine hoch und schloss die Augen. In der nicht allzu fernen Ferne hörte er einen Laubbläser, ein nervendes Brummen. Auch seine Frau hörte er noch, ihre aufgesetzte Freundlichkeit. »Nein, nein, bitte behalten Sie die Kaution«, sagte sie, »dazu ist sie da.« Sie lauschte, dann sagte sie: »Das ist nett von Ihnen, aber nicht nötig. Wir zahlen das wirklich gern.« Sie lauschte wiederum, dann sagte sie: »Na gut. Danke, und ja, alles ist wunderbar, wir genießen unseren Aufenthalt sehr.«

Am nächsten Tag goss es in Strömen, und Mantou schlief eingezwängt zwischen ihnen, Kopf und Körper komplett unter der Decke begraben.

»Ich mache mir Sorgen, dass sie keine Luft bekommt«, sagte Keru beim Blick unter die Decke.

Nate erwiderte, sie sollten darauf vertrauen, dass ihr Hund das Atmen beherrsche.

Ihr Bungalow war vom Regen eingeschlossen. Den ganzen Tag über hörten sie die Rinnen glucksen. Stündlich leerte Mantou ihren Wassernapf. Weil sie sich weigerte, vors Haus zu gehen, musste Nate sie hinaustragen. Sie standen eine halbe Stunde im Regen, er unter einem Fitzelschirm, sie direkt davor, neben einer Reihe geeigneter Büsche, aber von Pipi keine Spur. Ihr Hund drängte sich in eine Ecke. »Sie trinkt, pieselt aber nicht«, sagte Keru, und Nate sagte: »Der Schirm ist kaputtgegangen.« Als eine Hälfte des eigens gekauften Schirms beim ersten Gebrauch im Freien in sich zusammengefallen war, hätte er das Ding am liebsten weit weggeschleudert, aber damit hätte er seinen Abfall in der Natur entsorgt. Stattdessen warf er den Schirm ordnungsgemäß in die Mülltonne. Seine nassen Klamotten legte er in den Trockner, schlüpfte in trockene Kleidung aus dem Schrank und kehrte zurück ins Wohnzimmer, wo Keru die sechs Kissen wieder auf dem Sofa drapiert und den Sessel ans Fenster geschoben hatte, um besser rausschauen zu können. Im Gegensatz zu ihrem Hund fand Keru sintflutartige Regenfälle geradezu belebend. Wolkenverhangene Himmel fand sie toll. Weltuntergang.

»Weißt du, was Elena mir gestern erzählt hat? Sie hat mir erklärt, warum sie so oft Nickerchen absolvieren.« Das Wort »Nickerchen« sprach sie mit einem ironischen Unterton aus, aber Nate kapierte es immer noch nicht.

»Sie hat gerade ihre fruchtbaren Tage«, sagte Keru.

»Aha«, sagte Nate, während ihm die Hitze in die Wangen schoss.

»Aber irre, dass sie mir das erzählt. Als hätte ich sie je danach gefragt.«

»Zwei passen zu ihnen«, sagte Nate. »Ja, zwei, das wäre am besten.« Er riss einen Beutel Pistazien auf und knackte sie direkt auf der Kochinsel.

»Ersatztheorie«, sagte Keru. »Könntest du bitte eine Schale benutzen?«

»Was?«

»Als Ersatz für die Eltern. Schale für die Nüsse.«

Er lehnte an der Kochinsel. Holte sich keine Schale.

»Weißt du, was sie sonst noch gern machen?«

»Wetten, dass du's mir gleich erzählst?«

»Partys schmeißen. In ihrem Garten.«

»Ja, so ein Townhouse hat hinten einen Garten. Das ist das einzig Schöne daran.«

»Dutzende Gäste kommen zu diesen Partys. Freunde, Bekannte. Lehrkräfte aus Lucians Schule. Das ist ein großes Ereignis.«

»Willst du eine Geburtstagsparty feiern, wenn du vierzig wirst?«, fragte Nate. »War das ein Wink mit dem Zaunpfahl?«

Keru wies Nate darauf hin, dass sie nicht mal ein Dutzend Leute kannten.

Nate meinte, na und, auch wenn sie weniger wie ein Dutzend Freunde hätten, sie würden alle kommen.

»Weniger als.«

Nate runzelte die Stirn.

»Weniger als, nicht weniger wie.«

»Unsere weniger als ein Dutzend Freunde würden alle kommen.«

»Die haben zu viel um die Ohren«, sagte Keru, während sie an ihrer Nagelhaut zupfte. »Hast du in letzter Zeit mit irgendwem aus unserem Freundeskreis gesprochen? Die sind Vollzeit-Chauffeure, die nie schlafen.«

»Wenn ich eine Party schmeiße, kommen die Leute auch.«

»Sie werden es als lästig empfinden. Und ihre Kinder mitschleppen wollen.«

»Kinder sind nicht eingeladen.«

»Das kannst du nicht bringen«, sagte sie mit entsetzt aufgesperrtem Mund. »Nein, du musst auch die Kinder einladen und wir müssen sie bespaßen mit Schminken und so. Kinderschminken ist gerade richtig beliebt.«

»Hunde sind erlaubt, aber keine Kinder.«

»Warum benutzt du keine Schale?« Sie machte hohle Hände, um ihm zu demonstrieren, was sie meinte.

»Sind alle im Spüler.«

»Jede einzelne Schale? Es gibt im ganzen Haus keine saubere Schale, Tasse oder Untertasse mehr?«

»Nope.«

Sie schaute verträumt aus dem Fenster. »Wir sollten jetzt wandern gehen«, schlug sie vor. »Stell dir vor, du bist in den Bergen, diese Wolken.«

»Stell dir vor, du wirst vom Blitz getroffen«, sagte Nate.

»Musst du immer alles schwarzsehen?«

»Ja, muss ich.«

Sie schwiegen eine Weile, dann, den Blick immer noch aus dem Fenster gerichtet, sagte Keru: »Ich wünsche mir nicht, dass wir Kinder hätten.«

»Ich auch nicht.«

»Aber manchmal frage ich mich schon.«

»Wir hätten ein paar Sachen aufgegeben.«

»Um andere dazuzugewinnen.«

»Ich bin glücklich, so wie wir sind«, sagte Nate. »Würde es nicht anders wollen.«

»Ich wäre glücklicher, wenn du eine Serviette benutzen würdest«, sagte sie. »Nur ein winziger Fetzen für die Schalen.«

Er legte eine kleine Serviette auf die Kochinsel.

Ein paar Stunden später hieb ein riesiger Baseballschläger aus Stahl auf ihre Hausmauer ein. So klang es jedenfalls. In den Catskills gab es allerdings keine Riesen. Keine Paul Bunyans. Als Nate ohne Jacke und Schuhe aus der Tür rannte, sah er, dass sich die Regenrinne komplett von der Mauer gelöst hatte und jetzt schlaff an der Fassade herabbaumelte. Als er wieder reinkam, stieg ihm ein vertrauter Geruch in die Nase. Die Pisslache war groß, und ihr Hund hockte mittendrin. Als Nate fluchte, sagte Keru: »Schrei sie nicht an!«

»Ich habe nicht geschrien«, erwiderte er sanft. »JETZT SCHREIE ICH!«, brüllte er dann.

»DAS MERKE ICH!«, brüllte sie zurück.

Es blieb Nate nichts anderes übrig, als den Hund aus der Ecke zu heben und ihre vier Gliedmaßen einzuklappen. In dieser Position, die er einst *anbetungswürdig* gefunden hatte, wirkte sie jetzt, in seinen Armen, furchtbar verletzlich. Er trug das zusammengefaltete Tier ins Bad und setzte es in die frei stehende Wanne. Weder er noch Keru badeten gern, daher benutzten sie die Wanne nicht. Er ließ Wasser ein, und als sie voll war, ließ Nate einen Ball darin treiben. Mantou richtete sich auf und tastete mit der Pfote danach. Aus dem Tasten wurde ein Hechten. Aus dem Hechten wurde ein Planschen.

»Du weißt, dass ich dich nicht angeschrien habe, nicht wahr?«, fragte er, während Mantou weiter nach dem Ball hechtete und planschte. Der Hund schien zu nicken. Sie war eindeutig in der Lage zu unterscheiden, ob er mit seinem Geschrei sie meinte – undenkbar – oder die Krisensituation – die in diesem Fall nicht vorlag. Eine Krisensituation besagte nämlich, dass etwas zu Bruch gegangen war, und außer der Regenrinne, dem Türrahmen, ein paar Dielenbrettern im Flur und dem Regenschirm war hier kein Bruch zu erkennen. Mit seinem Geschrei wollte er Keru nur verdeutlichen, dass er nicht geschrien hatte, und Kerus Geschrei war ihre Erwiderung darauf gewesen.

Am nächsten Morgen kam Mircea rüber, um nach dem Rechten zu schauen. Eine nette Geste, die Nate jedoch unnötig erschien. Es hatte ein bisschen Regen gegeben, kein Unwetter. Mircea lud sie zum gemeinsamen Grillen im Pavillon ein, um ihr Überleben zu feiern. Nate versuchte krampfhaft, aus der Nummer rauszukommen. Er behauptete, sie hätten schon was anderes vor, doch auf die Frage, was, fiel Nate nichts ein, worauf Mircea blitzschnell reingrätschte: »Dann lass uns grillen wie Brüder«, und ihm strategisch die Ghettofaust anbot. Nate musste mitmachen, es blieb ihm nichts anderes übrig, und schon bald fuhr er mit Mircea in seinem roten Tesla zu einem fast zwanzig Kilometer entfernten Supermarkt, um dort alles Nötige einzukaufen. Im Supermarkt fragte Mircea: »Was brauchen wir sonst noch? Du weißt das besser.« Nate tummelte sich in den Gängen. Holte Coleslaw, Kartoffelsalat, Chips, Würzsoßen, Maiskolben, einen Sechserpack Indian Pale Ale.

Auf der Rückfahrt beschallte Mircea sie mit Instrumentalmusik. Während das Orchester durch eine allseits bekannte Symphonie tobte, schaltete er den Tesla auf Autopilot und nahm beide Hände vom Steuer.

»Beeindruckend, wunderbar«, lobte er diese Funktion, die Hände nun befreit. Wieder bot er Nate die Ghettofaust an, und Nate reagierte entsprechend. »Land, Land und noch mehr Land«, rief er und zeigte aus dem Fenster. Dann fragte er Nate, ob er Land besitze. Nate verneinte. Er fragte, ob seine Familie Land besitze. Nate erwiderte, nur das kleine Grundstück, auf dem das Haus seiner Mutter stehe. Mircea stellte die Symphonie leiser, um Nate und seiner Familie dringend zu raten, so viel Land wie möglich aufzukaufen.

»Familienvermögen entsteht nur durch Besitz«, sagte Mircea. »In der Zukunft werden die Besitzenden am reichsten sein.«

Nate erklärte, Land oder möglichst viel zu besitzen sei nicht so seins.

»Und was ist dann deins?«, fragte Mircea, als sie an einer roten Ampel sanft zum Halten kamen.

»Ich lehre«, sagte Nate.

»Ja, ich weiß, dass du lehrst, aber Lehrer genießen hier keinerlei Respekt. Lehrer haben keine Macht.«

Ausgehend von dieser Grunderkenntnis brainstormte Mircea verschiedene Szenarien, wie Nate sich als Flow-Through

Entity aufstellen und eine Beraterfirma gründen könnte, die ihm mehr Macht verschaffen würde.

»Dann musst du weniger arbeiten«, sagte Mircea, »kannst Grundbesitz erwerben und dich mehr um deine Frau kümmern.«

»Entschuldigung, was?«, fragte Nate.

»Keine Entschuldigung nötig«, sagte Mircea und drehte die Symphonie wieder auf. »Wir könnten uns alle mehr um unsere Frauen kümmern. Ich auch. Es ist nicht gut für eine Frau, zu hart oder zu lange zu arbeiten. Männer müssen arbeiten, das ist unser Schicksal, aber in einer idealen Welt sollten Frauen das nicht müssen.«

Nate ahnte, dass Mircea ihn provozieren wollte. Also ging er nicht weiter auf das Gerede ein und versuchte, es auszublenden, was ihm allerdings nicht völlig gelang. Irgendwann hämmerte Mircea im Takt der Schlaginstrumente auf das Steuer ein und sagte: »Ich stehe einfach auf Kapitalismus, du auch?«

Im Pavillon hatten die Frauen die nassen Stuhlkissen bereits mit Strandtüchern bedeckt und sich vorsichtig auf den Rand der Gartenstühle gesetzt. Mircea war ins Haus gegangen, um für jeden einen Spritz zu kredenzen. Lucian spielte an der hohen, makellos gepflegten Hecke mit Mantou. Als Mircea wieder rauskam, servierte er die mit pinkfarbenem Papierstrohhalm dekorierten Cocktails wie ein Profi auf einem Holztablett und trat dann neben Nate an den Grill, nicht so dicht, dass er Hand anlegen müsste, aber nah genug, um die Hitze der Glut zu spüren.

Keru erkundigte sich, wie sie das Unwetter des vergangenen Tags überstanden hätten.

»Es war langweilig«, sagte Mircea. »Aber trocken. Wir haben lauter Spiele gespielt.«

»Und Nickerchen absolviert«, sagte Elena.

Die Frauen lächelten einander zu, was Mircea zu verwirren schien.

»Absolviert ihr täglich Nickerchen?«, fragte Keru.

»So gut wie«, antwortete Elena.

»Morgens und nachmittags?«

»Nicht lang, maximal eine Stunde.«

»Praktisch.«

»Produktiv.«

Die Frauen lächelten breiter, woraufhin Mircea Nate mit schmalen Augen ansah und etwas murmelte.

»Die hier sind durch«, sagte Nate und stellte eine Platte mit Burger-Pattys und Hotdog-Würstchen auf den niedrigen Gartentisch. »Schnappt euch einen Teller.«

Elena rief Lucian, der aus dem Gebüsch gerannt kam, gefolgt von Mantou. Keru nahm sich ein Patty mit Salat und Tomate, aber kein Brötchen. Elena erkundigte sich, ob Keru Zöliakie habe, und als Keru verneinte, fragte Elena: »Aber warum dann aufs Brötchen verzichten? Das Brötchen ist doch das Tüpfelchen auf dem i, ohne fehlt was.«

»Elena!«, mahnte Mircea, worauf seine Frau sich wieder daranmachte, das Würstchen für ihren Sohn in mundgerechte Stücke zu schneiden. Nate wurde gelobt, weil er das Fleisch und die Würstchen perfekt gegrillt hatte. Nicht so verbrannt, dass man sich wegen der Karzinogene sorgen müsste, aber doch mit Kohlegeschmack, der nur entstand, wenn man Fleisch im offenen Feuer grillte. Gut durch. Lucian setzte sich und aß, was man ihm vorsetzte. Als Elena ihm eine Serviette reichte, wischte er sich erst den Mund ab, dann die Hände. Der Junge sagte etwas auf Niederländisch zu seinen Eltern, dann ein paar Worte Rumänisch und schließlich befahl er Mantou sehr laut auf Englisch: »*Let's go!*«, worauf beide zu einem leeren Pavillon stürmten, der sich noch in Sichtweite befand.

»Er ist gut erzogen«, sagte Nate.

»Das war für mich oberste Priorität«, erklärte Elena. »Ich will keinen Rotzlöffel.«

»Er ist auch mal ungezogen«, sagte Mircea mit einem Augenzwinkern. »Nur nicht vor fremden Leuten.«

»Wann ist er ungezogen, Mircea?«, fragte Elena.

»Nie, Elena, nie.«

Sie machte eine Handbewegung, als wollte sie ihren Mann verscheuchen, dann stützte sie den Kopf auf derselben Hand ab und beugte sich vor, sodass ihr das weiche Haar ins Gesicht fiel. Die Frauen wandten sich einander zu und begannen ein eigenes Gespräch. Also machte sich Mircea noch einen Burger und versuchte, mit Nate über Sport zu plaudern. »Wenn was läuft, schau ich's mir auch an«, sagte Nate, doch nachdem Mircea vom Radsport, F1 Racing und Pickleball geschwärmt (davon sei er gerade ganz besessen) und sich danach den Standardsportarten gewidmet hatte, also Tennis, Basketball, Baseball, Fußball, musste er zu seiner Enttäuschung feststellen, dass Nate keine Lieblingssportart und auch keine Mannschaft hatte, der er fanatisch folgte. Nicht mal Fantasy Football. Oder der March Madness. Dass Nate auch kein Golf spielte, versetzte Mircea einen weiteren Schlag. »Was machst du dann, Mann?«, fragte Mircea, worauf Nate den Kopf schüttelte und auf seinen Teller schaute. Was machte er? Er unterrichtete vier Klassen pro Jahr und betrieb ein kleines, schlecht finanziertes Labor. Dieses Labor hatte einen erheblichen Dachschaden, den der Hausmeisterdienst seit Monaten ignorierte. Vier Klassen bedeutete vierhundert Personen, die meisten PreMed-Studierende mit der entsprechenden PreMed-Mentalität. Den gewöhnlichen PreMed-Typus war er gewohnt, überkritisch, lern- und beratungsresistent, die Art Studierende, die keinerlei Zeit oder Mühe in den Unterricht investierten, die Prüfung nicht bestanden und dann Anträge an die Prüfungsbehörde stellten, man müsse das schlechte Ergebnis nach oben korrigieren, wozu Nate tatsächlich gelegentlich gezwungen wurde, weil besagter Studierender sonst später keine Leben retten könne. Dieses Händchenhalten, gefolgt von Kopftätscheln, dieser ganze Mist in verschärfter, geballter Form sorgte dafür, dass sich Zwanzigjährige einbildeten, sie würden damit durchkommen, weil dem College die Zufriedenheit der Studierenden wichtiger war als die der Lehrenden. Zufriedene Studierende hatten Eltern, die Studiengebühren zahlten und großzügig spendeten. Auf die Zufriedenheit der Lehrenden konnte man auch verzichten. Und so war Nate ungewollt zu jenem schrulligen alten Professor mutiert, der in einer guten Gegend wohnte, mit vielen Cafés zum Brunchen, aber immer noch über seinen harten Alltag jammerte. Genau das tat Nate. Den Alltag bewältigen. Sowohl auf der Arbeit als auch zu Hause. Da Keru in Chicago weilte, musste er sich allein um den Hund kümmern und war der einzige Notfallkontakt. Er allein ging täglich mehrmals Gassi, füllte die Näpfe, brachte Mantou zur Hundefriseurin und zur Tierärztin. Er hatte seine Salatdiät fortgesetzt und ein bisschen abgespeckt, aber seine Furcht vor der bevorstehenden Katastrophe blieb bestehen. Diese Katastrophe konnte unterschiedliche Formen annehmen, am häufigsten war der rasende Zug, der von der Brücke in einen zugefrorenen See stürzte, er ganz vorn an der Lok festgebunden. Zum Einschlafen nahm er verschiedene Mittelchen, Melatonin, Magnesium, eine Tasse Kamillentee vorm Zubettgehen. Jede Woche rief er seine Mutter an, seine Frau jedoch täglich, und wenn seine Frau nicht ranging, versuchte er es eine Stunde später erneut.

Während dieser Zeit wusch er die Wäsche, legte sie zusammen, saugte Staub, ging noch mal mit dem Hund raus und beantwortete Dutzende Mails. Die Anzahl der Beschwerden von Studierenden, Fragen aus dem Labor und der Verwaltung sowie seine Aufgaben für die Ausschüsse war in astronomische Höhen gestiegen. Er saß in mindestens fünf, wenn nicht sogar in sechs verschiedenen Ausschüssen, darunter auch einer, der den Fortschritt anderer Ausschüsse kontrollierte. So wurde es von höherrangigen Lehrkörpern erwartet. Die endlosen Dienste im Dienste der Lehre. Jetzt wusste Nate, was die emeritierten Professoren und Professorinnen gemeint hatten, als sie den Nachwuchs warnten: »Wenn du nicht aufpasst, saugen die dich aus.« Stunden später, als seine Frau schließlich aus ihrem prestigeträchtigen Eckbüro mit drei Monitoren zurückrief, bemühte er sich um Munterkeit, obwohl er völlig erledigt war. Er übernahm meist den Gesprächspart und präsentierte ihr eine aufpolierte Version seines Tages. Hier, eine schöne Muschel für dich, meine vielbeschäftigte Gattin, darauf lief es ungefähr hinaus. Einmal, es herrschte Vollmond in beiden Städten, hatte er gesagt: »Eigentlich ist der Mond eine Banane. Wenn man den Mond anschaut, sieht man die Banane von vorn.« Keru hörte nur halb zu, sie arbeitete im Hintergrund weiter. Sie meinte, wenn man witzig sein wollte, könnte man vielleicht behaupten, der Mond sei Käse. »Banane ergibt für mich keinen Sinn«, erwiderte sie, erschöpft und humorlos.

»Ja, ich mache nicht viel«, sagte Nate jetzt zu Mircea, denn das entsprach weitgehend der Wahrheit. Im Vergleich zu seiner Frau arbeitete er weniger und im Vergleich zu seinen Kollegen mit Kindern trug er weniger überlebenswichtige Verantwortung. Theoretisch hatte er also mehr Zeit, um Golf zu spielen.

»Ich mach nur Spaß, das weißt du schon, oder?«, sagte Mircea, streckte die Ghettofaust aus, und Nate reagierte.

Ungefähr zu diesem Zeitpunkt erhoben die Frauen auf einmal ihre Stimmen, und Nate hörte, wie Keru Elena eine seltsame Frage stellte.

»Was soll das sein, Dinky?«, fragte sie.

»Du weißt nicht, was ein Dinky ist?«, fragte Elena entgeistert oder tat zumindest so, ihre Stimme noch lauter. Jetzt, da die beiden die volle Aufmerksamkeit ihrer Männer hatten, wandte sich Elena an Mircea. »Ich habe gerade zu Keru gesagt, dass sie und Nate ein perfektes Beispiel für eine Dinky-Familie abgeben. D-I-N-K-Y.«

»Ja, klar, Dinky«, sagte ihr Mann. »*Double Income, No Kids.*«

»Benutzt ihr die Bezeichnung hier nicht?«, fragte Elena.

»Nö, eigentlich nicht«, sagte Nate.

Elena zückte ihr Handy und startete eine Internetrecherche. »›Das Akronym DINKY stammt aus den Neunzehnhundertsechzigerjahren und wurde in den USA geprägt. Satzbeispiele: In Großstädten existieren mehr Dinky-Familien. Dinky-Familien haben lieber Haustiere als Kinder. Luxusprodukte sind auf Dinkys mit höherem verfügbaren Einkommen zugeschnitten.‹«

»Auf diese Weise verwendet ihr es also nicht?«, erkundigte sich Elena erneut. »Obwohl es von hier stammt, wird es in der Alltagssprache nicht verwendet?«

Nate erwiderte, er persönlich würde dieses Wort nie benutzen. »Es klingt abwertend.«

»Aber Dinky bedeutet doch nichts Schlechtes«, sagte Elena mit leicht schriller Stimme. »Es bedeutet das, wofür es steht, doppeltes Einkommen, keine Kinder. Jeder Buchstabe steht für ein Wort, es handelt sich um ein amerikanisches Akronym.«

»Ist mir bekannt, aber trotzdem danke für die Aufklärung«, sagte Keru.

»Also ist Dinky hier offenbar kein Wort«, sagte Elena zu ihrem Mann. »Was bedeutet, dass wir es ab jetzt nicht mehr verwenden sollten. Wir haben eine Menge Paare Dinkys genannt, aber jetzt stellt sich offenbar heraus, dass das falsch war.«

Mircea zuckte die Achseln. »Dann verwenden wir es eben nicht mehr«, sagte er und wischte sich die Finger ab, einen nach dem anderen.

»Das macht dir nichts aus?«, fragte Elena.

»Warum sollte es mir was ausmachen?«

»Was haben wir sonst noch so von uns gegeben, das niemand versteht?«

Mircea zuckte erneut die Achseln. »Die Leute verstehen uns schon.«

»Wir haben schon viele Paare wie euch getroffen«, sagte Elena, wieder Nate und Keru zugewandt.

»Was für Paare? Dinkys?«, fragte Keru übertrieben höflich und mit ironischem Unterton.

»Nein, teils asiatisch, teils weiß, und in neunzig Prozent der Fälle war die Mutter Asiatin und der Vater Weißer«, erklärte Elena unironisch. »Bevor wir hierherkamen, hatten wir keine Ahnung, wie viele es von euch gibt. Jetzt sehen wir euch überall. Sogar in der Spülmittelwerbung.«

»Woraus wir schließen, dass ihr sehr beliebt seid«, fügte Mircea hinzu.

»Ich glaube nicht, dass man beliebt ist, weil man Spülmittelverkäufe ankurbelt«, sagte Keru.

»Ich bin mittlerweile mit vielen asiatischen Ehefrauen befreundet«, sagte Elena. »Und die sind immer gestresst. Gestresst, weil ihre Kinder nicht schnell genug Klassenbeste werden. Gestresst wegen anderer Asiaten und der Sorge, dass ihre asiatischen oder halb asiatischen Kinder wegen ihrer Abstammung nicht ganz nach oben kommen könnten.« Elena legte sich die Hand an die Brust. »Ich habe solches Mitgefühl mit diesen Frauen und bin heilfroh, dass Luka solche Probleme nie haben wird. Das ist der Vorteil, wenn man sich seinen Partner innerhalb der eigenen Gruppe sucht. Die daraus hervorgehenden Kinder sind in sich einheitlicher.«

»Ich hoffe, du meinst nicht das, was ich glaube«, sagte Keru.

»Natürlich meine ich das, was ich meine«, sagte Elena. »Ich habe mit vielen Frauen wie du gesprochen. Sie sagen alle dasselbe, und deshalb wollen du und Nate vermutlich Dinkys bleiben.«

»Ich kann dir versichern, dass du nicht das gemeint haben kannst, was du meinst.«

»Ach«, sagte Elena und ließ den Blick von Keru zu Nate und schließlich hilfesuchend zu ihrem Mann wandern. »Habe ich mich nicht klar genug ausgedrückt oder habe ich etwas Falsches gesagt?«

Mircea bemerkte mit jovialem, überschwänglichem Ton, dass seine Frau gelegentlich zu direkt sei, sie wolle damit nur sagen, dass es in Amerika grundsätzlich nicht nachhaltig sei, Kinder großzuziehen, egal welche. Sogar innerhalb eines Jahres sei ihnen das aufgefallen. »Die Bevölkerung ist zu gemischt«, sagte er, einen senftriefenden, halb gegessenen Burger in der Hand. »Es ist unmöglich, alle glücklich zu machen, und es ist nicht gesund, wenn Kinder Erwachsenenthemen ausgesetzt sind. Abstammung, Privilegien, Klasse, das kommt alles später. Kinder sollten noch Kinder sein dürfen.« Obwohl er die Sicherheit für das größte Problem der amerikanischen Schulen halte.

»Genau«, stimmte Elena zu, als wäre es ihr die ganze Zeit

um nichts anderes gegangen. »Ihr habt ein Riesenproblem. Luka musste letzten Monat die ersten Sicherheitsübungen zum Schutz vor bewaffneten Angriffen absolvieren und man hat es uns als Eltern überlassen, ihm zu erklären, warum. Bewaffnet die Lehrkräfte, bewaffnet die Kinder. Völliger Wahnsinn.«

»Mit ›ihr‹ meinen wir natürlich nicht euch persönlich«, sagte Mircea zu Nate. »Wir meinen euch allgemein.«

»Aber wenn ihr Kinder habt, versteht ihr das besser«, sagte Elena, die das »ihr« dabei wieder persönlich meinte. »Wir empfehlen euch, sie woanders aufwachsen zu lassen.«

»Kommt nach Europa!«, rief Mircea beschwingt.

»Ja, kommt nach Europa«, rief Elena, ähnlich beschwingt. »Dort herrscht genau das richtige Gleichgewicht zwischen Osten und Westen. Geografisch in der Mitte. Die Leute sind zufriedener. Und es gibt kein Problem mit verschiedenen Ethnien.«

»Keine Chance«, sagte Nate.

»Wieso nicht?«, fragte Elena. »Ihr geht in den vorzeitigen Ruhestand und baut euch ein neues Zuhause auf.«

»Wir haben bereits ein Zuhause«, sagte Keru, woraufhin es Nate gleich besser ging.

Elena schob sich seufzend ein paar Haarsträhnen aus dem Gesicht. »Wie ich sehe, habe ich dich beleidigt. Das war nicht meine Absicht.«

»Ich bin nicht beleidigt, Elena.«

»Aber sicher bist du das.«

»Ich bin verärgert und ein wenig überrascht, aber du darfst bitte nicht glauben, dass ich beleidigt bin.«

Die Frauen wandten sich voneinander ab, und Keru fragte Nate, wie spät es sei. Ohne nachzuschauen, antwortete Nate »Spät« und schlug vor, aufzuräumen. Mircea stimmte zu, aber keiner stand auf, um die Teller von Speiseresten zu reinigen und zu stapeln, niemand rührte sich vom Fleck. Stattdessen rief Elena ihren Sohn, der schnurstracks angerannt kam, gefolgt von Mantou. Lucians Hose war von den Knien abwärts mit Schmutz bedeckt. Der einst hellgrüne Cordstoff war nun schwarz verschmiert. Auf Englisch fragte Elena ihn, was passiert sei. »Bist du hingefallen?«

Lucian verneinte.

»Hast du versucht, auf den Hund zu klettern und bist runtergefallen?«

Lucian verneinte.

»Sag die Wahrheit.«

Er gestand, dass er in der Erde gegraben habe.

»Aber warum?«, wollte Elena wissen, während sie dem Jungen laut und kräftig die Hosenbeine abklopfte. »Du bist doch kein Hund, Luka. Du gräbst nicht in der Erde. Hunde graben, weil sie schmutzig sind, aber du bist ein kleiner Junge und nicht schmutzig. Du bist rein.«

Das Wort »rein« betonte sie besonders – ihr reines, einheitliches, dreisprachiges Kind –, und als dieses Kind zu weinen begann, nahm sie es auf den Arm und verkündete, sie würden jetzt reingehen.

»Ich helfe euch abräumen«, sagte Mircea.

»Und dann kommst du rein«, sagte Elena.

»*Da*«, sagte Mircea nickend. »*Da, da, da.*«

Lucian wand sich in den Armen seiner Mutter, und nachdem sie ihn nicht losließ, begann er zu schreien. Im Gehen schrie Elena Nate an, er solle seinen Hund an die Leine nehmen. Sie wolle nicht, dass Mantou ihnen in den Bungalow folge oder Lucian zu weiterem Protest ermutige. Statt an der Leine hielt Nate den Hund am Halsband fest. Kaum waren Elena und Lucian außer Sichtweite, ließ er Mantou wieder frei.

Keru, Nate und Mircea räumten weitgehend schweigend auf. Sie teilten die Reste auf und falteten die Handtücher zusammen. Mircea blieb länger, als es nötig gewesen wäre, und als der Pavillon schließlich blitzblank und nichts mehr zu putzen war, entschuldigte sich Keru bei Mircea für das, was da auch immer schiefgelaufen war, und bat ihn, dies auch Elena auszurichten. Das alles war ziemlich untypisch für Keru, diese Entschuldigung, dieses Zukreuzekriechen, und Nate verfolgte es mit gemischten Gefühlen, vor allem aber mit Betroffenheit.

Mircea stand breitbeinig da, die Hände in die Hüfte gestemmt. »Du brauchst dich nicht zu entschuldigen. Ehrlich gesagt wäre es besser, wenn du es lassen würdest. Sich zu entschuldigen bedeutet, zuzugeben, dass man etwas falsch gemacht hat, und das hast du nicht.«

Keru fragte, ob man sich am folgenden Tag wiedersehen werde. Vielleicht könnte man endlich gemeinsam an den See gehen.

Mircea sagte, sie würden morgen abreisen.

»Dann zum Frühstück«, schlug Keru vor.

Mircea erklärte, sie wollten schon früh aufbrechen, um rechtzeitig wieder in Postleitzahl 11217 einzutreffen, einer der besten Kumpel von Lucian halte ein »Geburtstagsspektakel« ab. »So viele Geburtstagspartys, und der ganze Aufwand, den die Eltern betreiben. Das ist ...« Mircea ließ den Zeigefinger vor seinem Ohr kreisen.

»Ich hab gehört, Kinderschminken ist sehr beliebt«, sagte Keru.

Mircea sagte, das könne man wenigstens hinterher wieder abwaschen, aber die Ballons würden ihm richtig auf die Nerven gehen. »Was soll man hinterher mit denen anstellen? Wenn ich einen zersteche, fängt Lucian an zu weinen.«

Als Keru anbot, bei Sonnenaufgang aufzustehen, damit sie zusammen frühstücken könnten, schritt Nate ein und wünschte Mircea eine sichere Heimfahrt.

»Euch auch«, sagte er, schon im Aufbruch begriffen, mit einer letzten Ghettofaust. »Es war wirklich nett, euch kennenzulernen. Viel Glück.«

Unter anderen Umständen hätten sie vielleicht Nummern getauscht und vorgeschlagen, sich in der Stadt zu treffen. Vielleicht hätten sie sogar auf dem Handy ein paar Nachrichten ausgetauscht und sich einmal verabredet, aber vermutlich kein zweites Mal.

Am Sonntag reisten ihre Nachbarn ohne ein weiteres Wort des Abschieds ab, und am Montag, dem Beginn ihrer zweiten Woche in der Bungalowanlage, fuhren Keru und Nate zum Mittagessen in die Stadt. Diesmal nahmen sie Mantou mit und hatten sich im Vorfeld telefonisch beim Café erkundigt, ob es einen getrennten Außenbereich gebe. Dort war man außerordentlich hundefreundlich, man wies ihnen einen Platz auf der Terrasse zu und stellte ihnen wegen des kühlen Wetters einen Heizpilz raus.

Gegenüber vom Café befand sich ein trister chinesischer Imbiss, wie er in jedem kleinen Ort zu finden war, ein einfacher Laden mit einem Namen wie Goldener Drache oder Bambusgarten oder Bambusdrache oder Goldener Garten, wie bei allen chinesischen Imbissen in roten Lettern gestaltet, die sich von der schmuddeligen weißen Hauswand absetzten. Keru mied den Anblick solcher Etablissements wie auch den Gedanken an diejenigen, die da drin schufteten. Doch von der beheizten Terrasse aus hatte sie einen unverstellten Blick auf diese Fassade, daher fiel es ihr sehr schwer, sich nicht vorzustellen, dass sie, wären die Würfel anders gefallen, jetzt da drüben gerade Lo Mein braten würde statt mit Nate Urlaub zu machen. Unter dem Heizpilz waren ihre Gesichter gerötet. Mantou hatte sich neben den Tisch gelegt, und während sie auf die Bedienung warteten, fütterte Nate sie mit Häppchen aus dem Brotkorb.

»Das ist einfaches Weißbrot«, sagte Nate, der Keru das Missfallen darüber an der Miene ablas.

»Aber man kann nie wissen, was da sonst noch drin ist«, entgegnete sie. »Spuren von Nüssen, Zwiebeln und Knoblauch sind giftig.«

»Du musst das jetzt nicht am Brot auslassen«, sagte Nate.

Für einen Montag war das Café erstaunlich gut besucht. Viele leger gekleidete weiße Familien saßen drinnen auf den rustikalen Holzstühlen. Der chinesische Imbiss hingegen wirkte leer. Niemand kam oder ging, und Keru hatte ein schlechtes Gewissen, weil sie nicht da drüben saß und nicht riesige Mengen fettiges Essen bestellte, Gerichte, die, da war man sich hierzulande einig, landestypisch waren für ihr Volk.

Keru fragte Nate, ob er der Ansicht war, sie führten ein dümmliches Dinky-Leben, worauf er nur erwiderte: »Nicht schon wieder«, gefolgt von »Tun wir nicht.«

»Aber wieso, glaubst du, hat sie uns so genannt?«

»Weil Leute wie sie andere Menschen herabsetzen müssen.«

Keru straffte die Schultern. »Solche Leute waren sie doch gar nicht.«

»Genau das ist passiert«, beharrte er. »Sie hat uns verurteilt.«

»Ich habe überreagiert, das ist passiert.«

»*Sie* hat überreagiert, und du hättest dich wirklich nicht entschuldigen sollen.«

»Wollte ich aber.«

»Damit ermutigst du nur ungehobeltes Verhalten, du ermutigst jemanden wie sie zu glauben, dass sie recht hat.«

»Ich glaube, es lag am Wort ›einheitlich‹«, sagte Keru, während sie ihre Papierserviette zerriss und die Fetzen in weiße Kügelchen rollte. »Als ich das gehört hab, bin ich hochgegangen. Aber ich glaube nicht, dass sie *einheitlich* im Sinne von *rein* gemeint hat, also wie *reinrassig*. Ich glaube, sie meinte es nicht so sehr im existenziellen Sinn, und das ist doch positiv. Ich wünschte, ich wäre *einheitlicher*.«

Nate wartete mit der Antwort, bis die Kellnerin ihnen die Sandwiches serviert hatte.

»Ich würde gar nicht so viel auf sie geben. Sie hätte das nicht zu uns sagen sollen. Vieles hätte sie nicht sagen sollen. Ich mochte weder sie noch ihn. Offen gestanden finde ich, die Zeit mit ihnen war reine Verschwendung.«

Keru hielt die Antwort ihres Mannes für extrem.

»Nicht extrem«, sagte er. »Angemessen.«

Die Sandwiches waren ordentlich aufgetürmt, aber Keru hatte keinen Appetit mehr. Wie sinnlos Urlaubmachen war. An einem neuen Ort zu sein mit neuen Straßen, Häusern und Menschen. Sich vorübergehend neue Angewohnheiten zuzulegen, angefangen davon, sich Wildfremden vorzustellen, bis zum Zwang, ein gutes Restaurant zu finden. Ohne die übliche Routine war sogar das Streiten um Kleinigkeiten anders. Was bei Keru die Frage aufwarf, warum sie in den Urlaub fuhr, obwohl sie keine Freude daran hatte.

»Du hättest weniger zynisch sein können«, sagte sie.

»Erwachsene müssen sich um Freundschaften bemühen«, sagte sie.

»Du klingst wie meine Mutter«, sagte er.

Nach dieser Aussage wandte Keru sich von ihm ab, woraufhin er sich sofort entschuldigte. In sanfterem Ton sagte er: »Hey, hör auf. Bitte. Wir haben Freunde, eine Menge.«

»Aber ist dir schon mal aufgefallen, dass sie uns nicht mehr zu Unternehmungen einladen?«, fragte sie.

»Sie laden uns nicht zu Kinderunternehmungen ein, weil wir keine Kinder haben«, sagte er.

»Ich wäre aber gern trotzdem eingeladen.«

»Tja, blöd gelaufen.«

»Sie laden uns nicht ein, weil sie denken, ach, schau, da kommen diese Dinkys schon wieder. Über was soll man sich bloß mit einem Dinky unterhalten.«

Nate sagte, er wünschte, er hätte das Wort nie gehört, und sie sagte, es werde ihr schwerfallen, es wieder zu vergessen.

»In Wahrheit sind Leute mit Kindern nur neidisch auf uns«, sagte Nate.

»Das stimmt überhaupt nicht«, sagte Keru.

Aber ihr Mann beharrte auf diesem Irrglauben und seiner Theorie. Dabei brachte er Argumente vor, die Keru so noch nie von ihm gehört hatte. Geteiltes Leid ist halbes Leid, und Leute mit Kindern wollen, dass es Kinderlosen genauso mies geht wie ihnen. Die meisten Leute kriegen vor allem deswegen Kinder, weil sie glauben, dass sie es sollten. Kinderkriegen ist die Norm, die Krönung deiner menschlichen Existenz, und niemand möchte gern abgehängt werden. Aber sobald du Kinder in die Welt gesetzt hast, kannst du sie nicht wieder zurückschicken, und selbst wenn du deine Entscheidung bedauerst, was natürlich niemand tut, trägst du die Botschaft weiter, machst mit bei der Gehirnwäsche und gaukelst den traurigen kinderlosen Teufeln in deinem Umkreis vor, sie müssten es dir unbedingt gleichtun. Ein Abenteuer, das man nicht verpassen sollte. Der beste Job der Welt. Aber eigentlich willst du nur, dass sie rüberkommen auf die dunkle Seite, diesen emotionalen Shitstorm erleben, sich der Norm unterwerfen oder als kaputte Menschen gelten, denen was fehlt und die von allen ausgegrenzt werden, obwohl es doch in Wahrheit so ist, dass man nicht jede Erfahrung machen muss. Sich das Ohr abschneiden ist eine Erfahrung. Koksen auch.

»Und von der Überbevölkerung will ich gar nicht anfangen«, fügte er hinzu. Schwindende Ressourcen. Eine unsichere Zukunft. »Ich will einfach sterben und damit hat es sich«, sagte er. »Ich will mich nicht um meinen Nachwuchs sorgen.«

»Okay«, sagte Keru vorsichtig. »Aber vielleicht sollten wir uns vorher bemühen, Kinder von Koks zu trennen.«

»Das war nur ein Beispiel«, sagte er.

»Ein sehr extremes Beispiel.«

»Ein angemessenes Beispiel.« Dann sagte er, es sei ihm völlig egal, was andere Leute von ihm dachten, worauf sie mit ähnlicher Betonung erwiderte: »Aber mir vielleicht nicht.«

»Dann schaffen wir uns gleich morgen Kinder an.«

»Das habe ich nicht gesagt.«

Während er sein Sandwich gegessen hatte, hatte sie an ihrem nur herumgezupft. Sie vermisste ihre Arbeit, wo die Leute auch vogelwilde Theorien aufstellten, aber wenigstens ging es dabei um den Job. Auf der Arbeit wusste sie, was zu tun war, wie sie Probleme lösen konnte. Wenn sie rund um die Uhr Abgabetermine hatte, war sie tatsächlich entspannter als in einer Situation wie dieser, wenn sie ihrem Gegenüber erklären musste, dass sie Wert legte auf den Unterschied zwischen Kindern und Kokain. Die Kellnerin kam, um ihnen das Wasser aufzufüllen und Kerus Sandwich in einer biologisch abbaubaren Schachtel zu verpacken. Dafür war dieses hundefreundliche Café bekannt. Regionale Lebensmittel. Biologisch abbaubare Verpackungen und Teller mit Makeln aus pulverisiertem Recycling-Glas.

»Geht es hier um deinen Vierzigsten?«, fragte Nate, als die Kellnerin wieder abgezogen war. »Du willst, dass ich alle einlade, dich überrasche, kein Problem, mach ich gern. Aber wenn ich hinter deinem Rücken eine Party organisiere, findest du hinterher sicher irgendwas zu meckern und lässt es mich wissen.«

Keru starrte auf den leeren Fleck auf dem Tisch, wo zuvor der pulverisierte Teller gestanden hatte. Ihre Pupillen waren vergrößert und das Weiße wirkte im Licht des Heizpilzes orangefarben. »Mein Vierzigster ist mir völlig egal. Und auf keinen Fall will ich eine Party.«

»Aber sicher willst du die. Gibs doch einfach zu.«

Keru beugte sich vor und vergrub ihr Gesicht in den Händen. Aus dieser Position heraus murmelte sie gedämpft zwischen ihren Fingern hindurch: »Mein Vierzigster geht mir ganz ehrlich am Arsch vorbei, Nate. Ich würde mir nur wünschen, dass du ein kleines, nur ganz winziges bisschen kooperativer wärst.«

Er wischte sich mit der Serviette den Mund ab. Dann legte er sie, auseinandergefaltet, wieder in seinen Schoß. »Ich habe dem Typen geschlagene vier Mal die Ghettofaust gegeben.« Er zählte es an den Fingern ab. »Ein, zwei, drei, vier Mal. Ich weiß also nicht, wie viel kooperativer ich deiner Meinung nach hätte sein können.«

Nach dem Mittagessen standen sie vor dem Café und diskutierten, ob sie durch den Ort spazieren oder zurück zum Auto sollten. Keru wollte zurück, Nate wollte spazieren gehen. Er bot ihr seine Hand an, die sie ignorierte, aber er zog sie nicht weg, hielt sie ihr offen hin, leer, bis sie sie schließlich doch nahm, und so gingen sie wieder nebeneinander her, ihr Hund vor ihnen.

Der Rest des Ortes bestand nur aus einer Straße, an der sich außer dem Café noch eine Reihe piekfeiner Geschäfte befanden, die allesamt eine bestimmte Klientel bedienten. Sie betraten eine mit Bergamotte beduftete Boutique, in der Strandlaken aus Frankreich für hundert Dollar verkauft wurden, danach gingen sie in einen Laden, der sich auf Reinigungsbürsten aus Deutschland spezialisiert hatte. Keru nahm eine dieser Bürsten, igelförmig, mit Kunststoffborsten, genauer in Augenschein und fragte den Ladenbesitzer, wofür sie genau gedacht sei. »Kann man für alles verwenden«, sagte der Besitzer, und als er ihren Hirtenhund bemerkte, fügte er hinzu: »Am besten eignet sie sich für die Entfernung von Hundehaaren auf einem feinen Wollmantel.« Feine Wollmäntel gabs in der Boutique gegenüber, und direkt daneben war eine Kunstgalerie, an nur zwei Tagen die Woche geöffnet, Termine nach Vereinbarung.

Auf dem Rückweg hielt Keru vor dem chinesischen Imbiss. Täglich zwölf Stunden geöffnet, sieben Tage die Woche, auch an Sonn- und Feiertagen. Kurz überkam sie der Impuls, da reinzumarschieren und es ihnen zu sagen. Wir, die chinesische Diaspora, sollten weniger arbeiten und mehr Kunstgalerien eröffnen.

Am Dienstag kamen Männer mit Werkzeuggürteln, um die Regenrinne zu reparieren. Sie stellten eine Leiter auf und erklärten, die Arbeit sei innerhalb der nächsten Stunde erledigt. Nate schaute von draußen zu, Mantou saß zu seinen Füßen. Keru hatte die sechs Kissen wieder aufs Sofa drapiert und saß unbequem aufgerichtet irgendwo dazwischen. Sie hatte den Laptop aufgeklappt, um Mails von der Arbeit zu beantworten, aber auch, um Kreditkartenrechnungen zu begleichen, die Miete zu überweisen und Geld an Nates Mutter. Weil ihre Schwiegermutter nicht arbeitete, überwiesen sie ihr monatlich einen Betrag für alles, was von der Sozialhilfe und Rente nicht abgedeckt wurde. Zuerst war Nates Mutter entsetzt gewesen über diesen Vorschlag – sie würde kein Geld von ihnen annehmen, besonders nicht von ihrem eigenen Sohn –, aber das Entsetzen hatte nach zwei Monaten nachgelassen.

Während über ihr gehämmert und gebohrt wurde, tippte Keru Überweisungssummen und TANs ein. Sie wartete aufs Laden der Bestätigungsseite.

Im vergangenen Jahr hatte Keru dreiundzwanzig Flüge absolviert, JFK, O'Hare, Minneapolis-St. Paul, zurück nach O'Hare, dann JFK, dann O'Hare, Minneapolis-St. Paul, manchmal direkt nach JFK oder LaGuardia oder Newark, manchmal zurück nach O'Hare dann JFK, dann O'Hare. Über Highways zu den Flughäfen. Von Flughäfen zu anderen Flughäfen. Von JFK zu ihrem Apartment. Von O'Hare zu einem Hotel. Von Minneapolis-St. Paul zur Autovermietung zu ihren Eltern. Mehr bekam Keru nicht zu sehen. Zuerst war sie immer Economy geflogen, aber um ihren Hass aufs Fliegen, Flughäfen und die Warterei zu besänftigen, flog sie mittlerweile entweder Business oder First Class. Damit sammelte sie Punkte oder Meilen oder so was, und jedes Jahr an ihrem Geburtstag schickte ihr die Airline, der sie am treuesten gewesen war, bei der sie die meisten Punkte gesammelt hatte, ein mickriges Geschenk.

Im vergangenen Jahr hatte Keru wegen der gesundheitlichen Probleme ihrer Mutter Angst bekommen. Was würde in zehn, zwanzig Jahren aus ihren Eltern werden? Was würde passieren, wenn beide dauerhafte Verfallserscheinungen zeigten? Ihre Eltern vertrauten weder auf Hilfskräfte noch würden sie einen Umzug in ein Heim akzeptieren, und wenn einer von ihnen zum Arzt musste, kam Keru mit, per FaceTime, egal, was sie sonst gerade zu tun hatte. Stellvertretend für ihre Eltern hatte Keru schon mit vielen Ärzten gesprochen, hatte hin- und hergedolmetscht, Wörter wie »Reflux«, aber auch ganze Sätze wie: »Herr Doktor, ich habe ein Kratzen im Hals, und immer wenn ich scharf gewürzte Kartoffelchips esse, fühlt es sich an, als würde ich Reißzwecken schlucken.« Die Krebs-Fehldiagnose hatte ihre Mutter dermaßen beeindruckt, dass sie sich Sorgen um ihre Ernährung machte. Auf einigen Blogs hatte sie gelesen, dass die asiatische Ernährungsweise mit fermentiertem Gemüse ein hohes Risiko für allerlei Erkrankungen berge, und weil der asiatische Speiseplan keinerlei Milchprodukte beinhalte, seien die Knochen asiatischer Menschen erheblich anfälliger für Brüche. Ihr Vater hatte den Arzt gefragt, wie sie ohne Krebs und Osteoporose hundert Jahre alt werden könnten, sollten sie dieses Gemüse nicht mehr essen und ab jetzt nur noch Käse? Der Arzt äußerte Wörter wie »Energiehaushalt«, die Keru auf FaceTime googelte und dann übersetzte. Er bat Keru außerdem, ihren Eltern zu erklären, dass ein maßvoller Verzehr von eingelegtem Gemüse sinnvoll sei, er esse selbst gerne Eingelegtes.

Wenn es beide Elternteile bis Hundert schaffen würden, wäre Keru über siebzig. Sie hätte ihre eigenen Ärzte und Untersuchungen zu managen. Womöglich wäre sie sogar senil.

»Irgendwann müssen sie eine Pflegekraft engagieren«, hatte Nate gesagt.

»Diese Person müsste Mandarin sprechen.«

»Da gibt's doch genug.«

»Sie müsste mit allen Schrullen meiner Eltern klarkommen.«

»Das gehört zum Job.«

Aber mit siebzig könnte Keru sich vielleicht schon klonen oder sich eine KI-Kopie machen lassen.

»Irgendwann *werden* sie eine Hilfe engagieren«, sagte Nate, seiner Sache sehr sicher, denn auch seine Großeltern hatten verschiedene Pflegekräfte angestellt, wie es eine typische amerikanische Familie eben tat.

War Kerus Familie typisch? Im Alter tendierten ihre Eltern zunehmend zum Atypischen. Zunächst einmal waren sie zu Einsiedlern geworden und machten nur noch zweimal pro Jahr Ausflüge mit dem Auto. Den ersten an den Lake Superior, um aus sicherer Entfernung das Ufer zu bewundern. Den zweiten in einen Nationalpark, um Nahaufnahmen vom Laub zu machen. Die restlichen Monate des Jahres verbrachten sie in ihrem Eigenheim im Vorort und schauten chinesische Filme und kochten Chinesisch und telefonierten mit ihren Verwandten in China. Sie schwärmten ihnen vor, wie viel Platz sie in St. Cloud hätten und wie ausgesprochen preiswert die Avocados seien. Kerus Eltern hatten nicht vor, diese Verwandten je wiederzusehen. Sie zogen in Betracht, China nie wieder zu besuchen. Die paar chinesischen Freunde, die sie in ihrer Gegend gehabt hatten, waren gen Süden nach Florida gezogen, wohin sie auch nicht wollten, es gebe dort überall Irre und Mücken. So also konnte das Ende der Immigration aussehen. Sesshaft, halbwegs integriert und isoliert im eigenen Heim in der Vorstadt. Wenn Keru in St. Cloud war, machte sie abwegige Vorschläge, man könnte doch rausgehen und was unternehmen. Sie war sogar offen für den Besuch eines Drive-In-Restaurants. Kerus Vater aber schüttelte den Kopf, es gebe überall Irre. Früher meinte Kerus Vater mit Irren eine Randgruppe von US-Bürgern, aber jetzt bezog er sich auf fast alle, die Rebellen, Anarchisten, Mavericks, die Jungen und Hemmungslosen, die Cowboys, Boomer, Hippies, Hipster, Yuppis, Überchristen (Evangelikale, korrigierte Keru ihn), die am rechten Flügel, am linken Flügel und in der Mitte (»Ich hab keinen Flügel«, sagte er zu jedem. »Ich bin doch kein Vogel.«). Aber waren sie und ihre Eltern denn nicht auch US-Bürger? Waren sie also irre, weil sie die Staatsbürgerschaft angenommen hatten?

Keru wurde oft in diese Telefonate mit chinesischen Verwandten verwickelt, denn die verlangten, mit Keru zu sprechen, die sie seit ihrer Hochzeit nicht mehr zu sehen bekommen hatten. Sie fragten sie, wie es ihr gehe, wie alt sie jetzt sei, und weil Keru in ihrer Vorstellung immer noch als Frischvermählte galt, gingen sie ohne weitere Umschweife zu resignierten Bemerkungen über, beispielsweise: »Also kriegst du tatsächlich keine Kinder.« »All die Entbehrungen, die deine Eltern auf sich genommen haben, damit du in den USA aufwachsen konntest, und nichts davon gibst du weiter. Kein Kind, das in den USA geboren wird. Was hält dein amerikanischer Mann denn davon? Was halten seine Eltern von dir?«

Obwohl sich Keru gegen Kinder entschieden hatte, durchlief sie nach diesen Unterhaltungen immer wieder ein Wechselbad der Gefühle.

Wenn sie die Familie nicht weiterführte, wer sonst?

Aber hatte sie es sich ausgesucht, das einzige Kind ihrer Eltern zu sein?

Nein, das hatte der Vorsitzende Mao verbockt, denn nachdem sie ausgewandert waren, hatten diese ersten Jahre der Unsicherheit ihrer Mutter so das Hirn verdreht, dass sie kein zweites Kind mehr aufziehen konnte.

Da war Furcht vor dem, was die Schwiegereltern ohnehin schon dachten – unser Sohn hat eine geheiratet, die anders ist. Da kann sie wenigstens Enkel produzieren.

Furcht vor dem, was ihr Mann im tiefsten Inneren dachte, aber nie aussprach. Traditionell galten Kinder als Beziehungskitt, sie hielten Paare zusammen.

Sie schuldete niemandem etwas.

Außer ihren Eltern, die sie ernährt, gekleidet und nicht zurückgelassen hatten.

»Komm zurück nach China«, sagte eine Verwandte, »wo unsere herrliche Regierung Frauen jetzt dazu ermutigt, drei Kinder zu bekommen.«

Wenn sie nicht gerade ihrer Mutter half oder Reproduktionsanfragen beantwortete, ließ Keru Onlinemeetings über sich ergehen und sah ihrem strohbehuteten Vater durchs Fenster des Arbeitszimmers dabei zu, wie er ein Gartenwerkzeug durch ein anderes ersetzte. Gegen späteren Nachmittag trug er eine Plastikschüssel mit Gemüse ins Haus, das gewaschen, geschnippelt und fürs Abendessen in der Pfanne angeschwitzt wurde. Kerus Vater hatte genug angebaut, dass sie in den Sommermonaten kein Gemüse aus dem Supermarkt zu kaufen brauchten. Sein Garten und dessen Kapazität, die Familie zu ernähren, war sein ganzer Stolz. Warum sollte ich für Bio-Gemüse bezahlen, wenn ich Bio-Gemüse im Garten habe? Dass ihr Vater ausgewandert war, um dem Ackern zu entfliehen, aber jetzt aus Spaß das Land beackerte, war der Sinn und Zweck des Auswanderns, nämlich selbst zu bestimmen, wann und wo man ackerte. Der landwirtschaftliche Betrieb seines Vaters war alles andere als idyllisch gewesen. Nicht wie die Alpakafarmen in den Catskills, voller Apfelmost-Donuts und heimeliger handgewebter Farmprodukte. Auf dem Hof seines Vaters hatte es kein fließendes Wasser gegeben, keinen Strom und keine landwirtschaftlichen Maschinen. Wasser musste in Holzeimern aus dem Fluss herangeschleppt werden. Die Aussaat und Ernte wurde von Hand erledigt. Wenn die Ernte eines Jahres mager ausfiel, musste sich die ganze Familie das Essen vom Mund absparen, und pro Dorf starb mindestens ein Kind. Anfang der Nullerjahre beschlagnahmte die chinesische Regierung das Land für den Bau von Schnellstraßen, die

Dorfbewohner erhielten dafür eine staatlich subventionierte Wohnung, in der Kerus Großeltern mütterlicherseits bis zu ihrem Tod lebten. Auf Nimmerwiedersehen, beschissener Hof, dachte ihr Vater, bis er im Ruhestand auf einmal seiner Jugend nachtrauerte, seinen Eltern, seinen Geschwistern und vermutlich auch seiner Heimat. Jetzt war der Garten hinterm Haus in Rechtecke aufgeteilt. Genauso sieht das chinesische Schriftzeichen für *Acker* aus: 田.

Den größten Stolz empfand Keru in Bezug auf ihre Arbeit, ihre Karriere, aber sie redete lieber nicht zu viel darüber, aus Angst, zum Klischee zu werden. Sie wurde respektiert, von ihrem Team und den ihr unterstellten Mitarbeitern. Die Kanzlei war außergewöhnlich erfolgreich. Ihr Büro in Chicago ging zum Chicago River. Ihr Büro in New York zum Hudson.

Und sie hatte schon jetzt zu viel gesagt. Jedes ihrer Büros hatte ergonomische Möbel und integrierte Deckenleuchten. In beiden Städten brauchte sie zum Betreten ihres Büros eine Schlüsselkarte, der Touchscreen-Lift zu ihrer Etage erforderte dieselbe Karte, die man ebenfalls benötigte, wenn man zwecks Toilettenbesuchs den mit Quarzstein ausgekleideten Empfang durchqueren wollte, sodass sie sich während der Arbeitszeit nicht trennen konnte von der Plastikkarte mit dem Magnetchip, die ihr professionelles Ich mit ihrem profitorientierten Unternehmen verband.

Keru hatte sich vorgenommen, Geld zu verdienen, und genau das auch getan, doch sie hatte zunehmend den Eindruck, dass Nate sie wegen dieses Geldes verachtete, obwohl ebenjenes Geld sowohl sie als auch seine Mutter unterstützte. Geld war ihr Schutzschild, die Einheit, in der sie ihren Wert berechnete, und weil sie nicht willens war, keines mehr zu verdienen, wägte Keru ab, wie viel Verachtung sie ertragen konnte.

Einmal waren sie mit ihren Freunden ausgegangen, die

wie Nate in der Lehre tätig waren, und hatten sich, wie Keru glaubte, recht gut amüsiert, bis einer dieser Freunde sagte, Gott sei Dank arbeite seine Frau als Kardiologin an einer Privatklinik, denn wenn sie sich nur auf sein Gehalt verlassen würden, müssten sie rausziehen nach Wyoming. Seine Frau, die Kardiologin, war nicht dabei gewesen. Sie hatte Dienst in der Privatklinik. Darauf folgten eine Reihe scherzhafter Kommentare, wie es so war mit Partnern, und insbesondere Partnerinnen, die mehr verdienten. »Wir sind gar nicht so herrisch, wie ihr denkt«, sagte die einzige andere Ehefrau in der Runde, eine Anwältin. Worauf Nate hinzufügte, der Umstand, dass Keru die Brotverdienerin sei, sei eine ganz neue Erfahrung gewesen und habe ihm die heiß begehrte Rolle des Hausmannes nahegebracht. Bei Erwähnung des Hausmannes brachen alle in Gelächter aus, einschließlich Keru, obwohl dieser Ausdruck falscher Bescheidenheit ihr irgendwie nicht mehr aus dem Kopf ging. Denn der Tenor lautete, wer will schon einen Ehemann, der das Haus hütet, während die Frau das Brot verdient?

Eine Unterhaltung, Diskussion, Auseinandersetzung, die sie immer wieder durchkauten, verlief wie folgt:

»Dir ist Geld doch viel wichtiger als mir«, behauptete er.

»Irgendjemand muss ja ans Geld denken«, sagte sie.

»Aber manchmal glaube ich, du findest, dass ich mich nicht genug darum schere.«

Genau, dachte Keru, sagte aber Nein.

»Geld ist nicht alles«, sagte er.

»Das ist eine Meinung.«

»Es gibt andere Aspekte, die eine Arbeit erfüllend machen.«

Ach ja, Ideale. Und obwohl sie verärgert war, trieb Keru diese Auseinandersetzungen nie auf die Spitze, denn wozu sollte sie das tun, was man ihr angetan hatte, und einem anderen Menschen seine Ideale nehmen? Dennoch standen sich Ideal und Realität oft diametral gegenüber, und sie erlebte gerade mit, wie ihr Ehemann auf dem harten Boden der Tatsachen aufschlug. Seit der Grundschule hatte Nate von einer Verbeamtung als Professor gesprochen wie von einer fernen glühenden Kugel, die ihn, wenn er sie nur endlich eingefangen hätte, immer wärmen würde. Alle um ihn herum sprachen von jener Kugel, seine Kollegen, Mentorinnen und diejenigen, die sie schon vor langer Zeit ergattert hatten und jetzt emeritiert waren. Dieses Eifern nach der Kugel hatte ihn motiviert. Er hatte publiziert und gelehrt und gelehrt. Arbeitsstunden, zusätzliche Arbeitsstunden, holt sie euch hier! Abgesehen von den Ansichten einer kleinen Anzahl indiskutabler Studierender hatte er als Dozent glänzende Bewertungen. Er betreute mehr Ratsuchende, Studierende der Summer School und Dissertationen als nötig. Aber nachdem er das Ziel erreicht hatte, war auf einmal die Luft raus gewesen und monatelang hatte er Keru gegenüber nicht mehr von seinen Seminaren oder seiner Forschung gesprochen, sondern vom Leck in der Decke seines Büros, das der Hausmeister mit erhöhter Luftfeuchtigkeit wegerklärt und mithilfe eines schwarzen Müllsacks geflickt hatte, mit Paketband an die Decke geklebt. Als dieser Sack riss, ergossen sich mehrere Liter Luftfeuchtigkeit auf den Boden, was einen Alarm auslöste, der einen verärgerten Anruf von der Arbeitssicherheit zur Folge hatte und deren Frage, wann, wenn möglich umgehend, Nate sich einfinden würde, um die Sauerei aufzuwischen. Keru war an jenem Wochenende zu Hause, also fanden sie sich beide zum Wischen ein, und zwar umgehend. Nates Büro lag am Ende eines düsteren Flurs. Das Zimmer war fensterlos, und obwohl Keru ihn bereits ein paarmal im Büro besucht hatte, war ihr nie aufgefallen, wie trostlos es war.

»Du solltest zumindest um einen Raum mit Fenster bitten«, sagte sie. »Beamte verdienen eine bessere Aussicht.«

Er erklärte, dass auf dieser Etage alle Räume fensterlos waren. Die Büros waren nach innen gerichtet, nur die Labore hatten Fenster, wegen der Ventilation. Dieses Fenster in Nates Labor war klein und schmutzig, es ging zum Hof, der eine Menge Potenzial hätte, wenn er nicht mit lauter Sperrmüll zugestellt wäre.

»Wer macht da unten sauber?«, fragte sie.

Nate winkte ab. »Geht sowieso niemand in den Hof. Alle sind in ihren Laboren.«

Wenn Wissenschaftler sagten, sie wären »im Labor« klang das, als redeten sie von der »Gebärmutter«, ein Ort, der zugleich furchterregend und fremdartig war, und den man doch nie verlassen sollte.

»Du könntest versuchen, mit jemandem über den Hof zu sprechen«, sagte Keru.

»Ja, okay«, sagte Nate. »Ich geh jetzt gleich zum Hochschulleiter. Nächste Woche richten sie uns da unten garantiert ein Wasserspiel ein.«

»Muss ja nicht gleich ein Wasserspiel sein«, sagte sie beherrscht. »Aber du bist doch jetzt verbeamtet.«

»Na und?«

»Na, sie sollten mehr auf dich hören.«

Er lachte, während sie todernst vor ihm stand und sich blöd vorkam. Am liebsten hätte sie auf der Stelle den Wischmopp fallen lassen und das Weite gesucht, sollte er sich doch allein um den Dreck kümmern, was er verdient hätte, doch dann schaute sie sich erneut in seinem Büro um – sogar die Glühbirnen waren grau – und besann sich eines Besseren. Die Universitätslehre könnte besser dastehen, die Lehrkräfte könnten zufriedener sein, aber immer, wenn sie darauf zu sprechen kam, entgegnete Nate, im Land gebe es mehr Leute mit Doktortiteln als Büros für sie, von daher könnte sich jeder Akademiker mit beidem, einem eigenen Büro *und* einer Verbeamtung, glücklich schätzen. Nate versicherte ihr auch, dass er nicht unzufrieden sei. »Ich bin überhaupt nicht unzufrieden. Ich liebe meinen Job.« Aber Keru wusste, dass Nate am liebsten Seminarstoff überarbeitete und den Studierenden einen besseren Unterricht bieten wollte. Weniger gern saß er in einem fensterlosen Büro unter einem Müllsack, der sich mit der stetigen Geschwindigkeit einer Sanduhr mit Wasser füllte. Da sie keine andere Möglichkeit gesehen hatten, das Leck abzudichten, hatten sie einen neuen Müllsack an die Decke gehängt, und Nate hatte eine weitere Mail an den Hausmeisterdienst gesendet.

Jetzt schickte Nate ihr von draußen eine Nachricht über die neue Rinne. Sie sehe genauso aus wie die alte, nur glänzender. Er bat sie, auf einen Spaziergang rauszukommen. »Nein, danke«, antwortete sie und bat ihn stattdessen, reinzukommen, ein Drink auf der Terrasse wäre schön. Er schrieb zurück, dass er und Mantou einen Spaziergang machen würden. Er empfahl ihr dringend, mitzukommen.

»Ich habe Mails«, lautete ihre Antwort, und seine: »Dann kümmere dich um deine Mails.« Worauf sie ihr Handy ein gutes Stück weit von sich schleuderte und verfolgte, wie es zweimal hopste, ihre Wut war ein Schalter und sie hatte gelernt, sie ein- und auszuknipsen.

EIN: Ich könnte mein Handy mitnehmen in die Küche und es gegen die Quarzstein-Arbeitsplatte schlagen, bis sich das Display in Konfetti verwandelt hätte.

AUS: Aber Keru, dann müsstest du in den Apple Store und ihnen weismachen, dass dein Handy von einem Auto überfahren wurde.

Also ließ sie das Handy am Boden liegen und beantwortete ihre Mails auf dem Laptop. Als der Rest des Rudels zurückkehrte, wies Nate auf ihr Handy und fragte, ob sie gewusst habe, dass es dort liege. Nein, antwortete sie, habe sie nicht.

Von hier aus zwei Möglichkeiten:

Eine: Der Rest der Woche verläuft identisch. Mahlzeiten. Mails. Zweimal am Tag mit dem Hund Gassi gehen. Nach ihrer Rückkehr in die Stadt fühlen sie sich ausgeruht, erzählen sie den anderen zumindest, aber auch ausgelaugt, was sie für sich behalten.

Eine andere: Die Stille eines friedlichen Morgens wird vom Schotterknirschen eines zu schnell auf den Parkplatz fahrenden, staubigen Autos zerrissen. Nates Handy klingelt, was nie vorkommt. Nur seine Seite der Unterhaltung ist zu hören.

»Hallo?«

»Wo bist du?«

»Moment, wie bitte?«

Nate stellt sich neben Keru ans Fenster und gemeinsam sehen sie einen Mann und eine Frau aus dem staubigen Auto steigen. Nate sagt tonlos ein paar Worte, die Keru nicht ganz versteht. Sie bemerkt aber, dass ihr Mann verängstigt und ratlos wirkt. »Okay, ich bin gleich da«, stammelt er, schlüpft, das Handy noch am Ohr, in seine Schuhe und verlässt das Haus.

Aus der Nähe wirkt der Mann langsam vertrauter, und Keru kommt der Gedanke, wie absurd es wäre, wenn es sich um einen Bekannten handeln würde. Nie wieder würde sie auf Ferienhäuser vertrauen. Ungläubig fragt Keru den leeren Bungalow: »Das ist doch nicht etwa Nates Bruder?« Eine Person, die nach der Beerdigung niemand mehr gesehen hat und deren Aufenthaltsort am besten unbekannt bleiben sollte. Kaum hat der Mann Nate erblickt, legt er sich die Hand wie einen Schutzschirm über die Augen und hebt die andere. Ist diese Geste als Friedenszeichen zu deuten oder hat er auch eine Frage?

Ethan war kleiner als Nathan, aber stämmiger. Seine Schultern waren breiter und seine Arme so dick wie Kerus Oberschenkel. Er hatte eine gebeugte Haltung und streckte den Kopf dabei vor wie eine Schildkröte. Auf beiden Armen hatte er Tattoos, irgendwelche verschlungenen Muster. Ähnlichkeiten: dasselbe bräunliche Haar, dieselbe Stimme, aber offenbar nicht denselben Geruch. Als Ethan eintrat, ging Mantou knurrend und zähnefletschend auf ihn los, was er allerdings nicht persönlich nahm, sondern sich in die Hocke begab, auf Augenhöhe mit dem Hund, und so weit vorbeugte, dass Mantou den Schwanz einzog und Sitz machte. »So ist brav, guter Junge«, sagte Ethan, während er sie streichelte, worauf Keru »Mädchen« sagte. Sie wusste nie, wie sie mit ihrem Schwager umgehen sollte. Besonders unangenehm waren ihr seine Umarmungen. Die kamen immer so schnell, dass ihr keine Zeit blieb, die Hände aus dem Weg zu nehmen. Stattdessen wurden sie gegen Kerus Brust gedrückt und machten ihr das Atmen schwer. Ethan nannte Keru *Little Lady* oder *Girlie*, was sie nachdenklich stimmte. Erstens fragte sie sich, ob ihr Schwager ihren Namen vergessen haben könnte, und zweitens, warum kleine Frauen zwangsläufig in Verniedlichungsformen angesprochen wurden. Aus demselben Grund, aus dem man Hulk Hulk nennen musste?

Die Frau neben Ethan war seine Freundin, ebenjene, die Nates Mutter ihrem Sohn gegenüber erwähnt, von der er aber vergessen hatte, Keru zu erzählen. Sie war athletisch wie Ethan und aus der Nähe betrachtet nicht so jung wie von Keru befürchtet. Ende zwanzig oder Anfang dreißig. Von Kopf bis

Fuß in Fitnessklamotten gekleidet, das blonde Haar zu einem strengen Pferdeschwanz gebunden. Bei der Vorstellungsrunde bedachte sie jeden nacheinander mit einem Nicken und schüttelte ihrem Gegenüber kräftig und fest entschlossen die Hand. »Keru wie Peru«, sagte Keru, und Morgan wiederholte »Keru wie Peru« so ernst, als wäre dies tatsächlich der Name.

Nach dem Händeschütteln fragte Nate Ethan, wie er ohne PIN-Code reingekommen sei, worauf Ethan erklärte, dass das Tor bereits offen gestanden habe. »Nette Vorrichtung, muss ich schon sagen. Sieht recht solide aus.«

Keru bat um Aufklärung. Das Wie und Warum von Ethans Auftauchen. »Verzeihung, aber könnte mir jemand …«, setzte sie an, und mit jedem Wort stieg ihr Puls ein bisschen an.

»Ja, genau«, sagte Ethan, wobei er sich mit beiden Händen über den Nacken strich. Ihre Mutter hatte es kurz erwähnt, aber die Adresse hatte er ganz allein herausgefunden. Er und Morgan hätten den Tag frei. Eigentlich die ganze Woche, es waren Herbstferien. »Wollten eigentlich anrufen, aber das hätte die Überraschung versaut.«

Einander gegenüber im Wohnzimmer aufgestellt wirkten sie wie die Eckpunkte eines Quadrats.

»Na, so ein Zufall«, sagte Keru.

»Wer hätte das gedacht?«, fragte Nate.

»Niemand«, antwortete Keru.

»Und jetzt sind wir hier«, sagte Ethan.

Während Nate ihre Gäste im Bungalow herumführte, öffnete Keru den Kühlschrank, um nachzusehen, welche Erfrischungen sie vorrätig hatten. Auf einer Ablage entdeckte sie einen Salatkopf und zwei Liter Mineralwasser. Auf einer anderen eine halbe Zitrone und ein Glas Erdnussbutter. Als Nate die Schiebetür zur Terrasse öffnete, ließ er einen kalten Luftzug herein, bei dem es Keru schauderte. Morgan folgte

Ethan von Zimmer zu Zimmer, schwieg sich aber aus, sowohl über das Haus als auch darüber, ob es ihr gefiel oder nicht. Ethan nannte Morgan *Babe*. Die ganze Zeit, Babe dies, Babe das, komm her, Babe, guck dir den Ausblick an. Er fragte Nate, wie viel so eine Hütte kostete, was Nate ausweichend mit dem Verweis auf Keru beantwortete, sie habe alles gebucht, er habe nur mitkommen müssen. Dann versammelten sich alle wieder um die Kücheninsel, wo Keru indessen den Salatkopf auf ein Schneidebrett gelegt hatte.

»Ich könnte ihn anschwitzen«, sagte sie, obwohl gar nicht Essenszeit war. Sie fühlte sich einfach genötigt, gastfreundlich zu wirken.

»Nee, nicht nötig«, sagte Ethan, setzte sich auf einen der Drehhocker vor der Insel und wandte sich explizit Nate zu. Während die Brüder also die neusten Nachrichten austauschten oder was auch immer, blieb Keru und Morgan nichts anderes übrig, als ebenfalls miteinander ins Gespräch zu kommen. Morgan war allerdings mit ihrem Handy beschäftigt, scrollte durch Videoclips. Auf Kerus Fragen reagierte sie mit kurzen, höflichen Antworten, die sie nicht weiter ausführte. Eine halbe Stunde war vergangen, aber Keru wusste immer noch nichts über Morgan, außer dass sie im Sekretariat einer Privatschule arbeitete, wo sie sechs Monate zuvor Ethan kennengelernt hatte. Ansonsten hatte sie lediglich in Erfahrung gebracht, dass Ethan sich mit ein paar anderen Leuten ums Grundstück kümmerte und für die Instandhaltung von Maschinen und Geräten zuständig war. Morgan erinnerte sie an eine jüngere Kollegin, um die zwanzig, frisch von der Hochschule, erschien stets pünktlich zu jedem Meeting, wie aus dem Ei gepellt, erledigte jede Aufgabe, die man ihr auftrug, gab aber nichts von sich preis. Als Keru Morgan fragte, ob sie Hobbys habe, antwortete sie »trainieren«. Als Keru sich erkundigte, was Morgan trainiere, zuckte sie die Achseln und antwortete »kommt drauf an«.

Keru entschuldigte sich, sie müsse mal auf die Toilette, und von dort aus tippte sie eine lange Nachricht in ihr Handy, die sie wieder löschte und sich schließlich auf die Frage »Bleiben sie über Nacht?« beschränkte. »Hoffentlich nicht«, schrieb Nate zurück, was sie nicht gerade zuversichtlich stimmte. Als sie aus der Toilette kam, zogen sich Ethan und Nate gerade ihre Jacken an, Mantou war bereits angeleint. Auf Kerus Frage, wohin sie denn wollten, antwortete Ethan, zum Supermarkt, um richtiges Essen und Bier einzukaufen. »Nichts gegen deinen Kopfsalat«, versicherte er Keru, obwohl der in Wahrheit Nate gehörte. Nate fragte Keru, ob es okay sei, wenn er mitfahre, er könne auch bleiben. Sein zärtlicher Ton überraschte Keru, genau wie seine Hilflosigkeit. Vielleicht wollte er, dass sie ihn aus der Situation rettete und die Rolle der dominanten Ehefrau einnahm, die ihr seine Familie ohnehin schon zugeteilt hatte. Natürlich würde sie dies nicht tun. Sie würde abwarten, wie sich die Lage entwickelte. Ethan schnalzte mit der Zunge und klatschte Nate unsanft auf die Brust. »Auf geht's«, sagte er. »*Let's roll!*«

Kaum waren die Jungs gegangen, herrschte Stille im Haus. Theoretisch hätte sich nun jede der Frauen um ihre eigene Sache kümmern und so tun können, als wäre die andere gar nicht da. Aber dann fing Morgans Fitnessuhr an zu piepsen und sie verkündete, dass sie nun trainieren müsse.

»Kann ich mitkommen?«, fragte Keru aus dem unerklärlichen Wunsch heraus, einen Draht zu Morgan zu finden. Die Einzelkindgeschichte spielte auch eine Rolle, denn wenn die Brüder gemeinsam losziehen konnten, wäre es doch gelacht, wenn Keru und Morgen nicht auch was finden könnten, das sie verband.

»Ich bin schnell«, verkündete Morgan. Sie sei am Vortag fünfzehn Komma sechs Kilometer gejoggt. Dieselbe Strecke werde sie hoffentlich auch heute schaffen.

So weit könne sie nicht laufen, sagte Keru. Fünfzehn Komma sechs, meine Fresse. Aber sie wolle versuchen, für fünf Kilometer mitzukommen.

Schon nach anderthalb Kilometern hechelte Keru hinterher. Sie musste stehen bleiben, gekrümmt, die Hand an der Brust, japsend, während ihr der Speichel übers Kinn lief. Nach einer Weile nahm Morgan Notiz von Kerus Zustand. »Ich glaube, ich sterbe«, sagte Keru, während Morgan neben ihr am Platz joggte und ihr das Gegenteil versicherte.

»Du. Hast. Keine. Ahnung. Mir. Könnte. Das. Herz. Platzen«, stieß Keru zwischen Japsern hervor.

»Lenk dich ab«, riet Morgan mitleidlos. »Konzentrier dich auf was anderes.«

Nach drei Kilometern durchlitt Keru nochmals das Martyrium des kompletten Organ-Neustarts. Sie fragte Morgan, wie rot ihr Gesicht schon sei, ihr würde nämlich gleich das Herz platzen.

»Überhaupt nicht rot«, sagte Morgan. »Du sprühst vor Vitalität.«

Morgan joggte wiederum neben ihr auf der Stelle, diesmal empfand Keru das Zischen ihrer Leggings als herzlos und aggressiv. Irgendwann joggte sie rückwärts, Keru zugewandt, und fühlte ihr genauer auf den Zahn. Wie oft in der Woche trieb sie Sport?, worauf Keru log, doch auch diese aus der Luft gegriffene Zahl war Morgan zu niedrig. »Tägliche Bewegung ist unverzichtbar«, sagte sie. »Du musst dich streng an den Trainingsplan halten, sonst hinkst du immer hinterher.«

Beim Joggen war Keru nur von einem Gedanken erfüllt, zu

mehr war sie nicht fähig. Joggen tat weh, und wie blöd war es bitte, freiwillig etwas zu tun, was einem wehtat?

Nach fünf Kilometern konnte Keru nicht mehr sprechen, weshalb sie Morgan per Handzeichen klarmachte, sie solle ohne sie weiterlaufen. Morgan wirkte dankbar und sprintete davon. Innerhalb von Sekunden war sie nur noch als Punkt am Horizont zu erkennen, dann war sie ganz verschwunden. Auf dem Weg zurück zum Bungalow ruhte sich Keru auf einem Felsbrocken aus. Mehrere Autos verlangsamten beim Vorbeifahren ihr Tempo. Ein paar Leute hupten. Ein Auto hielt direkt neben ihr an, die besorgte weiße Fahrerin kurbelte ihr Fenster herunter, um Keru zu fragen, ob sie Hilfe brauche.

»Alles gut«, erwiderte Keru und winkte überschwänglich. »Bin nur aus der Puste vom Joggen.«

Die besorgte Frau, jetzt weniger besorgt, informierte Keru, dass der Felsbrocken, auf dem sie saß, theoretisch zum Haus hinter ihr gehörte und damit Privatbesitz war. Sie riet Keru außerdem, nicht so dicht an der Straße zu joggen und auf keinen Fall allein. »Das ist gefährlich. Nicht sicher. Hier wird viel gerast, besonders in den Kurven.« Sie erinnerte Keru daran, dass die Jagdsaison in vollem Gange war, weswegen ihnen ständig Wild vors Auto rannte.

»Danke«, sagte Keru zu diesen Ratschlägen und der Tatsache, dass man sie mit Wild verglichen hatte. Die Frau, hochzufrieden, fuhr weiter.

Das Sofa war zum Ausziehen, daher wurde nicht lange rumgeredet, sondern beschlossen, dass Ethan und Morgan über Nacht bleiben würden. Das Abendessen verlief überraschend unkompliziert, sogar Keru war entspannt. Sie kochten gemeinsam, große Schüsseln voller Nudeln und Salat mit einer Reihe von Toppings. »Ich mag keinen Schimmelkäse«, verkündete Nate, als er und alle anderen Ethan dabei zusahen, wie er ihn über den Salat bröselte. »Du wirst's überleben«, erwiderte Ethan in der Stimme ihrer Mutter, und alle lachten.

Sie tranken Wein, Bier und nach dem Essen kredenzte Ethan ihnen Cocktails, wozu er eine volle Flasche Whiskey von draußen aus seinem Kofferraum holte. Nate las das Etikett, vorn und hinten, schnupperte daran und wirkte so überrascht wie Keru, dass sein Bruder tatsächlich ein Gastgeschenk mitgebracht hatte, das er mit ihnen zu teilen gedachte. Sie saßen um den Sofatisch herum, Ethan auf dem Sessel, Nate und Morgan auf dem Sofa. Nate hatte das Sofa von allen Wurfkissen befreit, damit er und Morgan mehr Platz hätten, und Keru, die auf dem Boden saß, nutzte eines dieser Kissen als Lehne.

Keru fragte Morgan, ob sie Geschwister habe.

»Zwei Brüder«, sagte Morgan.

»Älter oder jünger?«

»Einer älter, der andere jünger.«

»Wie cool«, sagte Keru uncool.

Morgan tauschte einen Blick mit Ethan, dann wandte sie sich wieder ihrem Handy zu.

»Ich fands schrecklich, Einzelkind zu sein«, sagte Keru. »Ich war oft allein.«

»Schade nur, dass man sich seine Geschwister nicht aussuchen kann«, bemerkte Ethan lachend.

Was für ein seltsamer Abend, dachte Keru, aber irgendwie gar nicht so schlecht. Alle vier zusammen, Morgan würde schon auch noch aus ihrem Schneckenhaus kommen. In einer idealisierten Zukunft würde Ethan sie heiraten. Sie alle würden öfter gemeinsam was unternehmen und irgendwann Freundschaft schließen. Keru hatte zwar Freundinnen, aber die waren verheiratet, hatten mittlerweile Kinder und komplexe Terminpläne, die sich um diese Kinder drehten. Außerdem kam es ihr so vor, als würden diese Freundinnen sie bemitleiden, auch wenn sie vorgaben, es nicht zu tun. Immer wenn das Thema Mutterschaft aufkam, konnte Keru so gut wie nichts beitragen. Kochen tat sie auch nicht, was sie mittlerweile als schlimmes weibliches Versagen empfand. Mehrere Frauen hatten ihren Beruf aufgegeben, sie wurden von ihren Gatten versorgt, hatten Nannys oder Eltern, die im Haus wohnen, und sagten nun in Kerus Beisein – aber nicht direkt zu ihr – wie angenehm es sei, »endlich zur Ruhe zu kommen.« Keru hatte kein Interesse daran, zur Ruhe zu kommen. Zur Ruhe kommen hatte was von Sterben.

Ethan hob sein Glas, und die anderen taten es ihm gleich. »Prost«, sagte er, und die anderen stimmten ein. Dann, nachdem jeder von ihnen einen herzhaften Schluck Alkohol intus hatte, fragte Ethan, ob Nate wisse, was sich in letzter Zeit in seiner Heimatstadt ereignet habe. Nate verneinte, worauf Ethan wissen wollte, warum nicht. »Warum sollte ich?«, fragte Nate.

»Weil du da aufgewachsen bist, Doofi!«, sagte Ethan.

Nate, der Doofi, zuckte die Achseln.

»Erinnerst du dich an Brett?«, fragte Ethan, und Nate verneinte.

»Klar doch, aus der Juniorliga, netter, normaler Junge. Der war auch mal bei uns drüben. Jedenfalls kann Brett wegen seiner epileptischen Anfälle nicht mehr arbeiten und kriegt jetzt Rente. Dachte, jetzt wäre alles vorbei, aber das Verrückte ist, dass der Staat dir mehr zahlt, wenn du nicht mehr arbeiten kannst, als du in einem Job mit Mindestlohn verdienen würdest, ist das nicht irre?«

»Ja, irre«, sagte Nate.

»Erinnerst du dich an Tim?«

»Nee, eigentlich nicht.«

»Tim vom Wrestling. Hatte sogar einen Varsity Letter. Und als Klassensprecher kandidiert. Jedenfalls hat Tim Amber geheiratet. Drei Kinder, vielleicht sogar vier. Letzten Winter hat sie die Kinder genommen und ihn verlassen, da hat er versucht, sich umzubringen, hat sich bei laufendem Motor in seiner Garage ins Auto gesetzt. Amber hat ihn zwangseinweisen lassen, und jetzt zahlt der Staat für seine medizinische Versorgung und Verpflegung. Der Typ muss sich nie wieder um irgendwelche Rechnungen sorgen. Selbst wenn Amber sich von ihm scheiden lässt, muss er ihr keinen Unterhalt zahlen. Ist das nicht irre?«

»Irre.«

»Erinnerst du dich an Dawn?«

Nate hatte keine Ahnung, wer Dawn war.

Dawn war in Ethans Jahrgang zur Homecoming Queen gewählt worden, aufs College gegangen und hatte dann ihr Studium abgebrochen. »Hübsches, fröhliches Mädel. Hatte zwei Fehlgeburten, aber irgendwann ist sie von Zach schwanger geworden und hat ihr Wunschkind bekommen, alle waren froh, nur jetzt hat das Kind Probleme. Aufmerksamkeitsstörung. Verhaltensstörung. Sie hat sich von Zach scheiden lassen. Zach hat sich nämlich verändert.«

Nate fragte, wer Zach sei.

»Zach, eine Straße weiter. Eltern haben ihm das Haus vermacht. Keine Hypothek. Komplett abgezahlt. Zach von der Blaskapelle, war früher ein echter Nerd, heute dealt er mit Drogen«, glaubte Ethan zumindest, oder genauer gesagt, ihre Mutter. Nate fragte, warum ihre Mutter dies glaube. Weil in Zachs Auffahrt zu allen Tages- und Nachtzeiten Autos aufkreuzten. Und die parkten immer nur kurz.

»Hmmm«, machte Nate.

»Erinnerst du dich an Sarah?« Sarah hatte einen Schlaganfall und danach über neunzig Kilo zugenommen. Josh? Von dem sie in der Schule alle gewusst hatten, dass er schwul war, der sich aber nie geoutet hatte? »Hepatitis, echt traurig.« Cody? Ständig high, dank Zach, vermutlich bipolar, lebt bei seiner Mutter. »Johnson?« Johnson lautete der Nachname, aber weder Ethan noch Nate konnten sich an den Vornamen erinnern. »Ist während der Fahrt aus dem Auto gestiegen, seine Schwester am Steuer, hat sich das Genick gebrochen und war sofort tot. Und Donny?« Donny war tatsächlich weggezogen und hatte versucht, was aus sich zu machen, aber dann hatte er zwei Frauen geschwängert und jetzt wohnte er bei seinen Eltern im Garten, in einem Wohnwagen, damit er keinen Unterhalt zahlen musste.

Am Ende dieser Neuigkeiten war Morgan ins Bad verschwunden und Keru völlig deprimiert. Okay, Nates Familie war White Trash, aber musste er das Elend unbedingt ans Tageslicht zerren, besprechen und Listen darüber führen? Ihre Schwiegermutter hatte dasselbe Problem, auch sie redete ständig über Tragödien, als wäre das Leben mit dem Unglück ehrenrührig, als würde ihr deren Auflistung Kraft verleihen.

Das letzte Mal war Keru zur Beerdigung von Nates Vater in seiner Heimatstadt gewesen. Sie hatte Nates Mutter im Wohnzimmer gegenübergesessen, während diese in Fotoalben geblättert und geweint hatte. Das Wohnzimmer war braun gewesen, wie immer schon. Brauner Teppich voller Katzenhaare. Braune Sofas mit Sitzdellen vor jedem Kissen. Holzvertäfelung. Das gesamte Haus roch braun, wie das Grundwasser, das sich darunter sammelte. Als Nates Vater noch lebte, hatte Keru angeboten, ihnen bei der Renovierung zu helfen, neue Böden und Installationen, jedes Zimmer neu streichen, worauf Nates Vater nur gesagt hatte: »Uns gefällt es hier, Keru, wir wollen nichts ändern.« Entweder war er zu stolz oder er sagte die Wahrheit und es gefiel ihnen dort tatsächlich, ihr Haus war schließlich auch ihr Heim.

Keru hatte den Eindruck, dass Nate in einer Atmosphäre der Lähmung und Stagnation aufgewachsen war. Jeder erlebte Zeiten der Not, so war das eben, da musste man durch, einfach abhauen kam nicht infrage. Wer abhaute, gab auf und entzog sich seinem Schicksal. Für wen hältst du dich, dass du glaubst, dir stehe das zu? Wer hat dir weisgemacht, dass solche Dinge in deiner Macht stehen? Nates Eltern hatten ihren Sohn nicht dafür kritisiert, dass er weggezogen war, ihn aber auch nie dazu ermutigt oder dafür gelobt. In Nates Elternhaus fiel es Keru schwer zu begreifen, was es bedeutete, Amerikaner zu sein. Stagnation war das Gegenteil von Immigration. Ihre eigenen Eltern hatten sich entwurzelt und waren auf einen völlig anderen Kontinent gezogen. Ihre eigene Mutter verachtete alles Alte. Aber für verwurzelte Familien wie Nates, die im ganzen Leben nicht mal die Postleitzahl geändert hatten, war es völlig normal, ein gammeliges Wohnzimmer zu haben, wo man einst gelacht und fröhlich in den Morgen gestartet war, während der Vater mit einem munteren Liedchen auf den Lippen in der Küche die Pfannkuchen umgedreht und die Mutter auf dem neuen Sofa für ihre Söhne Bilderbücher umgeblättert hatte. Es ging also darum, dieses Wohnzimmer wie einen Schrein zu erhalten, in all seiner ganzen gammeligen Pracht.

Ethan schwenkte sein leeres Glas, in dem nur noch ein Eiswürfel klirrte. Er fragte Nate, ob er sich an die Mine erinnere, die Mühle, die Gummifabrik, die verlassene Kirche, andere Kirchen, den abgerissenen Bahnhof mit den verzogenen Schienen, von Unkraut überwuchert, den verfallenen Aquädukt, wo sie einst gespielt hatten.

Nate erinnerte sich an alles.

»Es gibt keine Arbeit«, sagte Ethan.

»Weil niemand arbeiten will«, sagte Nate.

»Wollen schon, sie können nur nicht.«

Nate blickte in die Ferne, mit einem Ausdruck, den Keru als indignierte Apathie erkannte. Es war ihm verhasst, über seine Herkunft zu sprechen. Es war ihm verhasst, darüber ausgefragt zu werden.

Morgan kam mit gelöstem Pferdeschwanz aus dem Bad, ihr Haar hing strähnig und ungekämmt herab. Sie rieb sich die Augen, gähnte und stolperte auf dem Weg zum Sofa über ein Wurfkissen, jemand musste sie stützen, damit sie nicht hinfiel. Angesichts Morgans Zustand rissen sich die Brüder zusammen und schoben gemeinsam den Tisch aus dem Weg, um das Sofa auszuziehen, während Keru sich auf die Suche nach Bettwäsche machte. Man wünschte sich eine gute Nacht, freundlich, schön nacheinander. Im Schlafzimmer suchte sich Mantou eine brettharte Ecke für die Nacht, alles, nur nicht ihr Memory-Foam-Körbchen. Im Bad putzte Keru sich wie ein normaler Mensch die Zähne, während Nate an seinen herumschrubbte, als gelte es, Farbe von Beton zu schleifen.

Als Keru am folgenden Morgen die Küche betrat, war Morgan bereits aufgestanden. Sie wollte joggen gehen, und obwohl Keru vom Vortag noch völlig fertig war, bestand sie darauf, mitzukommen.

»Ich glaube, du ruhst dich besser aus«, sagte Morgan, den Kopf mitleidig schief gelegt. »Du siehst müde aus, als täte dir alles weh.«

Keru behauptete, gar nichts tue ihr weh. Wie sah man denn bitte aus, wenn einem was wehtat?

Morgan zögerte, wartete aber, bis Keru sich umgezogen hatte. Sie benutzten soweit möglich den Gehweg, ansonsten die Straße. Doch nach dem rasanten Überholmanöver eines Autos, das wie eine Rakete an ihnen vorbeigezischt war, beschlossen sie, lieber auf dem nassen Rasen eines privaten Vorgartens weiterzulaufen. Diesmal hielt niemand an, um zu schimpfen, kein Hausbesitzer schrie sie an, sie sollten von seinem Rasen runter. Als menschlicher Schutzschild war Morgan also ziemlich gut geeignet. An einer Kreuzung legten sie eine Pause ein, um ein paar Dehnübungen zu machen, und dabei wurde Keru klar, dass sie sich einfach mehr anstrengen musste. Wenn sie mit Morgan mithalten wollte, müsste sie sich eben komplett verausgaben, ihren Tank leer machen. Als sie sich wieder in Bewegung setzten, sprintete Keru direkt los, um mit Morgan gleichauf zu bleiben, die entspannt vor sich hin joggte. Morgan erhöhte ebenfalls das Tempo, wirkte aber immer noch nicht besonders angestrengt, sondern ehrlich gesagt eher gelangweilt. Aus unerfindlichen Gründen stieß Keru hervor: »Los! Wer zuerst an der nächsten Kreuzung ist«, worauf Morgan sie mit knallhartem Lächeln anstrahlte. Dann war sie weg. Keru rief ihr nach, aber der Fleck war zu schnell. Und in diesem Moment gab die Erde unter ihr nach, sie spürte förmlich, wie sich ihr Fußgelenk um neunzig Grad verdrehte und ihr Knöchel den Boden berührte.

Das Gelenk hatte sie sich schon mal verknackst, schon öfter. Sie hatte schwache Fußgelenke, wie ihre Mutter, was, wie ihr jetzt wieder einfiel, der Hauptgrund war, warum sie nicht joggte und ihre Mutter nicht joggte und es in ihrer Familie keine Olympiasieger im Langlauf gab.

Keru hielt sich jammernd den Fuß und stürzte ins Gras. Morgan tauchte erst auf, als Keru schon nicht mehr jammerte. Sie bemühte sich redlich, Keru wieder hochzuziehen, aber der verletzte Fuß knickte immer wieder ein.

»Kannst du auftreten?«, fragte Morgan.

»Offensichtlich nicht«, sagte Keru.

Fürs Zurückhumpeln war der Bungalow zu weit entfernt.

»Am besten rufst du deinen Mann an«, sagte Morgan auf eine Weise, die Keru vermuten ließ, dass Morgan seinen Namen vergessen hatte.

»Ja, am besten rufe ich Nate an.«

»Ethan ist sicher noch nicht aufgestanden. Bei dem brauchen wir's gar nicht erst versuchen.«

Als Nate ranging, hörte Keru erst mal Mantous Gebell, woran sie erkannte, dass der Hund ins Bett geklettert war und auf Nates Brust saß. Ihr Mann klang groggy, ihm war nicht mal aufgefallen, dass sie das Haus verlassen hatte. Irgendwann drang sie zu ihm durch und er sagte, er werde sie abholen.

Die beiden Frauen saßen, während sie warteten, auf dem Rasen. Keru war wirklich dankbar, dass Morgan ihr Gesellschaft leistete, allein hätte sie fürchterliche Angst gehabt. Den vereinzelten Fahrern, die abbremsten und ihre Lichthupe betätigten, lächelte Morgan zu und winkte sie munter weiter. Ein Pick-up-Truck hupte, der Fahrer ließ das Fenster runter und reckte die Daumen. Dennoch schlug Keru ihr aus reiner Höflichkeit vor, sie sollte doch ohne sie weiterlaufen.

»Kommt nicht infrage«, sagte Morgan. Sie werde warten, bis Nate kam.

Keru inspizierte das angeschwollene Gelenk zwischen Fuß und Bein. Direkt nach dem Umknicken hatte dieser Bereich weißlich und irgendwie eingefallen ausgesehen, aber jetzt leuchtete er tiefrot und pochte. Keru spürte ihren Herzschlag im Gelenk. Als wäre ihr das Herz ins Fußgelenk gerutscht, poch-poch, poch-poch.

»Ich wollte dich nur beeindrucken«, gestand Keru. »Ich wollte nicht, dass du denkst, ich könnte nicht mithalten.«

»Mich beeindrucken?«, fragte Morgan, zunächst lachend, dann mit Stirnrunzeln.

»Ich meine, ich wollte einfach, dass du mich magst. Dass wir uns verstehen und gemeinsam was unternehmen«, fuhr Keru fort, nicht sicher, ob die Situation dadurch besser wurde. »Ethan hat uns nie jemanden vorgestellt, deswegen. Albern, ich weiß.«

Keru kam sich nicht nur albern vor, sondern lächerlich und alt. Jemandem zu gestehen, dass man gemocht werden wollte. Lächerlich.

Morgan riss um sich herum Grasbüschel aus, eine Handvoll Privatgrundstück, und warf sie um sich. »Hör zu. Du und Nate, ihr seid nette Leute. Und ich mag Ethan. Aber zwischen uns ist nichts Festes oder so. Also würde ich es nicht zu ernst nehmen.«

»Ach«, sagte Keru. »Ihr meint es nicht so richtig ernst?«

»Ich jedenfalls nicht«, sagte Morgan.

»Und er?«

Morgan dachte über die Frage nach, dann sagte sie: »Wir hängen nur miteinander ab, ganz chillig.«

»Also hat er dich zum Abhängen mitgenommen? Oder zum Chillen. Oder so.« Kerus Stimme klang etwas härter.

»Ich meinte damit, dass ich freiwillig hier bin«, sagte Morgan mit erheblich mehr Selbstbewusstsein als zuvor. »Ich bin nur Beobachterin.«

Beobachterin? Wobei? Keru fühlte sich nicht nur albern, sondern auch hintergangen. Was wusste Morgan? Was hatte Ethan ihr erzählt?

»Hat er dir was über uns erzählt?«

»Was?«, fragte Morgan.

»Hat er dir irgendwas Spezielles über mich erzählt?« Keru dachte zwar regelmäßig an die Axt, aber nur flüchtig, eine kurze Irritation, wie, oh, da saust eine Ratte vorbei. Davon abgesehen lag der Vorfall nun schon Jahre zurück, und seitdem hatte Keru keine einzige Axt mehr geworfen. Sie war genesen.

»Nein, eigentlich nicht«, sagte Morgan.

»Was denn jetzt? Nein oder eigentlich nicht?«

Morgan zwinkerte nervös.

»Nein, hat er nicht«, sagte sie auf ihre bestimmte Art. Diskussion beendet.

Wieder fühlte sich Keru an ihre jüngere Kollegin erinnert, von der sie nichts wusste und die daher zu allem fähig wäre, wie hinter ihrem Rücken über sie zu lachen. Keru gab ihren Kolleginnen und Kollegen keinen Grund, sie nicht zu mögen, aber vielleicht taten sie es trotzdem. Alle hatten Mitleid mit ihr. Alle wussten von der Axt. Sie stellte sich vor, wie Morgan es ihren echten Freundinnen erzählte, der Typ, mit dem ich rummache, hat mich mitgenommen, damit ich seine Schwägerin kennenlerne, die wollte dauernd mit mir joggen gehen, war aber völlig unsportlich und hatte offenbar keine Freunde. Lächerlich.

»Er sollte gleich hier sein, richtig?«, fragte Morgan mit Bezug auf Nate, stellte auf ihrer Uhr eine neue Laufrunde ein und stand auf, um sich zu dehnen. Im Gras, wo sie gesessen hatte, blieb eine Druckstelle zurück und drum herum mehrere kahle Stellen, wo sie die Grasbüschel ausgerissen hatte. Keru starrte auf die leere Straße und sagte: »Ja, müsste jede Minute kommen. Tut mir leid, dass du warten musstest.«

Als Nate im Auto das Fußgelenk sah, meinte er, sie sollte das röntgen lassen. Keru wollte kein Röntgen, sie wollte sich nur hinlegen. Wieder zurück in der Anlage humpelte sie von ihm gestützt über den Parkplatz, an den Pavillons vorbei die Verandastufen hinauf in den Bungalow. Das Sofa war ausgeklappt und Ethan lag noch dort, hatte sich entspannt mit einem Kaffee in der Hand darauf ausgebreitet und daddelte an seinem Handy. »Hi, ihr«, sagte er, ohne aufzublicken. Das tat er auch nicht, als Nate Eis und Schmerztabletten holte und Keru das Eis auflegte und die Tablette einnahm. Sie betrachtete ihren Schwager genauer. So entspannt, alles ging ihm sonstwo vorbei. Sie beobachtete, wie er mit dem Daumen übers Display wischte, als würde er lästige Insekten vertreiben, und die grobe Art, mit der er den Kaffeebecher benutzte, braun verschmiert, ohne Untersetzer auf dem Beistelltisch.

»Ethan«, sagte sie.

»*Yo*«, sagte er und sah zu ihr auf.

»Nimm einen Untersetzer.«

Er antwortete, er hätte keinen gesehen.

Sie wies auf den Stapel.

Als Keru sicher sein konnte, dass der Untersetzer an seinem vorgesehenen Platz unter dem Becher lag, bewegte sie sich langsam mit Nates Hilfe ins Schlafzimmer, wo sie ihm sagte, dass sie komplette Dunkelheit brauchte, so dunkel, dass sie nichts mehr sah. Daraufhin schloss er Vorhänge und Tür und stopfte ein Badehandtuch in die Ritze, damit auch von unten kein Licht ins Zimmer drang.

Stundenlang lag Keru hellwach da. Sie hörte Geräusche der anderen, und mittags sagte Nate ihr durch die geschlossene Tür, dass sie zum Mittagessen in die Stadt fahren wollten, in dieses süße Café, das den Weißen so gut gefiel, und fragte, ob er ihr was mitbringen solle, ein Sandwich oder eine gemischte Platte vom Imbiss gegenüber? Als er dann doch ins Zimmer spähte, tat Keru, als würde sie schlafen, sie ließ sogar den Mund schlaff offen stehen. »Schläft tief und fest«, informierte Nate die anderen, und kurz darauf waren sie weg.

Mantou bellte geschlagene zwanzig Minuten, beide Pfoten

auf dem Fensterbrett. Vielleicht bellte sie aus nacktem Entsetzen – »Ihr habt mich zurückgelassen. Ihr habt mich zurückgelassen. Ihr habt mich zurückgelassen.« – oder es handelte sich lediglich um eine Bitte: »Bringt mir Roastbeef mit.«

Aus dem Bett rief Keru ihre Mutter an, die ebenfalls mit verstauchtem Fußgelenk im Bett lag.

»Rate mal, was mir passiert ist«, sagte Keru.

»Was?«, fragte ihre Mutter. »Amüsierst du dich etwa nicht? Hab ich dir doch gesagt, zwei Wochen Nichtstun sind zu lang. Da geht man sich nur auf die Nerven.«

»Was treibt Dad so?«

»Ist im Garten.«

»Okay.«

»Okay.«

Danach wandte sich ihre Mutter wieder den Irrungen und Wirrungen ihrer chinesischen Soap zu und Keru ihren eigenen.

Irgendwann stand sie auf, humpelte in die Küche, mixte sich einen Manhattan, setzte sich in den Sessel, den mit Eis gekühlten, übergroßen Fuß auf der Ottomane, und trank ihren Cocktail. Während sie trank, spürte sie förmlich, wie ihr gleichzeitig das Fußgelenk und der Kopf schwollen. Als der Rest ihrer Sippschaft zurückkehrte, wollte Nate die Schwellung begutachten, und als sie das Eis wegnahm, war darunter kein Gelenk mehr zu erkennen, sondern eine rote Masse, die nahtlos in die Wade überging.

»Damit sollten wir echt in die Klinik«, sagte Nate, und Ethan stimmte zu. Aber das war egal, ihr Schwager hatte sowieso keine Ahnung. Morgan suchte nach Kliniken, die nächste war geschlossen, aber es gab eine Notaufnahme, vierzig Minuten entfernt mit dem Auto.

»Brauche ich nicht«, sagte Keru und hob den Manhattan,

ihre Notversorgung. Sie bat um mehr Eis und Schmerzmittel. Ihr Mann erfüllte ihr den Wunsch.

An diesem Abend wurde Keru gut umsorgt. Als es Zeit war fürs Abendessen, brachte man ihr eine Schüssel Putenchili an den Sessel, mit einem Klecks Sauerrahm garniert.

Small Talk und höfliches Geplänkel.

Das Chili, köstlich.

Der Sauerrahm, netter Touch.

Der Ort war echt schnuckelig.

Das kleine Sandwichcafé.

Der Laden, der nur Bürsten verkaufte.

Der Vibe.

So schnuckelig.

So scheiß schnuckelig.

Nate fragte Ethan, wie ihm der Job als Landschaftsgärtner an der Schule gefalle. Ethan war der Job egal, Hauptsache, er hatte was zu tun, die Bezahlung war ganz gut.

»Und als Trainer wollen sie dich nicht?«, fragte Nate.

»Nö«, sagte Ethan. Hatte er auch gar keine Lust drauf.

»Also bleibst du länger dort?«, fragte Nate.

»Nö«, sagte Ethan. Die Leute seien nicht sein Ding. Morgan schaute von ihrer Schüssel auf zu Ethan und sagte: »Na, danke auch!« Sie hatte eine säuerliche Miene aufgesetzt und wirkte griesgrämig und genervt. Ethan stupste ihr mit dem Fuß gegens Bein. »Du doch nicht, Babe«. Mit »Leute« meinte er die Kinder, die dort zur Schule gingen, und den Großteil der Lehrerschaft, aber Morgan hatte ihr Bein schon weggezogen. »Die halten sich alle für was Besonderes«, sagte er über die Kinder.

»Klar tun sie das«, sagte Nate, gestand aber, dass er als Professor an einem Privatcollege zu dieser »Pädagogik der Exzeption« beitrage.

»Exzeption«, sagte Ethan. »Wer hat dir beigebracht, so geschwollen zu reden?«

Plötzlich sah Nate aus, als würde er sich schämen. Ethan grinste, dann sagte er: »Trink bloß kein Kool-Aid.«

Keru war erstaunt, diesen Spruch hatte sie schon lange nicht mehr gehört.

Wer Kool-Aid trank, akzeptierte den Tod, wie die Sekte damals.

Wer Kool-Aid trank, wurde zum Schlafschaf.

Aber als Kind hatte sie unbedingt Kool-Aid trinken wollen, das ihre Mutter leider nie kaufte – voller Farbstoffe und Zucker, wenn man sparen musste, wozu dann für ungesundes Zeug Geld ausgeben?

Kool-Aid. SunnyD. Capri Sonne. Egal, welches Gebräu die Kinder in ihrer Klasse tranken, sie wollte es auch.

Einwandern bedeutete Kool-Aid trinken. »Wer will kein Amerikaner sein?«, fragt der Einwanderer. »Das beste Land der Welt.« Und wenn du erst hier bist, musst du dafür sorgen, dass sich das One-Way-Ticket auch lohnt. Du musst dir und anderen einreden, dass deine Entscheidung richtig war. Schaut, so viel Platz, so viele Belt-Regionen und die Avocados sind wirklich preiswert. Schaut, unser neues, besseres Heim. In Wahrheit war Immigration ein Nullsummenspiel, bei dem keiner wusste, wie die Alternative ausgesehen hätte.

Wären ihre Eltern in China geblieben, würde sie vielleicht auch noch dort leben. Die Keru in China hätte womöglich nie Englisch gesprochen oder in Yale studiert. Nie einen Mann mit Fischflosse geheiratet oder einen Hirtenhund mit ihm großgezogen oder hier mit seinem strunzdummen Bruder rumgesessen. Wenn alle um sie herum wie sie gewesen wären, fleißige Einzelkinder in identischen blau-weißen Uniformen, rote Tücher für Bestnoten, in Reih und Glied auf dem

Weg zur Schule, hätte sie sich möglicherweise nicht als unnormal empfunden.

Während Keru noch darüber nachdachte, wie viel metaphorisches Kool-Aid nötig gewesen war, um Menschen wie ihre Eltern in dieses Land der Waffen, des politischen Irrsinns und der Stereotype zu locken, für immer zwischen zwei Welten gefangen, verkündete Ethan, ihm sei vor Kurzem eine wichtige Erkenntnis gekommen. Während einer Arbeit an der Privatschule habe er die soziale Ungleichheit am eigenen Leib erfahren, und es ärgere ihn, dass die Reichen durch absolutes Nichtstun immer reicher wurden. Ihm sei aufgefallen, dass den Reichsten unter ihnen alles Mögliche gehörte. Ihnen gehörten Unternehmen, Grundstücke, Häuser, andere Firmen. In der Schule waren ganze Gebäude nach ihnen benannt. Deshalb habe Ethan beschlossen, dass er dabei mitmischen wolle, ja, er wolle jetzt auch etwas Eigenes aufziehen.

»Mit Personal Training kannst du richtig Kohle machen«, sagte Ethan. »Die Leute mögen es, wenn sie im Mittelpunkt stehen.« Ein Kumpel von ihm sei Personal Trainer und verdiene damit locker eine sechsstellige Summe. Der Kumpel habe mittlerweile so viel Zulauf, dass er Leute abweisen müsse. Nur durch Handzettel und Empfehlungen. Das Studio, das Ethan vorschwebe, sei exklusiv, auf Privattraining zugeschnitten. Die Räumlichkeiten müssten wirklich nicht groß sein, der Platz sollte für die Ausstattung und einen Privatkurs reichen. Reihenweise Laufbänder und Crosstrainer, daran habe er kein Interesse. Sein Interesse gelte der Gemeinschaft.

Während Ethan redete, klapperte im Hintergrund das Besteck in den Schüsseln. Kaum war Morgan, als Erste, mit ihrem Chili fertig, zog sie die Beine an und ihr Handy hervor. Sie sah nicht aus, als würde sie Ethan oder irgendwem sonst weiterhin zuhören. Jetzt, da Keru verstanden hatte, dass die arme

Frau nur als Puffer diente und sie Morgan nie wiedersehen würden, schob sie ihre Schüssel weg, in der die Tomatensoße schon bald eine Haut bekam und aussah wie gerinnendes Blut.

Ethan plante, das Fitnessstudio in ihrer Heimatstadt zu eröffnen. Städte wie ihre verödeten zunehmend. Sie verloren immer mehr Einwohner, und er wollte dort wieder was aufbauen. Damit würde er auch gleich noch in der Nähe ihrer Mutter wohnen, wäre das nicht praktisch, wenn er nur kurz ins Auto springen müsste, um nach ihr zu sehen?

»Ich hoffe, wir stemmen das zusammen«, sagte er, nur an Nate gewandt. »Uns fehlt noch das Kapital, aber wenn wir gemeinsam investieren, spielen wir das Geld garantiert gleich wieder rein.«

Nate hatte Salat gemacht, aus dem er jetzt mit den Fingern einige Blätter rauszupfte und sich in den Mund schob. Dann erkundigte er sich nach dem Scheck, den Ethan vor Kurzem erst bekommen hatte, die Lebensversicherungssumme ihres Vaters. Der Scheck, erklärte Ethan, sei schon lange eingelöst.

»Ich wende mich an dich«, fuhr er fort, »damit du diese Möglichkeit als Erster nutzen kannst.«

»Wir haben nicht viel Ahnung von Fitnessstudio-Investitionen«, sagte Nate.

»Musst du auch gar nicht«, sagte Ethan. »Kann man alles im Internet lernen.« Außerdem wisse er schon genug darüber, habe eine Menge Kontakte und könne das Geschäftskapital locker selbst verwalten. Ethan sagte, die oberste Grenze, das absolut erforderliche Maximum, obwohl sie sicher waren, dass sie gar nicht so viel brauchen würden, aber um Nate vor bösen Überraschungen zu bewahren, wie Renovierungen, Kosten für die Geräte und die ersten Monate mit wenigen Mitgliedern, generelle Betriebskosten, Lizenzen und Genehmigungen, läge bei neunundneunzigtausend.

»Aha«, sagte Nate.

»Das ist viel«, gab Ethan zu. »Aber in einem Jahr holen wir das garantiert wieder rein, vielleicht sogar schneller. Und es muss ja auch nicht gleich der gesamte Betrag sein.« Sie könnten auch erst mal so viel beitragen, wie sie wollten, und dann, je nachdem, wie's lief, mehr einzahlen.

»Woher nimmst du die Sicherheit, dass es garantiert wieder reinkommt?«, fragte Nate.

Ethan verwies erneut auf seinen Freund, der jeden Morgen einen Wagen mit Gewichten den Hügel rauf und wieder runter wuchtete. Sechsstellige Summe.

»Aber hast du seine Geschäftszahlen gesehen?«, fragte Nate. »Hast du die Investitionskosten selbst errechnet oder ein Buchhalter?«

»Die Logistik kommt später«, sagte Ethan. »Wenn wir erst die Räumlichkeiten gefunden haben, ergibt sich der Rest von allein. Wichtiger ist, dass wir unsere Profite nicht komplett für uns behalten wollen. Das meiste wollen wir spenden, um unsere Parks zu sanieren, unser Schwimmbad, den Rasen auf dem Fußballplatz neu aussäen, richtige Nachmittagsbetreuungen auf die Beine stellen, Unternehmen anlocken und neue Arbeitsplätze.«

»Das willst du alles stemmen?«, fragte Nate.

»Das und mehr«, sagte Ethan. »Also, was meinst du?«

Nate sagte Nein.

»Nein, du glaubst nicht, dass wir schaffen, was wir uns vorgenommen haben, oder nein, du willst nicht mal drüber nachdenken, ob du uns helfen willst?«

»Wir sind nicht in der Lage, euch zu unterstützen«, sagte Nate.

Ethan fragte Nate, ob er da sicher sei. »Weil Mom scheint das anders zu sehen.«

Nates Gelächter klang etwas irre. So hatte Keru ihren Mann noch nie lachen hören. »Ach, echt? Sie hat dir geraten, damit direkt zu mir zu kommen? Was hat sie dir denn sonst noch so erzählt?«

Ethan schien das Lachen auch zu verstören. Er sah seinen Bruder befremdet an. »Über Einzelheiten haben wir nicht gesprochen. Ich hab nur gedacht, ich frag mal nach.«

Weil sich die Brüder offenbar in eine Sackgasse manövriert hatten, fragte Keru, ob da nicht ein Mikrokredit infrage komme, das Projekt sei doch recht gemeinnützig. Das sei ziemlich kompliziert, erklärte Ethan, und aufgrund seiner mangelnden Kreditwürdigkeit müsste er höhere Sätze zahlen. Die Tilgung würde Jahre dauern.

»So kriegen sie dich, so funktioniert das System«, klagte er. »Sie bestrafen dich, weil du nicht reich genug bist. Und wenn du versuchst, der Gesellschaft was zurückzugeben, nehmen sie dich aus wie eine Weihnachtsgans.«

Keru fand es ziemlich ironisch, dass ihr Schwager sich über ein System beschwerte, das ihm, hätte er sich nur aufrichtig bemüht, mit viel Verständnis und Großzügigkeit entgegengekommen wäre. Ethan hatte seine Probleme, aber die hatten alle, und Keru verspürte den Drang, ihn zu schütteln, bis ihm eine bessere, weniger tragische Erkenntnis käme.

Ein paar Stunden später lag Keru noch immer wach im Bett und schlug dem immer noch wachen Nate vor, sie könnten einen Treuhandvertrag mit ihm abschließen.

»Treue setzt Vertrauen voraus. Woher soll das kommen, bei einem Mann, der sogar die eigene Mutter betrügt?«

Ihr Mann hatte die Augen geschlossen, doch er atmete zu schnell. Keru zählte die Atemzüge, bis sie sich verlangsamten.

Dann sagte sie, während sie sämtliche Einwände als berechtigt anerkenne, könne man vielleicht trotzdem morgen vernünftig über Möglichkeiten sprechen, seinem verschwenderischen Bruder nicht neunundneunzigtausend Dollar, aber eine geringere Summe zu geben, mit der Aussicht auf mehr, falls er tatsächlich ein legitimes Fitnessstudio eröffnete.

»Es wird kein Fitnessstudio geben«, sagte Nate. »Weder jetzt noch irgendwann sonst.«

»Sind wir wütend darüber, dass er dich anpumpt, oder darüber, dass er nur aus diesem Grund hier aufgeschlagen ist?«

»Ich bin nicht wütend«, sagte Nate, und er klang auch nicht so. Eher abgekämpft, betrübt, verletzt, enttäuscht, resigniert, aber nicht wütend.

»Er ist hergekommen, um dich zu besuchen. Hat sich die Mühe gemacht«, sagte Keru.

»Wenn er es morgen noch mal erwähnt, gehe ich nicht darauf ein. Und wenn meine Mutter es tut, spreche ich kein Wort mehr mit ihr.«

»Das erscheint mir aber extrem.«

»Dein Wort der Woche.« Nate drehte sich auf die Seite, mit dem Rücken zu ihr. »Du magst meine Familie doch nicht mal. Denk nicht weiter darüber nach.«

Das stimmte, sie empfand inzwischen weder Zuneigung noch Vertrauen für seine Familie, aber Nate hatte nur noch einen Elternteil übrig, und ein Bruder war immer noch ein Bruder. Keru hatte nun verstanden, dass seine Anwesenheit kostete, dass er sie immer um einen Kredit anpumpen, das Geld vermutlich nehmen und damit abhauen würde. Aber wie beim Studentenkredit ihres Mannes und der finanziellen Unterstützung ihrer Schwiegermutter hatte sie das Gefühl, dass sie helfen musste, weil man sie sonst verunglimpfen und aus der Familie verstoßen würde und sie Nate deswegen schließlich verlieren könnte.

Als Keru ihren Eltern von der finanziellen Unterstützung erzählt hatte, waren die nicht überrascht. »Du hättest dich schon viel früher darum kümmern sollen. Du bist nicht mehr arm«, sagte ihre Mutter. »Je mehr du hilfst, desto mehr wird seine Mutter dich schätzen, uns schätzen, alle Chinesen schätzen.« Wie konnte Keru alle Chinesen repräsentieren? Eins Komma vier Milliarden Menschen, wie sollte sie das bewerkstelligen? Klar war sie nicht mehr arm, aber warum musste sie jeder daran erinnern? Sie war absichtlich »nicht mehr arm«. Sie war nicht über eine grüne Lichtung spaziert und hatte dort einen Topf voller Gold gefunden. Aber so sahen sie aus, ihre Pflichten. Sich integrieren, rund um die Uhr schuften, Geld verdienen und alle versorgen. Damit blieb Keru auch keine Möglichkeit, ihrer Schwiegermutter genauer auseinanderzusetzen, dass sie damit ihren Tochterpflichten nachkam, und sie war gezwungen, die Frau in ihrem Irrglauben zu bestätigen. Nates Mutter bildete sich nämlich ein, das Geld käme von ihrem Sohn, was leicht war, denn die Summe wurde von ihrem gemeinsamen Konto überwiesen, und Keru hatte sie nie eines Besseren belehrt. Nates Mutter machte sich vor, dass eine finanzielle Unterstützung vom eigenen Sohn kein Almosen war, nein, Almosen bekamen andere, und diejenigen, die die Hand aufhielten, sollten das gefälligst auch zugeben. Handelte es sich hier um weiße Privilegien, Frauenfeindlichkeit oder Fremdenhass? Oder womöglich alle drei? Wenn die Steuer fällig wurde, ging es so richtig zur Sache. Jeden April beschwerte sich Nates Mutter bei ihrem Sohn darüber, dass sie Steuern zahlen musste, denn sie fand, dass der Kongress nicht genug tat. Warum musste sie Steuern zahlen, obwohl andere hier umsonst lebten? Zu denen, die umsonst in den USA lebten, gehörten Tausende von Menschen, die über unsere Grenzen strömten, jede Frau mit ungefähr elf

Neugeborenen bepackt, aber nicht nur die. Nates Mutter war die Bezeichnung *privilegierte Weiße* verhasst. »Es geht hier nicht um Rasse, sondern um Klasse«, sagte sie. Klasse, Klasse, Klasse, wie eine Lehrerin, die ihre Mündel ins Schulgebäude dirigierte. Für sie waren Privilegien so was wie Privatunterricht, ein zweites Haus im Umland von New York, Sommerferien am Strand, Winterferien in den Bergen, Pferdereiten, eine ganze Truppe von Reinigungskräften, Nannys, Privatlehrer und Haushaltshilfen. So gesehen waren sie und ihr verstorbener Mann also alles andere als privilegiert. Wo waren damals die Stipendien für die Arbeiterklasse? Wo sind sie heute? Wo die Hilfe für Sorgenkinder wie Ethan? »Wenn hier überhaupt jemand Privilegien genießt, trifft das nicht eher auf euch zu? Du und Keru habt ein gutes Einkommen und leistet euch schöne Urlaube. Ihr habt genug auf der Bank, um uns allen davon was abzugeben. Und am wichtigsten, ihr habt keine Kinder.«

Gesprächsfetzen, die Keru nur aus Nates Erzählungen aufgeschnappt hatte. Seine Mutter achtete peinlichst darauf, diese Befindlichkeiten nie in ihrer Gegenwart zu äußern. Im direkten Umgang miteinander waren sie immer nett zueinander, regelrecht zuckersüß, aber angesichts der vielen Tabuthemen blieb ihnen eigentlich nur noch der Austausch über ihre Haustiere. Keru war allerdings nicht dumm, sie hatte bemerkt, dass die Beziehung zwischen Mutter und Sohn enger geworden war, wenn auch womöglich aus der Not heraus, wie die beiden letzten Überlebenden auf einem Floß. Seine Mutter verbrachte ihre Urlaube immer noch mit ihrer Schwester, aber Nate hatte angekündigt, er werde sie wohl im kommenden Jahr an Thanksgiving besuchen, zum ersten Mal seit mehr als zehn Jahren, obwohl er nicht erwarte, dass Keru mitkomme.

»Ich würde mitkommen, wenn du hinfährst«, hatte sie gesagt.

»Aber Mom würde verstehen, wenn du nicht kommen könntest.«

»Nicht könntest oder nicht wolltest?«

Der Grund sei ihm egal, sagte er. Außerdem werde er nur für einen Tag hinfahren. »Ich würde dich nie verraten.«

Das Wort *verraten* fand Keru verstörend, und zum ersten Mal kam sie auf die Idee, ihn zu fragen: »Was hast du deiner Mutter eigentlich von uns erzählt? Was denkt sie von mir?«

»Ich erzähle ihr nicht alles.«

»Du solltest ihr gar nichts erzählen.«

»Sie hält dich für sehr tüchtig.«

»Sie hat mir nie eine Chance gegeben. Nie hat sie versucht, mich zu verstehen.«

Nate rieb sich die Augen, und danach war seine Haut ganz angeschwollen. »Sie hält dich für sehr tüchtig. Jeder, der dich je kennengelernt hat, hält dich für außergewöhnlich tüchtig.«

Was Keru nicht als Kompliment empfand.

Obwohl sie tüchtig war. Und stur.

Bei ihr wirkte alles so schwierig, weil es eben schwierig war. »Leichtigkeit ist eine Illusion«, wie ihre Mutter einst zu wiederholen pflegte.

Außerdem würde sie nie aufgeben, das konnte sie einfach nicht. Immigrantenmentalität, möglicherweise. Überleben müssen, diese Erfahrung hatte sie gelehrt, dass sie alles erreichen konnte, was sie sich in den Kopf setzte, koste es, was es wolle, sie würde es schaffen, allen Widrigkeiten zum Trotz, sie würde allein durchkommen. Von jeher war Wut die Triebfeder ihres Ehrgeizes gewesen, und so würde es auch bleiben, Wut, die sie kanalisieren würde, um das Ungleichgewicht geradezurücken, in dem sich sie und ihr Mann gerade befanden.

Manchmal fehlte ihr das Verständnis für Nates Verzweiflung und seine ständige Angst vor der Katastrophe. Dieses nicht greifbare, diffuse Gefühl der Bedrohung intensivierte sich, wenn sie nicht da war. Also lag die Lösung darin, nicht so oft weg zu sein und ihn durch ihre Anwesenheit wieder auf den richtigen Kurs zu bringen. Sie würden an Thanksgiving gemeinsam zu Nates Mutter fahren. Sie würden sich besser umeinander und um ihren Hund kümmern. Ihre Einheit brauchte Schutz, und sie würde sie schützen. Sie waren voneinander abhängig, sie und Nate. Ohne sie verlor er die Bodenhaftung, ohne ihn wurde sie unbarmherzig und obsessiv. Gestern, als sie ihren Hund mit einer Banane gefüttert hatte, war ihr aufgefallen, dass es schon Monate her war, dass sie Mantou ein Leckerli gegeben oder Trockenfutter in ihre Schüssel gestreut oder ihren Wassernapf aufgefüllt hatte oder einfach mit ihr allein gewesen war. Sie brach ein Stückchen Banane ab und legte es auf ihren Handteller, und nachdem Mantou es sich vorsichtig genommen hatte, schleckte sie ihr die Hand ab. Da verstand Keru, was ihr Mann mit dem Mond gemeint hatte. Der Mond war eine riesige Banane, sie hing im All und präsentierte sich beim Rotieren in unterschiedlichen Formen. Der Halbmond hatte die Form einer ganzen Banane. Bei Vollmond sah man dieselbe Banane im Liegen. Keru grinste bei der Vorstellung, wie groß diese Banane sein müsste, wie Neil Armstrong auf ihrer Schale ausrutschte und dabei sagte: »Houston, ein riesiger Ausrutscher für die Menschheit.« Ach, wären nicht alle Hunde verrückt danach, wenn sie dies wüssten, war dies womöglich der Grund, aus dem Wölfe den Mond anheulten?

Geräusche aus dem Wohnzimmer weckten sie, eine Unterhaltung, hitzig, dann ging die Haustür auf und klappte zu. Nein, sie knallte zu, so heftig, dass die Wände wackelten, und als sie rauskamen, war Ethan bereits auf, aber Morgan weg. Aus dem Fenster sah Keru Morgan über den Rasen in Richtung Tor gehen, ihre Reisetasche in der Hand. Nate fragte seinen Bruder, was passiert sei. Nichts, sagte Ethan.

»Aber wo geht sie hin?«, fragte Keru, während Morgan aufs Tor zumarschierte, die Tasche fallen ließ und ihr Handy zückte.

»Wohin sie will«, sagte Ethan.

»Sie wird ewig warten müssen, bis sie jemand abholt. Soll ich nicht lieber zu ihr rausgehen und mit ihr reden?«

Als Ethan ablehnte, wandte sich Keru an Nate. »Frag sie einfach, wo sie hinwill, wir fahren sie.«

»Nicht nötig«, sagte Ethan zu Nate. »Reisende soll man nicht aufhalten.«

Kerus Fußgelenk funktionierte immer noch nicht so ganz und sie konnte es nicht belasten, doch nachdem weder Nate noch Ethan irgendwas taten, trat sie hinaus auf die Veranda, auf einem Fuß, und rief, so laut sie konnte, Morgans Namen. Morgan blickte ungefähr in die Richtung, aus der der Ruf gekommen war, machte aber keine Anstalten, zurückzurufen. Dann kam ein Auto herbei, hielt am Tor, sie warf ihre Tasche auf die Rückbank und stieg rasch ein. Das Auto fuhr davon.

Bei Kerus Rückkehr saßen Ethan und Nate einander gegenüber am Esstisch, eine dekorative, aber leere Obstschale zwischen ihnen. Keru hörte sie reden: »Habt ihr euch gestritten?« und »Nö.« »Aber du redest noch mal mit ihr?« »Kommt drauf an.« Keru setzte sich dazu, jetzt bildeten sie ein Dreieck. Aber die Brüder sprachen nur miteinander, von Keru nahmen sie keine Notiz.

»Du hättest sie gar nicht mitbringen sollen«, sagte Nate. »Du hättest gar nicht erst herkommen sollen.«

Ethan, sichtlich getroffen, kratzte sich am Ohrläppchen. »Mein Bruder, meine Damen und Herren. Mein Fleisch und Blut.«

»Was ist eigentlich mit dir los?«, fragte Nate.

»Eine Menge«, sagte Ethan.

»Ich sag dir, was mit dir los ist.«

»Du wirst mir nichts Neues verraten.«

»Du bist ein Opportunist.«

»Und du das goldene Kind.«

»Du bist manipulativ, unverantwortlich, kleinlich.«

»Stimmt. Ich bin kein Schleimer.«

»Du gibst dir null Mühe. Ein Familienmitglied von der schlimmsten Sorte. Niemand sollte dir helfen. Niemand sollte dir zur Seite stehen. Du hast es verdient, allein zu sein.«

»Huch, eine Kampfansage.«

»Wort für Wort.«

Ethan zog ein Gesicht, als wollte er sagen, alles klar, doch dann streckte er blitzschnell den Arm aus und versuchte, Nate seitlich auf den Hals zu schlagen. Nate, vorbereitet, duckte sich weg und schlug zurück. So ging es eine Weile weiter, während Mantou bellend um den Tisch sauste. Es gelang keinem vom beiden, einen Treffer zu landen, und irgendwann schlug Keru mit der Faust auf den Tisch, ein Schlag wie mit dem Richterhammer. Sie schlug und schlug, bis sie die volle Aufmerksamkeit hatte.

»So benehmen wir uns nicht«, sagte sie. »Das akzeptiere ich nicht. Setzt euch!«

Sie setzten sich.

Keru war wirklich überzeugt, dass sie aus dieser Sache als besser funktionierende Einheit hervorgehen könnten. Und wenn sie sich dafür mehr anstrengen musste, dann würde sie dies tun. In der nicht allzu fernen Zukunft wären vielleicht nur noch sie drei übrig, nebst Hunden. Wenn die Eltern und Freunde nicht mehr da wären, müssten sie sich zwangsläufig umeinander kümmern und mit dem Mist des anderen klarkommen. Ein düsteres Bild von der Zukunft, aber es ließ sich ändern. Sie könnten sich alle Mühe geben und sich statt von der Verzweiflung vom gesunden Menschenverstand leiten lassen. Sie könnten Eintracht säen statt Zwietracht.

»Ab heute werden die Dinge anders laufen«, sagte Keru.

»Ich mag sie aber, wie sie sind«, sagte Ethan.

»Ich auch«, sagte Nate.

»Ich nicht«, sagte Keru. »Also müssen sich die Dinge ab heute ändern, und das werden sie auch. Ihr könnt mir zuhören oder gehen.«

»Ist schon mal klar, wer hier das Sagen hat«, bemerkte Ethan. »Wie's scheint, müssen wir alle nach ihrer Pfeife tanzen.«

»Du kannst gern gehen«, sagte Keru zu Ethan und sah ihn fest an, herausfordernd, und damit, dass Ethan unter ihrem direkten Blick, der wie ein Scheinwerfer auf ihn gerichtet war, sitzen blieb und nicht ging, eröffnete er Keru die Möglichkeit, fortzufahren und eine mögliche Zukunft für sie zu entwerfen, voller Lügen, Misstrauen, Hass, Wut, ruinierter Urlaube, weiterer Ferienhäuser mit Brandschäden, Jahre ohne Kontakt, Bedauern, Streitereien, Schuldzuweisungen, bis sie zusammenbrachen, einander zerstört hatten oder starben. Sah so die Familie aus, die sie sich wünschten?

Diese Fragen stellte sie zwei gesenkten Köpfen, und sagte dann, dass zumindest sie eine solche Zukunft nicht wolle. Für eine solche Zukunft sei sie nicht hergekommen. Erkenne, was du ändern kannst und was nicht. Was man dir gegeben hat, verschwende es nicht, und verliere nie die Hoffnung. Aber Fortschritt erforderte gegenseitigen Respekt.

»Ist gegenseitiger Respekt vorhanden?«, fragte sie, und Nate blickte auf und sagte, ja, schon. Sie fragte Ethan, ob gegenseitiger Respekt vorhanden sei, worauf Ethan zu Boden blickte und sagte, könnte schon sein, aber er halte gar nichts davon, ausgeschimpft zu werden, er sei schließlich kein Kind.

»Wenn du mich als Bedrohung siehst, werde ich zu einer«, sagte sie zu Ethan. »Aber ich lege es nicht darauf an, eine Bedrohung zu sein.«

Nachdem Keru ihre Ansprache beendet hatte, einigte man sich darauf, eine düstere Zukunft zu vermeiden. Man beriet darüber, wann das nächste Wiedersehen stattfinden sollte und welche Regeln gelten sollten, damit ein Miteinander weiterhin funktionierte.

Keru sagte, sie werde Ende des Jahres vierzig, das würde sich vielleicht anbieten für ein Treffen. Die Party selbst sei ihr nicht wichtig, aber wenn man nun von ihr erwarte, dass sie weitere vierzig Jahre lang am Steuer sitze, könnte es eine Feier mit Menschen und Kuchen, aber ohne Kerzen geben. Nachdem man diesen vorsichtigen Plan gefasst hatte, erhob sich Ethan und trat einen Schritt zurück. Den leeren Stuhl schob er unter den Tisch, danach verabschiedete er sich. Dann saßen nur noch Nate und Keru an diesem Tisch. Sie formten eine Gerade. Eine Gerade führt in die Unendlichkeit, in beide Richtungen. Eine Gerade hängt an einem seidenen Faden. Sie sahen einander nicht mit romantischen Gefühlen in die Augen, sondern mit Ernsthaftigkeit. Ihre hübsche Hündin saß zwischen ihnen. Abwechselnd streichelten sie sie. Er erkundigte sich nach ihrem Fußgelenk, das sie völlig vergessen hatte. Sie berührte es und stellte fest, dass es nicht mehr so schmerzte. Er fragte, ob sie ins Krankenhaus fahren sollten. Noch nicht, antwortete sie.

DANK

Dank geht an meine Familie und Freunde. Ohne eure unablässige Unterstützung, Zuwendung und euer vorsichtiges Anstupsen würde es dieses Buch nicht geben. Ich danke Joy, Sarah und dem Team bei Riverhead für die Gespräche, die Anleitung und den unerschütterlichen Glauben an diesen Text. Michael, ich stimme dir zu, das Leben mit einer Schreibenden ist eine Herausforderung, deshalb danke (ich liebe dich), danke, dass du dich der Herausforderung gestellt und mich zum Weitermachen ermutigt hast.

© Nina Rühr | SINN MEDIA

ZWEI FREUNDE GRÜNDEN EINEN NACHHALTIGEN VERLAG

Hi, wir sind Lars und Flo. Wir sind unser halbes Leben lang Freunde – und wir lieben Bücher! Kjona ist unser größtes gemeinsames Abenteuer und soll der Verlag sein, den wir uns als Leser schon lange gewünscht haben: nachhaltig, neugierig und unabhängig.

Ob originelle und emotional intensive Erzählstoffe oder augenöffnende gesellschaftliche Analysen – wir wollen mit Kjona Bücher in die Welt bringen, die uns und dich berühren und die die Kraft haben, etwas zu verändern.

Exklusiv, aber nicht elitär. Anspruchsvoll, aber nicht abgehoben. Und konsequent nachhaltig produziert.

Viel Spaß beim Stöbern auf

WWW.KJONA.ECO

Aus Liebe zu Mensch und Umwelt gedruckt auf rückstandsfrei recyclebarem, alterungsbeständigem Papier.

MIX
Papier | Fördert gute Waldnutzung
FSC® C014496

CERTIFIED cradle to cradle BRONZE

WWW.KJONA.ECO

1. Auflage 2025
Deutsche Erstausgabe
Die amerikanische Originalausgabe erschien 2024 unter dem Titel *Rental House* bei Riverhead in New York.
© 2024 Weike Wang
© 2025 der deutschsprachigen Ausgabe: Kjona Verlag GmbH
GPSR-Kontakt: Kjona Verlag GmbH,
Zweibrückenstraße 3, 80331 München, gpsr@kjona.eco
Der Verlag behält sich eine Nutzung des Werkes für Text- und Data-Mining im Sinne des § 44b UrhG ausdrücklich vor.
Korrektorat: Tamara Al Oudat
Covergestaltung: Marion Blomeyer, Lowlypaper
Covermotiv: Donna Walker, *Until tomorrow II* (donna-walker.com)
Foto im Nachsatz: Amanda Petersen
Innengestaltung und Satz: Herr K | Jan Kermes
Gesetzt aus der Crimson Pro und der Work Sans
Druck und Bindung: GGP Media GmbH, Pößneck
ISBN: 978-3-910372-48-1